AF196759

Antonia Lechner

Jenseits der Baumgrenze

Ein Försterkrimi aus Tirol

Kampa

Für den Blick hinter die Verlagskulissen:
www.kampaverlag.ch/newsletter

Alle Rechte vorbehalten
Copyright © 2025 by Kampa Verlag AG,
Hegibachstrasse 2, CH-8032 Zürich
info@kampaverlag.ch
www.kampaverlag.ch
Dieses Werk wurde vermittelt durch die
Michael Meller Literary Agency GmbH, München.
GPSR-Kontakt: Schöffling & Co. Verlagsbuchhandlung GmbH,
Kaiserstraße 79, D-60329 Frankfurt am Main
info@schoeffling.de
Der Verlag behält sich eine Nutzung des Werkes für Text-
und Data-Mining im Sinne des § 44b UrhG ausdrücklich vor.
Lektorat: Hanka Leo
Covergestaltung: Lara Flues, Kampa Verlag
Covermotiv: © Lanabrovinska1 | Dreamstime.com
Satz: Tristan Walkhoefer, Leipzig
Gesetzt aus der Stempel Garamond LT /1. Auflage 2025
Druck und Bindung: Friedrich Pustet, Regensburg
Auch als E-Book erhältlich
ISBN 978 3 311 12106 0

Ein Mittwoch im April

I.

Da steckte eine Hand inmitten der Holzstämme.
Arie Daamen starrte die Hand an, die sich ihm entgegenreckte, als sollte er sie ergreifen und schütteln. Das war ganz sicher das Allerletzte, was er zu tun gedachte. Die Haut war grau, die ohnehin kräftigen Finger wirkten aufgequollen, ein goldener Ring war tief in die Haut eingesunken. Dazu waren die Fingernägel dreckig und eingerissen. Ziemlich sicher eine Männerhand. Zumindest hatte Arie noch nie eine Frau mit so großen und wurstigen Fingern gesehen.

Vitali sprang über die Holzstämme, die gefährlich klapperten, kratzte und schnüffelte an der Hand herum.

»Vitali, hierher! Leg dich!« Arie zeigte energisch auf den Waldboden neben sich.

Nur widerwillig gehorchte der schlanke braune Vizsla seinem Herrn. Das fehlte noch, dass der Hund den Stapel mit den Lärchenstämmen jetzt vollends zum Einsturz brachte. Der hatte ja bereits einem Menschen das Leben gekostet.

So musste es sich zugetragen haben, oder nicht? Ein unachtsamer, einsamer Wanderer, der übermütig auf dem Holzstapel herumgeklettert war. Vielleicht hatte er sich auch auf einen der unteren Stämme gesetzt, um zu verschnaufen, und damit den Stapel ins Rollen gebracht. Die Baumstämme hatten ihn dann unter sich begraben. Kein schöner Tod.

Arie löste die Taschenlampe von seinem Gürtel. Er wollte wissen, ob da wirklich ein Mensch lag und nicht nur eine abgetrennte Hand, bevor er den Notruf absetzte. Er ließ sich auf ein Knie nieder und ignorierte das protestierende

Knacken seiner Gelenke. Der kräftige Strahl der Lampe enthüllte mindestens einen Arm, mit einer tiefblauen Outdoorjacke bekleidet, und einen dunklen Umriss, der ein Kopf sein könnte. Erst jetzt wurde Arie bewusst, dass er geradewegs einem Toten in die Augen hätte schauen können, und war froh, dass dem nicht so war. Der Tod war ein Teil seiner Arbeit, aber sie waren nicht gerade die besten Freunde.

Vitali jaulte leise. Er vibrierte vor Anspannung, wäre am liebsten sofort aufgesprungen.

»Ruhig, mein Freund. Ich kümmere mich darum.« Arie erhob sich und klopfte die dunkle, feuchte Erde von der Hose.

Normalerweise gehorchte der Hund aufs Wort. Vorhin aber war er wie von einer unsichtbaren Schnur gezogen auf den Holzstapel zugestürmt, der von Weitem ausgesehen hatte wie ein gigantisches Mikado. Ab dem Moment hatte Arie ein schlechtes Gefühl gehabt. Das hatte sich nun mehr als bestätigt.

Ein Toter.

Unter einem Holzstapel im Wald.

Seinem Wald.

Er zog sein Smartphone aus der Tasche und sah erleichtert, dass er Empfang hatte. Er würde jetzt einige Anrufe machen müssen. Damit der Tote hier wegkam, und zwar so schnell wie nur irgend möglich.

2.

Arie hatte Vitali angeleint und war mit ihm den Waldweg zurück bis zu der schmalen Landstraße gegangen, die von der Passstraße Richtung Kühtai abzweigte. Sie führte zu einigen höhergelegenen Bauernhöfen sowie einem Wellnesshotel und war jetzt, Ende April, wenig befahren.

Als Erster kam der Pritschenwagen der Tischlerei Stadler.

Tommie Stadler parkte am Straßenrand. Noch bevor er den Motor abgestellt hatte, sprang seine Schwester Tina auf der Beifahrerseite heraus.

»Servus, Arie. Was gibt's? Ein toter Mann? Hast du das ernst gemeint?«

»Habe ich, leider. Unter eurem Holz liegt einer. Ich denke, dass wir Motorsägen brauchen, um den da rauszuholen.«

»Hast die Polizei ang'rufen?«

»Ja, sicher. Aber als die gehört haben, dass es eine Leiche gibt, wollten die gleich Verstärkung aus Innsbruck. Weil's ja ein unnatürlicher Tod ist, meinten sie. Das kann also dauern.«

Tommie war ebenfalls ausgestiegen und deutete mit dem Kinn auf den Weg. »Ich nehme nicht an, dass wir rauffahren können, oder? Sonst würdest du nicht hier stehen.«

»So ist es. Der Regen der vergangenen Tage hat den Weg unterspült. Deswegen bin ich hier überhaupt unterwegs, ich wollte wissen, was ich alles noch aufräumen muss, bevor die wieder über meinen Wald herfallen wie die biblischen Plagen.«

»Die? Wer? Die Schulklassen? Oder die Touris?«

»Letztere natürlich. Das Wellnesshotel da oben hat einen

neuen Trend entdeckt. Waldbaden! Sie haben mich gefragt, ob ich denen dabei helfe. Ich habe noch nicht einmal genau verstanden, was das sein soll.«

Vitali stupste ihm gegen die Hand, und Arie tätschelte ihm beiläufig den Kopf. Der Hund langweilte sich, und es war ihm nicht zu verdenken. Normalerweise würden sie längst abseits des breiten Wegs stramm über die schmalen Wanderpfade bis aufs Eggele marschieren. Das Wetter war nach tagelangem Dauerregen sonnig und sehr mild. Nachdem Arie die kleine Holzbrücke über die Moosach sowie den Zustand der beiden Wege kontrolliert hätte, wären sie zu einer gemütlichen Tagestour aufgebrochen. Daraus wurde jetzt nichts mehr.

»Waldbaden? Ist das so schlimm?« Tina lachte. Sie hatte bereits die Seitenklappe der Pritsche geöffnet und begonnen, Schutzkleidung anzulegen. »Meistens sind es doch nette Damen über sechzig, die dem feschen blonden Waldhüter schöne Augen machen.«

»Was auch immer, Schulklassen und neugierige Kinderfragen sind mir lieber.« Arie betrachtete die schweren Motorsägen und anderes Werkzeug, mit dem die Geschwister Bäume zerlegten. Jedes Mal, wenn er das miterlebte, wurde ihm flau im Magen. In den meisten Fällen, wenn ihm bewusst wurde, dass der Tod ein Teil seiner Arbeit war und sie nicht gerade die besten Freunde, dann meinte er oft gar nicht das Wild, das sein Kollege, der Jäger Rupert Bittner, entnehmen musste, sondern vielmehr die Bäume. Auch das war natürlich ein Kreislauf, den der Mensch der Natur aufgezwungen hatte. Und dass es ohne nicht mehr ging, das sah er ein, wenn auch widerwillig. Schließlich war er ein Teil dieses Kreislaufes und nicht der Einzige, der davon lebte.

Sein Blick fiel auf eine längliche Metallkiste. »Ist das ein Sarg?«

»Natürlich.« Tommie grinste. »Hast du gedacht, ich bringe einen guten Holzsarg mit, um deine Leiche ins Kühlhaus zu bringen?«

»In welches Kühlhaus?«

»In die Gerichtsmedizin. Die werden ganz sicher eine Autopsie machen.«

»Wieso das denn? Tommie, glaubst du etwa, der ist ermordet worden?«

»Nicht unbedingt. Aber du hast es vorhin selbst gesagt: Das ist ein unnatürlicher Tod. Da ist das so üblich. Die Todesursache ist ja nicht nur für die Polizei interessant, sondern auch für die Angehörigen oder eine mögliche Unfallversicherung. Gerade die wollen es immer ganz genau wissen, schließlich hängt davon ab, wie viel die am Ende zahlen müssen, oder ob überhaupt.«

»Verstehe.« Das waren Dinge, über die sich Arie inzwischen nicht mehr wunderte, sondern die er einfach hinnahm. »Ich habe auch dem Sepp Bescheid gegeben, der müsste gleich hier sein«, sagte er, um nicht weiter darüber zu rätseln, warum da ein Toter in seinem Wald herumlag und wen das alles interessierte.

»Sehr gut! Das macht es uns einfacher.« Tommie streifte sich eine knallgelbe Warnweste über den Parka.

»Tommie, fang!« Tina warf ihm einen Schutzhelm zu, den er geschickt auffing.

Ein Polizeiwagen näherte sich langsam aus Richtung Tal. Der Fahrer erblickte die Gruppe, beschleunigte, bis sie sich auf gleicher Höhe befanden, und hielt dann an.

Eine Frau um die vierzig öffnete das Beifahrerfenster und reckte den Kopf heraus. »Sind Sie dieser *Förster*, der einen Toten gemeldet hat?« Ihre Miene wirkte verkniffen, die Stimme klang herrisch.

»Guten Morgen, so ist es. Mein Name ist Arie Daamen.«

Vielleicht zog sie so eine griesgrämige Miene, weil sie sich nicht gerade auf die Leiche freute. Arie konnte sich das jedenfalls nicht als Beruf vorstellen; sich tagtäglich darüber Gedanken zu machen, warum Leute nicht ordnungsgemäß ablebten, sondern unter zu klärenden Umständen im Wald zwischen einem Stapel Baumstämmen landeten. Vielleicht waren auch diese Frau und der Tod, der ein Teil ihrer Arbeit war, nicht gerade die besten Freunde.

Die Frau und zwei uniformierte Polizisten stiegen aus, dazu ein schlaksiger Mann in einem Anzug unter dem offenen Mantel und mit weißen Sneakern. Sicher ein Praktikant oder Anwärter. Der war noch keine dreißig, der konnte unmöglich schon fertig ausgebildet sein. Also musste die Frau die Chefin sein. Die baute sich gerade wie ein Feldwebel vor den Geschwistern Stadler auf.

»Und was haben Sie beide hier zu suchen?«

Tina zog den dicken Arbeitshandschuh wieder aus und reckte ihr ungerührt die Rechte entgegen. »Betina Stadler, das ist mein Bruder Thomas. Wir führen die Tischlerei in Moosach.«

»Das beantwortet meine Frage nicht.« Obwohl Arie sie auf höchstens einen Meter sechzig schätzte, schaffte sie es irgendwie, die Stadlers von oben herab anzusehen.

»Das ist unser Holz, unter dem der Tote liegt.« Tommie lehnte sich mit verschränkten Armen an das Auto. »Das werden wir vermutlich wegschaffen müssen. Außerdem bin ich Bestatter. Spätestens, wenn Sie den Toten abtransportiert haben möchten, komme ich ins Spiel. Ich glaube sogar, wir kennen uns.«

»Tun wir das?«

»Der Motorradunfall vor zwei Jahren auf der Passstraße von Kühtai Richtung Ötztal? Inspektorin Salzhaller?«

»Schon recht.« Ihr Blick wanderte von Tommie zur Straße, auf der sich gerade ein Geländewagen mit Pferdeanhänger näherte und am Straßenrand hielt. »Lottermoser, sagen Sie dem, der soll weiterfahren. Der kann hier heute nicht herumreiten.«

»Mit Verlaub, Frau Kommissarin …«, setzte Arie an.

»Chefinspektorin, wenn schon!«, fuhr sie ihm über den Mund.

»Wie auch immer. Das ist Josef Czerny, und den habe ich herbestellt. Für den Fall, dass die Stadlers den Toten nicht unter den Baumstämmen hervorholen können, braucht es ein oder zwei Pferdestärken.«

»Pferde.« Salzhaller sagte das, als handele es sich um Almgeister. Dabei zog sie die Augenbrauen bis zum Haaransatz.

Tina wuchtete eine Motorsäge von der Pritsche und klinkte sie in das Geschirr ein, das sie sich umgelegt hatte. »Noriker. Eine alte und sehr vielseitig einsetzbare Kaltblutrasse. Servus, Sepp!«

Ein untersetzter Mann um die sechzig in grüner Landwirtschaftskleidung und mit Wollmütze auf dem Kopf winkte ihr zu, während er sich gemächlich näherte.

»Ja, sind wir hier jetzt im Wilden Westen!«

Die Inspektorin wurde Arie mit jedem Wort unsympathischer.

»Natürlich wird der Wald draußen im Inntal zum größten Teil mit Maschinen bewirtschaftet«, erklärte er kühl. »Aber wir befinden uns hier in den Alpen. Es gibt schlecht zugängliche Abschnitte oder Steilhänge, da kommt bei uns nur noch ein Holzrücker mit seinen Pferden hin. Oder so wie heute: Der Weg ist unterspült, da kommt kein Kran hinauf. Sie müssen übrigens zu Fuß zum Tatort.«

»Tatort?« Wieder fuhren die Augenbrauen nach oben, dass es Arie nervös machte. »Meinen Sie etwa, es handelt sich hier um ein Verbrechen?«

Der Anzug trat neben sie und reckte die schmalen Schultern. »Erst einmal ist es der Fundort einer Leiche. Herauszufinden, wie sich die Todesumstände darstellen, wird

Aufgabe der Polizei in Person von Chefinspektorin Salzhaller sein.« Er schlug einen belehrenden Ton an und hielt sich dabei an seinen Mantelaufschlägen fest, als wäre er der Oberlehrer, der einen ungehorsamen Pennäler zurechtweist.

»Lass gut sein, Mayr.« Diese blasierte Rede war offensichtlich selbst der Salzhaller zu viel des Guten.

Arie hatte Mühe, nicht laut aufzulachen. Beiläufig bemerkte er, dass Vitali das Nackenfell gesträubt hatte. Sein Hund war ein Menschenkenner.

Sepp rettete ihn vor diesem unmöglichen Kerl. »Ich lasse die Pferde im Hänger und verschaffe mir erst einmal einen Überblick. Einverstanden, Arie?«

»Ja, vielleicht brauchen wir sie nicht. Aber danke, dass du so schnell gekommen bist.«

Die beiden uniformierten Polizisten hatten inzwischen mehrere Metallkisten aus dem Auto gewuchtet. »Wir sind so weit, Chefin.«

»Dann also los.« Salzhaller scheuchte sie alle in Richtung Waldweg wie eine Horde Kindergartenkinder.

Arie fand ihr Verhalten ziemlich unangemessen, sowohl ihren eigenen Leuten gegenüber als auch denen aus Moosach. Zwei von ihnen hatten betriebsbereite Motorsägen in der Hand, einer konnte zwei Pferde dirigieren, die es zusammen auf eineinhalb Tonnen Lebendgewicht brachten, und er selbst wurde von einem hervorragend abgerichteten Hund begleitet. Da konnte er schon erwarten, ernst genommen zu werden.

Aber, so sagte er sich, vielleicht war das Chefinspektorin Salzhallers Art, mit der Situation umzugehen. Wesen, ob Mensch oder Tier, kannten in der Regel nur zwei Verhaltensweisen, wenn sie Angst hatten: Flucht oder Angriff.

»Herr Förster, gehen Sie voraus.«

Zweifelsohne war die gute Frau auf Angriff gebürstet.

Gut möglich, dass dieses ruppige Verhalten eine Art Überkompensation war, weil sie so oft mit dem Tod zu tun hatte. Und der Tod, der Teil ihrer Arbeit war, war eben doch ein anderer als der, dem Arie täglich begegnete.

3.

Dieser Mayr hatte sich in einen Ganzkörperschutzanzug gehüllt und Handschuhe übergestreift. Er erinnerte Arie an ein weißes Eichhörnchen, das seine Wintervorräte versteckte. Er wuselte geschäftig hin und her, nahm hier ein paar Krümel Erde auf, kratzte dort an einem Baumstamm herum und kroch immer wieder tief in eine der Metallkisten. Dazu fuchtelte er mit einer riesigen Kamera und gab einem der beiden Uniformierten Anweisungen, während er dem anderen Zahlen und Stichworte zurief, die dieser auf einem Tablet notierte.

Alles dauerte sehr viel länger, als Arie erwartet hatte. Nachdem Mayr ausreichend Spuren gesichert hatte, wie Salzhaller den Umstehenden erklärte, sollten die Baumstämme weggeräumt werden. Bald hallte der Lärm zweier Motorsägen durch die bis dahin frühlingshafte Stille. Sepp hatte Rosie, eine beeindruckende Blauschimmelstute, eingeschirrt und zog mit ihrer Hilfe ganze Stämme zur Seite, sobald ihm Tommie oder Tina das Signal dazu gaben. Immer wieder musste der Stapel mit Gurten gesichert werden, damit nichts nachrutschte. Arie kam erneut der Vergleich mit einem riesigen Mikado in den Sinn.

Arie und die beiden Uniformierten, die er im Geiste Schulze und Schultze getauft hatte, da sie ihm nicht namentlich vorgestellt worden waren, halfen mit, so gut sie konnten. Salzhaller marschierte derweil ungeduldig auf und ab. Ihr Kollege Mayr hatte den Schutzanzug ausgezogen und hockte vor einer Metallkiste, ordnete und beschriftete die gesicherten Spuren. Jetzt, dachte Arie bei sich, sortiert das Eichhörnchen seine Vorräte, die es zuvor so hektisch gesammelt hat.

»Mehr könnt ihr jetzt nicht mehr tun, Arie. Danke! Wir zerlegen noch diesen Querschläger, und dann sollte der Rest des Stapels gesichert sein.« Tina deutete auf den letzten Baumstamm, der noch über dem toten Körper lag, und setzte die Ohrenschützer wieder auf.

Tommie und Sepp behielten den gesicherten Holzstapel im Blick.

Arie stellte sich zu Salzhaller, die ihre ruhelose Wanderung unterbrochen hatte und neugierig den Hals reckte. Auch Mayr trat zu ihnen und fischte eine Schachtel Zigaretten aus dem Mantel.

»Moment, hier wird nicht geraucht«, rief Arie, um die Motorsäge zu übertönen.

Mayr hatte schon eine Zigarette zwischen den Lippen. »Was? Wieso das denn nicht? Jetzt kommen Sie mir nicht mit Waldbrandgefahr.« Er zeigte auf seine ehemals weißen Schuhe, mit denen er, sehr zu Aries Schadenfreude, auf dem Hinweg knöcheltief im feuchten Schlamm eingesunken war.

»Ich komme Ihnen mit Umweltgefahr. Oder gehören Sie zu den wenigen, die ihre Filter mitnehmen, anstatt sie wegzuwerfen?«

»Natürlich nicht. Der kleine Wattefilter, das macht doch nichts.«

Arie baute sich vor seinem Gegenüber auf. Er konnte auch den Oberlehrer mimen, wenn es sein musste. »Genau das ist das Problem. Er ist aus Plastik. Ich habe Ihre Kiste da gesehen, Sie kennen sich mit Chemie aus, oder nicht?«

»Ich bin Chemiker, ganz genau.«

»Wie lange dauert es, bis Plastik abgebaut wird?«

Mayr betrachtete die Zigarette in seiner Hand. »Jahrzehnte, wenn nicht Jahrhunderte.«

»Sehen Sie? Und im schlimmsten Fall fressen Vögel oder Kleintiere den Stummel auf. Ich denke, Sie haben auch von Biologie ausreichend Ahnung, um zu verstehen, dass das für deren Organismus schädlich ist. Hier wird nicht geraucht. Ob das nun ein Gesetz ist oder nicht, ist mir völlig egal. Mein Wald, meine Regeln.«

Die letzten Worte dröhnten in die Stille, da Tinas Motorsäge verstummt war.

Mayr steckte die Packung mit finsterem Blick in die Manteltasche und ging zurück zu seiner Kiste.

Tommie und Sepp zogen das abgesägte Stück Holz zur Seite.

»So, letztes Mal, versprochen!« Tina warf die Motorsäge wieder an.

Salzhaller blickte zu Arie hinauf. »Sie sind auch nicht von hier.«

»Was hat mich verraten? Mein Name? Oder mein Deutsch?«

»Sie sind doch mehr der nordische Typ, groß, blond, blaue Augen …«

»Die sind grau, das Waldlicht täuscht.«

»Woher kommen Sie? Holland?«

»Mein Vater ist Niederländer, ich geb's zu.«

»Und was hat Sie nach Tirol verschlagen?«

»Ein gutes Angebot.«

»Der Wald gehört zum Gut Bahrenberg. Sind Sie bei denen angestellt?«

»So ist es.«

Salzhaller steckte die Hände in die Taschen ihres dunkelblauen Parkas und blickte nachdenklich in die noch kahlen Baumkronen. Sie befanden sich hier in einem Buchenwald – ungewöhnlich für diese Gegend, in der Nadelhölzer dominierten. Die Bäume waren rund einhundertzwanzig Jahre alt, hatten nicht nur diverse Waldbrände und zunehmend trockene Sommer überlebt, sondern auch zwei Kriege und Tschernobyl.

»Aupassn! Hoi!« Tina riss die Motorsäge hoch und trat zurück. Der letzte querliegende Stamm fiel zu Boden. Ein Ruck ging durch den verbliebenen Stapel, die Stämme federten und rieben knirschend aneinander, doch die Gurte hielten den Turm.

Arie lauschte der Stille nach, die sich anschließend über den Wald legte.

Der Moment währte viel zu kurz, da Salzhaller sich an ihn wandte. »Sagen Sie, Herr Förster, wie oft fällt so ein Holzstapel in sich zusammen? Es lagern doch immer so einige an den großen Wegen.«

»Eigentlich nie. Sie sehen ja, was es für schweres Gerät braucht, hier wieder aufzuräumen. Und es wäre auch mehr als ein starker Mann nötig, um einen Stamm herauszuziehen.«

»Wie kommt es dann, dass hier jemand von den Stämmen überrollt wurde?«

Diese Frage hatte Arie sich bereits selbst gestellt. Noch an diesem Morgen hätte er gesagt, das sei schlichtweg unmöglich.

Tina klappte das Visier ihres Schutzhelms hoch. »Sie könnten jetzt kommen. Das Holz ist sicher.«

»Danke.« Salzhaller wandte sich an Schulze und Schultze. »Lottermoser, Sie beide holen mit dem Bestatter den Sarg. Kommen Sie, Mayr, machen Sie Fotos.«

Richtig, einer der Uniformierten hieß Lottermoser. Aber welcher? Es reagierten immer beide, genau wie die Comicfiguren in *Tim und Struppi*.

Da Arie keine anderslautenden Anweisungen erhalten hatte, folgte er der Inspektorin.

Der Tote lag in Embryohaltung neben dem Holzstapel in einer Mulde. Er war mit einer zu der dunkelblauen Outdoorjacke passenden Hose und Wanderstiefeln bekleidet. Die Kapuze verbarg den Kopf und das Gesicht.

Arie beugte sich tiefer. Hinter sich hörte er Mayrs große Kamera klicken.

»Ich kann Ihnen die Frage jetzt beantworten, glaube ich.« Arie wandte sich an Salzhaller. »Sehen Sie? Hier hat jemand eine flache Grube gegraben und den Toten hineingelegt. Der Dauerregen hat den Waldboden weggerissen und so alles unterhöhlt, bis das Holz heruntergerutscht ist.«

Er zeigte auf die Mure, die eine etwa einen halben Meter dicke Schicht Erde und Geröll auf den Weg gespült hatte. Sie war von schmalen Rinnen durchzogen, durch die das Wasser abgeflossen war. Der Wald sah an vielen Stellen so aus, das war nichts Besonderes, schon gar nicht Anfang April, wenn der Schnee reichlich gefallen und spät geschmolzen war. Das Wasser suchte sich eben seinen Weg bergab.

Arie richtete sich auf. »Ich würde sogar sagen, dass es wegen dieses Behelfsgrabs passiert ist. Als diese Mulde erst einmal da war, wurde sie immer größer, je mehr Wasser den Berg herabgeflossen ist.«

»Danke, notieren Sie das, Mayr.« Salzhaller streifte einen Plastikhandschuh über und versuchte, den Toten ein wenig zu drehen. Dann fluchte sie.

Neugierig beugte sich Arie wieder näher. Er bemerkte dunklere Flecken auf der Jacke des Toten, genau zwischen den Schulterblättern.

»Das sieht ja aus wie ein Einschuss.«

»Ganz recht, Herr Förster. Das bringt uns auf die Spur der Todesursache.«

Arie brachte dies vor allem auf die Spur von Vitalis Verhalten. Die Wunde und das Blut, auch wenn beides Tage alt sein mussten, hatten ihn auf die Fährte des Toten gelockt. Allein auf den Geruch der Leiche hätte er niemals so stark reagiert.

»Sollen wir ihn bergen, Inspektorin Salzhaller?« Tommie war mit Schulze und Schultze zurückgekehrt, die den Sarg in wenigen Metern Entfernung abstellten und öffneten.

»Sekunde noch.« Sie zeigte auf den Toten. »Mayr.«

Arie konnte nicht erkennen, was der junge Mann da noch fotografierte, das er nicht schon zuvor im Bild festgehalten hatte. Doch das war ja auch nicht sein Fachgebiet. Er ging zu Vitali zurück, den er an einen Baum gebunden hatte, damit er den Menschen nicht zwischen die Beine lief. Der Hund war immer noch nervös, schnüffelte an Aries Händen und tänzelte auf der Stelle.

»Bist unausgelastet, was, mein Guter? Warte ab, wenn das hier vorbei ist, wandern wir noch ein Stündchen den Berg hinauf.« Vorausgesetzt, es war dann noch hell. Die ganze Angelegenheit schien kein Ende nehmen zu wollen.

Arie nahm die Leine. »Bringen wir Sepp zur Straße. Die Rosie brauchen wir jetzt nicht mehr.«

Manchmal fragte er sich, ob er seine beiden Hunde nur hatte, damit ihn niemand für wunderlich hielt, weil er so oft mit sich selbst sprach. Zu Hause tat er das ständig. Vitali ignorierte ihn dann meistens, doch die Rauhaardackeldame, die er nach dem Tod seines Vorgängers zusammen mit dem Jagerhüttl übernommen hatte, hörte ihm gern zu. Hermine war stolze siebzehn Jahre alt und lag meistens in ihrem Körbchen neben dem Kachelofen. Von dort aus beobachtete sie den erst zweieinhalb Jahre alten Vizsla oft mit der strengen Nachsicht der Älteren, vor allem dann, wenn er vor Aufregung umhertänzelte, sobald Arie sich die Schuhe anzog. Im Geiste hörte er sie dann »Die Jugend von heute!« und ähnliche Sätze murmeln.

Sie begleiteten den Holzrücker mit seinem Pferd zur Straße. Auf dem Rückweg kamen ihnen Tina und Tommie entgegen, die ihre Schutzkleidung und die Sägen wegbrachten. Am Fundort diskutierte Salzhaller immer noch mit ihrem Kollegen, die Stimmen klangen zunehmend erregter. Die Leiche war bereits in den Sarg gelegt worden. Schulze und Schultze hatten fröstelnd die Schultern hochgezogen und langweilten sich.

»Sie!«, rief Salzhaller plötzlich und winkte Arie zu sich.

»Daamen ist mein Name«, erklärte er freundlich.

Salzhaller ignorierte das. »Kann Ihr Hund Fährten lesen?«

»Wenn Sie meinen, ob er der Spur folgen kann, die der Tote auf dem Weg von irgendwo hier zu dem Holzstapel genommen hat? Eher nicht. Vitali ist kein Personensuchhund. Wenn der Mann unterwegs Blut verloren hat, vielleicht. Aber auch eher unwahrscheinlich, es hat tagelang geregnet.«

Die Haltung der Inspektorin veränderte sich schlagartig. Sie blähte die Nasenflügel, als würde sie selbst Witterung aufnehmen. »Woher wollen Sie wissen, dass es sich so zugetragen hat?«

»Was soll mein Hund sonst für Fährten finden? Ich gehe jedenfalls nicht davon aus, dass Sie jetzt und hier auf Hasenjagd gehen wollen.«

»Sie haben Waffen, oder?«

»Selbstverständlich. Drei Gewehre und eine Pistole, derzeit im Waffenschrank im Keller des Gutshauses von Graf Bahrenberg.«

»Haben Sie einen Waffenpass?«

»Was ist denn das für eine Frage?«

»Antworten Sie einfach, das macht es für alle leichter.«

Kurz war Arie versucht, scherzhaft zu fragen, ob er einen Anwalt anrufen solle. Aber dann bemerkte er, wie die Inspektorin angespannt mit den Kiefern mahlte. Auch ihr Kollege runzelte hochkonzentriert die Stirn, während er auf das Display der Kamera starrte.

Die beiden taten Arie plötzlich leid. Sie hatten nur einen Unglücksraben unter einem Holzstapel bergen wollen, und jetzt hatten sie es mit einem Mann zu tun, der erschossen worden war. Am Ende sogar mit Absicht. Schön war das bestimmt nicht, da brauchten sie nicht obendrein noch neunmalkluge Sprüche.

»Ja, ich habe einen deutschen großen Waffenschein und die entsprechende Anerkennung für Österreich«, erklärte er ganz ruhig. »Ich bin Deutscher – dort geboren, aufgewachsen und die meiste Zeit dort wohnhaft. Nicht, dass Sie das vorhin missverstanden haben, und nur falls das wichtig ist. Ich habe in Deutschland sogar jahrelang für den Jagdschein ausgebildet und die Prüfung abgenommen. Ich kann Ihnen gern alles zeigen.«

Salzhallers Schultern sackten ein wenig nach unten. »Nicht nötig. Danke.«

Arie nickte nur.

Versonnen blickte die Inspektorin sich um. Ob sie die Schatten wahrnahm, die das Sonnenlicht mit den Ästen auf den Waldboden malte? Oder erblickte sie eher die Geschwister Stadler, die sich auf dem Waldweg näherten?

Sie seufzte tief. »Also gut, versuchen wir es trotzdem. Holen Sie Ihren Hund und schauen Sie, ob er eine Spur findet. Der Tote ist nicht hier erschossen worden. Je mehr wir herausfinden, wie und wo, umso besser für uns. Mayr, starten Sie Ihr Spielzeug.«

»Geht klar.«

Arie leinte Vitali ab. Der Hund rannte sofort um den Sarg mit der Leiche, dann zu der Mulde, in der sie gelegen hatte, die Nase tief am Boden. Dann lief er die sanfte Steigung den Weg hinauf.

»Vitali! Halt!«

Der Hund legte sich ab, jaulend und zitternd.

Arie lächelte Salzhaller zu, die das alles mit verkniffener Miene verfolgte. »Er hat eine Spur. Ich garantiere aber für nichts, am Ende ist es der Kadaver eines Karnickels. Das ist nicht Lassie.«

»Habe ich verstanden. Herr Stadler, Sie können den Toten mitnehmen. Lottermoser, Sie und Ihr Kollege packen die Ausrüstung ein und warten im Auto. Hier gibt es nichts mehr zu tun.«

Über ihnen erklang ein Surren. Arie duckte sich reflexartig, bis er begriff, dass eine Drohne über ihm schwirrte, sich bis über die Baumwipfel erhob und ungefähr über Vitali in der Luft verharrte.

»Alle Achtung. Ihr Hund lässt sich von dem Mistding nicht stören.«

»Der ist schussfest. Da kratzt ihn so eine Riesenlibelle nicht. Kommen Sie.«

4.

Salzhaller war um einiges klüger als ihr jüngerer Kollege, was die richtige Kleidung anbelangte, wenn ein Toter im Wald gemeldet wurde. Sie trug die gleichen praktischen Uniformstiefel wie Schulze und Schultze, dazu eine robuste Wanderhose zu einer gefütterten Wachsjacke. Mayr, der einige Meter hinter ihnen zurückblieb und die Drohne über ihnen mit einer Fernbedienung lenkte, würde seine Sneaker vermutlich nach diesem Einsatz wegwerfen müssen.

Sie gingen nicht weit. Die Nase ständig dicht am Boden bog Vitali zwischen den Bäumen ein und führte sie zu einer grasbewachsenen Lichtung. Dort schnüffelte er zunächst noch unter den Bäumen, rannte dann ins Freie und drehte sich mehrmals um die eigene Achse.

»Das war es. Er hat die Spur verloren.«

Arie befahl Vitali zu sich, der hechelnd zu ihm kam und mit seiner Aufgabe endlich etwas überschüssige Energie losgeworden war.

Salzhaller blinzelte ins Sonnenlicht und ließ den Blick über die freie Fläche schweifen. Es würde ein schöner Flecken werden. Das Gras zeigte sich noch struppig und wintergrau, die Krokusse waren längst abgeblüht und hatten dunkelgrüne Büschel hinterlassen. Doch der Regen hatte dem Wald gutgetan. Wenn jetzt die Temperaturen stiegen, würde die Natur ein wahres Feuerwerk zünden.

Das Surren der Drohne holte Arie aus seinen Gedanken. Mayr hatte endlich aufgeschlossen und ließ das Gerät mitten auf der Lichtung landen.

»Und? Was gefunden?«, fragte er seine Chefin.

Erneut ließ Salzhaller den Blick über die Bäume schweifen. »Vielleicht. Ist das da drüben ein Hochsitz, Herr Förster?«

»Ja, ist es. Der wird aber nicht mehr genutzt. Ich habe die Leiter mit einem Brett vernagelt, doch wer da raufkommen will, lässt sich davon natürlich nicht abhalten.«

Die Inspektorin nickte, als hätte sie so eine Antwort erwartet. »Schauen Sie sich das mit dem Blick eines Jägers an. Nein, kommen Sie, gehen wir ein paar Meter auf die Lichtung.«

»Natürlich.«

Hinter sich hörte Arie ein Fluchen. Mayr stand am Rand der Wiese und hielt einen Fuß in die Höhe wie ein Storch. Schlammiges Wasser tropfte zu Boden. »Im Ernst jetzt? Ich warte hier.«

»Depp, depperter«, murmelte Salzhaller und fügte lauter ein »Machen Sie das!« hinzu.

Der sumpfige Boden schmatzte bei jedem Schritt unter ihren Stiefeln. Ungefähr zehn Meter vom Waldrand entfernt blieb Salzhaller stehen.

»Mayr, Sie stehen perfekt! Bleiben Sie dort, nicht bewegen!« Sie drehte sich zum Hochsitz und dann zu Arie. »Was denken Sie?«

Er dachte allmählich gar nichts mehr, diese Sache zog sich eindeutig zu lange hin. Und er dachte, dass er jetzt gern nach Hause gehen und unter Hermines strengem Blick einen Grappa trinken würde. Aber dafür würde die Inspektorin kaum Verständnis haben. Sie hatte schließlich auch nicht darum gebeten, an einem Aprilmorgen einen erschossenen Mann unter einem Holzstapel zu finden. Also drehte sich Arie gehorsam in alle Richtungen, betrachtete den Hochsitz, den Waldrand, Mayrs Silhouette, die sich vor den dunkleren Baumstämmen abhob.

»Wenn Sie jemanden in einen Wald locken und dort erschießen wollten, wie würden Sie das anstellen?«, vernahm er Salzhaller. Sie sprach leise – oder dachte sie nur laut?

Aber Arie begriff, worauf sie hinauswollte. »Vitali hat die Spur bis an die Lichtung verfolgt und dann verloren. Also könnte der Mann ungefähr da vorne, wo Ihr Kollege steht, erschossen worden sein. Und Sie meinen, vom Hochsitz aus?«

»So ein Hochsitz ist doch ein gutes Versteck, in dem sich wunderbar ausharren lässt, ohne Gefahr zu laufen, selbst gesehen zu werden. Oder sehen Sie das anders?«

»Nein, das ist ja Sinn der Sache.« Arie kratzte sich am Kinn. Er sollte sich mal wieder rasieren. »Ich finde allerdings, dass es ziemlich viel Aufwand ist, um jemanden umzubringen. Vor allem, wenn das Opfer anschließend so nachlässig verscharrt wird. Ich hätte die Leiche jedenfalls in eine der Felsspalten weiter oben geworfen oder so. Aber am Waldweg neben dem Holz, da wäre der Tote doch spätestens in ein paar Wochen gefunden worden, wenn die Stadlers es geholt hätten.«

Zum ersten Mal zuckten Salzhallers Mundwinkel in Richtung eines Lächelns. »Ein guter Hinweis. Vielleicht sollte die Leiche ja gefunden werden, aber nicht sofort. Sie ahnen gar nicht, was im Kopf eines Menschen vorgeht, wenn er einen Mord plant.«

Nein, und davon wollte Arie auch nichts wissen.

»Gut, Mayr, wir haben noch viel zu tun!«, rief sie quer über die Lichtung. »Da vorne der Hochsitz und die Stelle, an der Sie stehen, müssen kriminaltechnisch untersucht werden. Nehmen Sie Bodenproben. Der Hund hat da was gerochen, vielleicht finden wir Blutspuren, mit etwas Glück sogar Projektile.«

»War das denn ein Durchschuss?«, erkundigte sich Arie.

»Das darf ich Ihnen nicht sagen. Außerdem könnte ja mehr als ein Schuss abgegeben worden sein.«

Seufzend nickte Arie. Das klang nicht danach, als würde die Polizei seinen Wald so schnell in Ruhe lassen. Da waren ihm waldbadende Damen in reiferem Alter doch lieber.

Mayr zog eine Grimasse, als sie zu ihm stießen. »Das wird Stunden dauern. Soll ich das alles allein machen?«

»Fordern Sie so viele Leute an, wie Sie wollen. Sie kennen die dünne Personaldecke, mal sehen, wer kommt. Ich helfe Ihnen selbstverständlich.«

»Schon gut.« Mayr drückte den winzigen Joystick auf seiner Fernbedienung zu Seite und ließ die Drohne aufsteigen.

»Sie können jetzt nichts mehr tun, Herr Förster. Ich melde mich aber noch bei Ihnen. Wohnen Sie auf Gut Bahrenberg?«

»In dem alten Jagerhüttl auf dem Anwesen, ganz recht.«

»Dann sehen Sie zu, dass Sie den Tag noch mit ein paar netteren Dingen verbringen. Auf bald!«

Arie wollte Mayr und seine Konsorten eigentlich nicht allein in seinem Wald lassen. Ihm stand aber auch nicht der Sinn danach, noch Stunden auf einer sumpfigen Wiese herumzustehen. Also verabschiedete er sich und ging davon. Vitali hopste fröhlich an seiner Seite.

Wenigstens der Hund hatte gute Laune.

5.

Schweren Herzens verzichtete Arie auf den Spaziergang und kehrte auf direktem Weg zum Jagerhüttl zurück. Die Wagen an der Landstraße, insbesondere das Polizeifahrzeug, würden einige Aufmerksamkeit erregt haben, sodass er sehr bald mit neugierigem Besuch rechnete.

Das kleine Haus lag am Waldrand, behütet von den langen Schatten einiger Lärchen. Es war in den über hundert Jahren seiner Existenz so zugewachsen, dass es vom Weg aus leicht übersehen werden konnte. Ein klassischer hüfthoher Jägerzaun umgab es an zwei Seiten samt einem Garten, in dem Arie Gemüse anbauen wollte. Dazu war er jedoch noch nicht gekommen, seit er im vorletzten September hier eingezogen war. Und so dominierten statt Zucchini oder Tomaten Disteln, Bärlauch, Efeu und verschiedene Windenarten, die sich über sämtliche Gehölze ausgebreitet hatten, das Gelände. Walter Vogl, Graf Bahrenbergs Gärtner, hatte Arie mehrfach angeboten, mit der Motorsense einen Kahlschlag zu machen, aber bisher hatte er sich gesträubt. So gern er seinen Gemüsegarten hätte, so lieb war ihm dieser Anblick des vor sich hin wuchernden Gestrüpps. Das war schließlich auch Natur.

Am Gartentor blieb Arie stehen und betrachtete die Wildnis, die noch winterlich gemäßigt daherkam. Vielleicht war jetzt der richtige Zeitpunkt für Walter, sich als Sensenmann zu betätigen.

Arie seufzte auf. Diese Entscheidung vertagte er für heute, aber irgendwann würde sie nötig sein. Ein akkurat geschnittener Rasen mit gestutzten Buchsbäumen oder Hortensien sollte es ohnehin nicht werden, aber Stangenbohnen hätten gegen eine Ackerwinde nun einmal keine Chance. Und Tomaten brauchten ein Dach gegen den Regen. In der Orangerie des Gutshauses standen noch kleine alte Gewächshäuser, von denen Walter ihm eines angeboten hatte.

Hinter einem von wildem Knöterich überwachsenen Rhododendron bewegten sich ein paar braune Gräser, dann kam Hermine hinter dem Busch hervor. Gemächlich schlug sich die alte Dackeldame bis zum Kiesweg durch, kam zum Gartentor und schaute zaghaft wedelnd zu Arie auf. Die schwarze Hundenase und die Vorderpfoten waren voller brauner Erde. Vitali kratzte winselnd von außen an den Holzstreben.

»Schon gut, ihr beiden.«

Kaum hatte Arie das Tor einen Spaltbreit geöffnet, stürzte Vitali hinein, machte vor der Dackeldame, die ihn ungerührt beobachtete, eine Vollbremsung, gab ihr einen sanften Stups und sprang dann über sie hinweg, um zwischen den Büschen zu verschwinden. Hermine setzte sich und kratzte sich am Ohr.

»Ihr seid schon ein Paar, ihr beiden.« Arie verriegelte das Tor sorgfältig, da Vitali sich immer noch gern auf Erkundungstouren begab. Immerhin hatte es einmal vermutlich Hermine das Leben gerettet.

Arie tätschelte ihr den Kopf und ging zum Haus.

Die Dackeldame war bestimmt auch nicht gut auf den Tod zu sprechen. Der hatte ihr altes Herrchen geholt. Drei Tage hatte sie neben Paul Kohlrab ausgeharrt, nachdem ihm das Herz versagt hatte, mitten im Wohnzimmer im Lesesessel, ein aufgeschlagenes Buch noch in der Hand. Manche würden vielleicht sagen, das sei ein schöner Tod. Hermine war ganz sicher anderer Meinung.

Es hatte sich gegen Ende August zugetragen, Graf Bahrenberg und seine Tochter waren damals im Urlaub gewesen, die Angestellten ebenso, daher hatte zunächst niemand den alten Waldhüter vermisst. Arie und Vitali dagegen hatten auf einer ihrer ziellosen Wanderungen das Jagerhüttl entdeckt und neugierig darauf zugehalten, in der Hoffnung auf einen kollegialen Plausch. Doch auf das Klingeln und Klopfen hin hatte niemand geöffnet. Stattdessen hatte der halbstarke Vitali ein Loch im Zaun gefunden, war hindurchgekrochen und begeistert kläffend auf das Haus zugelaufen.

Arie war nichts anderes übrig geblieben, als seinem Hund zu folgen, und so hatte er zum ersten Mal einen Toten entdeckt. Damals war es nicht so aufregend gewesen, die Todesursache laut dem herbeigerufenen Arzt schnell klar. Paul Kohlrab war achtundsechzig gewesen, wohlbeleibt, Raucher und auch dem Alkohol nicht abgeneigt. Da konnte es schon passieren, dass »die Pumpe ihren Dienst quittiert«, wie Doktor Wissner sich ausdrückte.

Somit hatte also Graf Bahrenberg plötzlich und unerwartet Bedarf an einem Waldhüter gehabt, und ihm war prompt ein deutscher Förster über den Weg gelaufen. Und Arie, der seit einiger Zeit arbeitslos gewesen war und nichts mit seinem Leben anzufangen wusste, seit ihm sein alter Wald weggebaggert worden war, übernahm ein kleines zuge-wachsenes Haus im Wald samt Rauhaardackel, die Verant-wortung für einige tausend Bäume und einen gut gepflegten Wildbestand, um den er sich in Absprache mit dem Jäger des Grafen kümmerte.

Vielleicht würde er diese Geschichte Inspektorin Salz-haller einmal erzählen, falls sie wirklich wissen wollte, was einen Deutsch-Niederländer in eine Tiroler Grafschaft ver-schlug.

Arie betrat das Haus und stand direkt in der Stube. Ei-gentlich handelte es sich um die Hintertür, aber der offizielle Eingang lag zum Wald hin und wurde seit Jahrzehnten nicht mehr benutzt. Im gesamten Inneren war nichts mehr wie zu Zeiten des vorangegangenen Bewohners. Schon allein, weil Arie es trotz aller Professionalität im Umgang mit dem Tod unangenehm gefunden hatte, in einem Raum zu leben, in dem ein Mensch verstorben war. Nach der Renovierung, dem tagelangen Geruch nach Tapetenkleister und frischer Farbe war es dann besser geworden, und seine Ratio hatte wieder die Oberhand gewonnen. Jetzt war es sein und Vitalis Heim und immer noch Hermines, solange sie wollte.

Arie ließ die Tür offen stehen, damit Vitali hereinkommen konnte, wenn er die Inspektion des Gartens beendet hatte – oder spätestens, wenn er hörte, dass sein Futter hergerichtet wurde. Hermine tippelte in die Stube und legte sich in ihr Körbchen, ohne dabei ihren Menschen aus den Augen zu lassen, auch nicht, als Arie durch einen von alten Balken umrahmten Durchgang in die angrenzende Küche ging.

Die Dackeldame war zu Beginn seiner neuen Anstellung seine größte Sorge gewesen. Sie war dehydriert, als er sie gefunden hatte. Zum Glück trank sie sofort, kaum dass Arie ihr frisches Wasser anbot. Doch sie trauerte und litt und fraß nicht einmal das Katzenfutter, das er extra besorgte und das ihm noch nie ein Hund verweigert hatte. Vitali legte sich oft neben sie, den Kopf auf den lang ausgestreckten Vorderpfoten. Er, sonst agil wie Quecksilber, noch jung und immer darauf bedacht, bloß nichts zu verpassen, lag dann ganz still neben seiner Artgenossin und beäugte sie, wie es schien, besorgt.

Am Ende war es Futterneid, der Hermine dazu brachte, wieder etwas zu fressen. Denn sobald Arie nicht aufpasste, leerte Vitali ihre Futterschüssel – und das änderte alles. Es war zwar ihre Entscheidung, nichts fressen zu *wollen*, aber nichts fressen zu *können*, weil ein Jungspund ständig alles wegschlabberte, ging ihr offenbar zu weit. Und so wandte sie sich ab vom Tod und kehrte zurück zu den Lebenden.

6.

»Arie? Arie, bist du zu Hause?« Jemand klopfte energisch ans Küchenfenster, das zum Waldweg lag.

Er öffnete es einen Spalt. »Lissy, bist du das?« Der Stimme nach mochte es die Tochter des Grafen oder die Hauswirtschafterin des Gutshauses sein, und im Gegenlicht konnte er seinen Gast nicht genau erkennen. Die beiden Frauen waren gleich alt und von ähnlicher Statur und Größe.

»Richtig geraten.«

»Komm rein, die Tür ist offen. Pass aber auf, dass Vitali dir nicht entwischt.«

Kurz darauf betrat Elisabeth Bahrenberg, ihre Zeichens Junior-Gräfin und Professorin für Volkswirtschaft an der Universität Innsbruck, die Stube, Vitali freudig tänzelnd an ihrer Seite. Sofort streckte sie entschuldigend beide Hände aus. »Du kannst dir sicher denken, warum ich hier bin. Sepp war gerade bei Walter und hat ihm brühwarm erzählt, dass ihr einen Toten unter einem Holzstapel gefunden habt?«

»So ist es. Setz dich. Willst du was trinken? Ich wollte mir gerade einen Kaffee machen.«

»Gern, wenn du einen überhast. Mit viel Milch.«

»Oder gleich einen Cappuccino?«

»Nein, mach dir nicht den Aufwand. Einfach Milch rein.« Lissy zog ihre Daunenjacke aus und hängte sie an die Wandgarderobe hinter der Tür. »Ich kann jetzt zumachen, oder? Vitali steht am Kühlschrank.«

»Ja. Ist doch noch etwas frisch, um sie offen stehen zu lassen.« Arie füllte Wasser in die Siebträgermaschine. Das kleine rote Gerät im Retrolook war eines der wenigen

Dinge, die er nach seiner Übersiedlung nach Tirol neu angeschafft hatte. Früher hatte ihm Instant-Kaffee gereicht, das war für ihn heute undenkbar. Die Maschine war ein Juwel mit Zweikreiser und hochwertiger Brühgruppe, das Beste, was es in diesem Segment derzeit am Markt gab. Außerdem sah sie gut aus. Die würde sogar diesen schnöseligen Mayr beeindrucken.

Lissy lehnte sich mit verschränkten Armen an den Rahmen des Durchgangs. Sie war eine hübsche Frau, stellte Arie wieder einmal fest. Ein paar Jahre jünger als er – Mitte vierzig – mit schulterlangen kastanienbraunen Haaren und den Kurven an den richtigen Stellen. Leider machte sie sich nichts aus Männern, nicht einmal aus einem blonden Förster, dem nachgesagt wurde, dass er ganz gut aussah. Wirklich bedauerlich.

»Jetzt erzähl schon«, forderte Lissy ihn auf. »Sepp war ganz aufgeregt und ist beinahe vor Mitteilungsbedürfnis geplatzt. Ich habe ihn ewig nicht so lange am Stück reden hören. Allerdings bin ich aus seinem Gerede nicht ganz schlau geworden. Ein Toter, ja? Ein Mann? Erschossen, meinte Sepp, das wäre das Letzte, was er noch mitbekommen hätte, bevor ihr ihn weggeschickt habt.«

Arie mahlte Kaffeebohnen und bereitete einen Espresso für sich, und für Lissy einen großen Kaffee zu. Dann schäumte er rasch etwas Milch auf, das ging schneller, als dass sie widersprechen konnte.

»Viel mehr als Sepp habe ich auch nicht zu erzählen. Wenn das stimmt, was diese Inspektorin vermutet, wurde das Opfer auf einer nahegelegenen Lichtung erschossen und dann in einer ausgescharrten Mulde hinter eben jenem Holzstapel versteckt.«

»Hast du ihn erkannt? Wissen die schon, wer es ist?«

»Er wird um die sechzig gewesen sein, schätze ich, dunkle kurze Haare, normale Figur, weder dick noch dünn, etwas kleiner als ich, also vielleicht eins achtzig? Schwer abzuschätzen, da der gelegen hat. Hatte Wanderkleidung an, kann also von Wer-weiß-woher sein.« Arie trank seinen Espresso aus und lächelte. »Ich kannte ihn nicht, aber was heißt das schon? Ich würde nicht einmal den Nachbarn von Sepp erkennen.«

Lissy lachte auf. »Heißt das, dass Tina Stadler aufgegeben hat, dich in die illustre Gesellschaft Moosachs einzuführen?«

Dazu sagte Arie nichts. Sobald die Leute seinen Namen hörten oder gar erfuhren, dass er halber Niederländer war, erwarteten sie, dass er einen Schalter umlegte und dem Bild entsprach, das viele von seinen Landsleuten hatten: Immer in Feierlaune, lustig und sorglos – gern bekifft –, mitreißend und laut. Bei der letzten Fußball-EM erst hatten die niederländischen Fans mit einer orangen Woge choreografiertem Gehüpfes begeistert und wurden sogar als Europameister des Frohsinns bezeichnet. Nicht, dass Arie etwas dagegen hatte. Es passte eben nur die meiste Zeit nicht zu seinem Naturell. Er wohnte auch nicht in einem Wohnwagen. Und sein letzter Joint lag mehr als zwanzig Jahre zurück.

»Schon gut«, sagte Lissy. »Niemand kann so beredt schweigen wie du, Arie. Aber im Ernst, was passiert denn jetzt? Was macht die Polizei noch?«

»Was schon? Fragen stellen, herumwühlen, bis sie die Person finden, die abgedrückt hat. Stell dir vor, sie haben sogar kurz mich verdächtigt.«

»Dich?« Lissy hob spöttisch die Augenbrauen. »Hast du ihnen erzählt, dass du der Waldhüter bist, der sich weigert, Fasane in ein Gehege zu sperren und sich vermehren zu lassen, nur damit die Hobbyjäger ein paar Vögel mehr zum Abschießen haben?«

»Ich finde es einfach unsinnig. Ich weiß, dass wir Bestände regulieren müssen, aber es ist absurd, Tiere einfach so zum

Spaß abzuschießen.« Und wenn der Jäger Rupert Bittner Arie nach seiner Meinung fragte, wurde es auch immer eher ein Hirsch oder Reh weniger als nötig, den oder das sie im Herbst zum Abschuss freigaben. Das war der Vorteil an seinem Beruf – dass er den Tod wenigstens ein bisschen kontrollieren konnte.

Da stand er schon wieder im Raum, der Tod.

Lissy nickte. »Sie werden auch Paps befragen, meinst du nicht? Es ist sein Anwesen. Am Ende kennt er den Toten. Er kennt eine Menge Leute.«

»Das werden sie sicher. Diese Inspektorin wird zu euch kommen, da verlass dich drauf. Die hatte Haare auf den Zähnen.«

»Damit wird Paps schon fertig.«

»Die wollen sicher auch den Waffenschrank sehen. Ist doch alles vollständig, oder?«

»Denke schon. Paps dürfte seit letztem Herbst nicht mehr dran gewesen sein. Und ich habe seit Jahren nicht geschossen.«

»Gut, vielleicht komme ich trotzdem heute Abend noch rüber und schau alles durch. Sicher ist sicher.«

Lissy kam zwei Schritte auf ihn zu, um ihre Tasse auf der Anrichte abzustellen. Sie musterte ihn eingehend. »Machst du dir Sorgen, es könnte jemand vom Gut gewesen sein?«

»Ich weiß nicht.« Tat er das? Sich Sorgen machen? Bis gerade hatte er noch nicht darüber nachgedacht, aber jetzt, da Lissy es aussprach?

»Die Sache ist ziemlich seltsam«, grübelte er laut.

Lissy schaute schweigend zu ihm auf.

»Sie vermuten, dass der Tote gefunden werden sollte, aber eben nicht sofort, nachdem er getötet wurde, sondern irgendwann später. Warum?« Er blickte Lissy in die braunen Augen und erlaubte sich ein letztes kurzes Bedauern, dass sie nie mehr sein wollte als ein Schwesternersatz. Was eigentlich ganz in Ordnung war. Arie war Einzelkind, und eine hübsche Schwester war ja auch nichts Schlechtes.

»Arie?«

»Entschuldigung, ich war in Gedanken.«

»Ich habe dich gefragt, wie sie darauf kommen, dass er gefunden werden sollte.«

»Ach so, ja. Nun, die Leiche war hinter diesem Holzstapel versteckt. Soweit möglich, hat dort jemand eine Mulde gescharrt und den Toten da hineingelegt. Was bedeutet, dass sie zwangsläufig von den Stadlers gefunden worden wäre, wenn sie das Holz in den nächsten Monaten abgeholt hätten.«

»Interessant. Wer weiß denn darüber Bescheid, wann das Holz geholt wird?«

»Keine Ahnung. Ich und dein Vater. Rupert ist natürlich ständig im Revier unterwegs, aber den interessiert das Holz nicht. Was ist mit Kevin? Hat der etwas damit zu tun?«

»Kevin Burgner, unser Verwalter? Stimmt. Der ist nicht nur für die Bücher zuständig, die das Haus betreffen, er sollte es wissen. Wer noch?«

»Die Stadlers. Die beiden Gesellen in der Tischlerei vielleicht? Walter? Du?« Arie kratzte sich am Kinn und entschied, die Rasur noch vor dem Abendessen nachzuholen.

Vitali lag vor dem Kühlschrank und starrte ihn an, in der Hoffnung, allmählich sein Fressen zu bekommen.

»Ich nicht«, sagte Lissy. »Ich habe mit der Verwaltung und dem Holzgeschäft nichts zu tun. Und Walter ebenso wenig wie Mitza oder ihre Tochter.«

Damit waren alle genannt, die ständig auf Gut Bahrenberg lebten und arbeiteten; die Leute von *Potzblitz*, die wöchentlich zum Reinigen und Fensterputzen kamen, und die Aushilfen, die eine Gärtnerei für umfangreichere Gartenarbeiten vorbeischickte, nicht mitgerechnet.

»Ich kann mal in die Bücher schauen«, bot Lissy an. »Vielleicht finde ich heraus, für wen das Holz nach der Weiterverarbeitung bestimmt war. Wobei ich das schon sehr weit hergeholt finde: Jemand gibt neben einer Holzbestellung auch einen Mord in Auftrag? Oder führt ihn durch? Außerdem wissen wir nicht, ob es genau dieser Holzstapel sein sollte, es könnte einfach der erstbeste gewesen sein, meinst du nicht?«

»Was auch immer noch nicht die Frage klärt, warum der Tote entdeckt werden sollte, beziehungsweise wann. Der Zeitpunkt lässt sich ja nicht so einfach steuern, aber dass er jetzt früher als geplant aufgetaucht ist, steht ziemlich sicher fest.«

»Keine Ahnung, wirklich nicht.« Lissy schüttelte nachdrücklich den Kopf. »Und am Ende ist es doch alles anders, und die Leiche sollte ganz woanders hin. Vielleicht wurde die Tatperson gestört und hat die Leiche nur notdürftig dort verscharrt, um nicht mit einem Toten im Arm erwischt zu werden?«

Möglich war das. Arie glaubte das allerdings nicht. Denn damit der Holzstapel derart unterspült werden konnte, wie das der Fall gewesen war, musste dort schon jemand ordentlich herumgegraben haben.

»Nun, das reicht jetzt.« Er hoffte, dass seine Worte nicht allzu sehr nach Rauswurf klangen, was sie streng genommen sein sollten. »Du kannst jetzt allen aus erster Hand berichten, was passiert ist. Ich komme nach dem Abendessen rüber, und dann können wir meinetwegen weiterreden. Fürs Erste habe ich genug von all diesem unnötigen Sterben.«

»Richtig, der Tod und du seid nicht gerade die besten Freunde.«

»Sagte ich das schon mal?«

»Hin und wieder erwähnst du es.« Lissy schnappte sich ihre Jacke und ging mit einem Abschiedsgruß hinaus.

Immer noch in Gedanken trat Arie zum Durchgang und schaute auf die kahle Wand gegenüber. Dort sollte ein Bücherregal hin, an dem Tina Stadler nach seinen Vorgaben seit einem halben Jahr arbeitete. Er freute sich schon, es endlich zu befüllen, das würde den Raum beleben und endgültig zu seinem Rückzugsort machen. Der Kachelofen, Hermine im Hundekörbchen, ein gemütliches Sofa mit Blick zum Garten hinaus standen bereits an Ort und Stelle. Nur das Regal und die Bücher fehlten noch. *Seine* Bücher. Die von Paul Kohlrab hatte er zum Altpapier gegeben, weil niemand sie hatte haben wollen. Bis auf wenige Ausnahmen waren es alte Taschenbücher aus den Achtzigern gewesen, vergilbt und zerlesen. Auch das Exemplar, das er während seines Todes in der Hand gehalten hatte. Ein Krimi, natürlich. Das Schicksal hätte nichts anderes zugelassen.

7

E twas war anders. Nur was?

Beunruhigt trommelte Arie mit den Fingern gegen die Stahltür des Waffenschranks. Er konnte es einfach nicht greifen, es war nur ein Detail und sicherlich bedeutungslos. Dennoch wäre es ihm lieber, er wüsste, was es war.

Er stand vor dem geöffneten Schrank im Keller des Gutshauses und betrachtete die Gewehre. Der schwere Stahltresor war ein Meter fünfzig hoch und ein Meter breit, sämtlichen gesetzlichen Bestimmungen und Normen entsprechend, feuerhemmend und mit Sicherheitsschlössern ausgestattet. Nach Hermines Rettung war die Bestellung dieser Kiste seine zweite große Tat gewesen, gleich nachdem er auf Gut Bahrenberg angefangen hatte zu arbeiten. Der alte Waldhüter hatte seine Gewehre einfach in einem Winkel unter der Stiege im Haus gelagert, die Waffen des Grafen waren im ganzen Haus verstreut gewesen. Der Graf hatte beteuert, nichts von den gesetzlichen Bestimmungen gewusst zu haben, das sei Sache seiner Angestellten, speziell Paul Kohlrabs. Arie hatte an dieser Version erheblichen Zweifel gehabt, fand es jedoch unklug, seinem Arbeitgeber nur wenige Tage nach Dienstantritt zu widersprechen. Kurzerhand bestellte er mit Lissys Hilfe eben diesen großen Schrank, sammelte sämtliche Pistolen und Gewehre ein, sogar die antiken, sofern sie noch funktionsfähig waren, und brachte sie ordnungsgemäß unter.

Im Gegensatz zur angeblichen Ahnungslosigkeit des Grafens nahm Arie der Tochter ihr Unwissen ab. Lissy erklärte ihm glaubhaft, sie habe nie gewusst, wo Waffen gelagert wurden, da ihr Vater immerhin so klug gewesen war, dies vor ihr geheim zu halten, sogar, als sie längst erwachsen geworden war.

Jetzt waren also alle Schusswaffen dort, wo sie hingehörten.

Arie zählte noch einmal durch. Seine drei Gewehre ganz rechts, zwei Büchsen und eine Flinte. Daneben die beiden alten Stücke seines Vorgängers, die niemand mehr verwendete. Vier Büchsen und drei Flinten von Graf Bahrenberg, die er alle noch benutzte, sowie sechs museumsreife Stücke. Das älteste war ein einschüssiges Werndl Repetiergewehr 1867, mit dem irgendein bahrenbergscher Vorfahr in irgendeinem Krieg in der Habsburger Armee gedient hatte. Arie hatte die Details vergessen. Auf den Regalböden über den Gewehren lagerten knapp zwanzig Pistolen, von modernen Jagdwaffen über alte Armeerevolver bis hin zu Duellpistolen, die vermutlich in keinem adeligen Haushalt Europas fehlen durften.

Die alten Stücke waren alle noch funktionstüchtig, zumindest theoretisch. So waffenvernarrt war der Graf dann doch wieder nicht, dass er sie freiwillig noch ausprobieren wollte. Arie hatte ihm angeboten, sie funktionsuntüchtig machen zu lassen, damit sie über den Kamin gehängt werden konnten, war aber bisher nicht dazu gekommen.

So, und was war an den Waffen jetzt anders, als Arie es in Erinnerung hatte? Die Anzahl stimmte, die Schachteln mit den Patronen lagen, unberührt und nach Kaliber sortiert, wo sie hingehörten. Nacheinander nahm Arie die modernen Gewehre in die Hand, prüfte die Patronenlager – leer, wie es sich gehörte – und schnüffelte an den Läufen.

»*Männer, die auf Waffen starren,* war das nicht einmal der Titel eines Films?«, erklang Lissys amüsierte Stimme hinter ihm.

»Ziegen. Er hieß: *Männer, die auf Ziegen starren.*« Arie stellte die Flinte zurück in den Schrank und schloss ihn.

»Und was war jetzt so besonders an Vaters Flinte?«

»Gar nichts. Ich dachte, es wäre irgendetwas anders. Aber ich weiß nicht, was. Es ist nur ein Eindruck. Es ist alles vollzählig, an den Patronen war ewig niemand mehr dran.« Er prüfte, ob er den Schrank sorgfältig verschlossen hatte, und steckte den Schlüssel ein. »Es gibt zwei Schlüssel. Einen habe ich, den anderen dein Vater. Er hat vorhin bestätigt, was du gesagt hast: Er hat im November das letzte Mal ein Gewehr benutzt. Seitdem ist er nicht mehr am Schrank gewesen.«

»Dann wird es stimmen.«

Gemeinsam verließen sie den Gewölbekeller, der sich unter dem hinteren Teil des Gutshauses befand, und stiegen die Treppe in die Haupthalle hinauf. Mit einem schlechten Gewissen bemerkte Arie, dass der getrocknete Schlamm an seinen Stiefeln Krümel auf dem Terrazzoboden hinterließ. Das würde ihm keine Sympathiepunkte bei Mitza einbringen. Zum Glück ließ sich die Hauswirtschafterin gerade nicht blicken.

»Gut, ich gehe zurück nach Hause. Wird Zeit für den Feierabend.« Er wandte sich dem Eingang zu, einer zweiflügeligen Tür gegenüber einer Doppeltreppe, die den Raum symmetrisch umlief. Gut Bahrenberg war zwar übersichtlich, entsprach aber in allen Stilelementen einem österreichischen Adelssitz aus dem Hochbarock.

Lissy legte ihm eine Hand auf den Arm. »Willst du dich nicht noch einmal bei der Polizei melden? Könnte es nicht wichtig sein, was für einen Eindruck du gerade hattest?«

»Was soll ich denen sagen? Ich habe beim Anblick unserer Waffen ein schlechtes Bauchgefühl? Das sollten alle haben, die sich Waffen ansehen. Schließlich sind sie dazu gedacht, zu verletzten und zu töten.«

»Jetzt sei doch nicht so grantig. Ich dachte ja nur.« Lissy zog die Hand weg. »Dann schönen Feierabend. Vielleicht fällt dir ja noch ein, was dieses Gefühl auslöst.« Mit diesen Worten ließ sie ihn stehen.

Arie sah zu, dass er aus dem Haus kam. Jetzt war Lissy sauer. Manchmal wurde es ihm zu kompliziert mit ihr. Dabei hatte er seine Aussage durchaus ernst gemeint. Sein Eindruck würde der Polizei nun wirklich nicht helfen, damit machte er sich nur lächerlich. Die brauchten etwas Handfestes, das sie dann überprüfen konnten.

Draußen war es bereits dunkel. Zwei Stufen auf einmal nehmend ging er die Freitreppe vor dem Haus hinunter auf den gekiesten Platz. Wo um eine Rotunde mit Springbrunnen und Blumenrabatten einst Kutschen gehalten hatten, parkten jetzt Autos, wenn sich in der Remise zur Linken des Hauses kein Platz mehr fand. Fahlgelbe Lichterinseln unter Laternen erhellten den Platz nur spärlich und verloren sich die Auffahrt entlang unter den mächtigen Kastanien zu kleinen Punkten.

Vor der Remise parkte ein hellgrüner VW-Kastenwagen der Gärtnerei Oberkirchner. Gerade stieg ein groß gewachsener dunkelhaariger Mann um die dreißig ein. Arie glaubte, Roman Sladic zu erkennen, eine der regelmäßigen Aushilfen, die ab jetzt bis zum kommenden Herbst hier arbeiten würden. Vermutlich hatte er Setzlinge oder so etwas angeliefert. Es wurde also wirklich Frühling. Arie winkte ihm zu, doch Roman fuhr davon, ohne ihn zu bemerken. Er bog in die Auffahrt ein und musste prompt einem entgegenkommenden roten Micra ausweichen. Die Scheinwerfer beider Wagen wurden kurz aufgeblendet, dann verschwand der Wagen der Gärtnerei unter den Bäumen. Der Micra fuhr an der Rotunde vorbei und parkte seitlich der Treppe vor dem Haus. Das war Mitza. Arie zog den Kopf ein und eilte über den Platz. Eine Standpauke wegen seiner dreckigen Stiefel hatte ihm gerade noch gefehlt. Und die Hauswirtschafterin würde wissen, dass er der

Verursacher war. Für so etwas besaß sie ein untrügliches Gespür.

Der Motor erstarb, zugleich wurde die Autotür aufgestoßen. »Arie, warte.«

Er blieb stehen und wandte sich der Stimme zu. »Servus, Mitza. Schön, dich zu sehen.« Und das meinte er, trotz des möglichen Donnerwetters, ehrlich.

Im Gegensatz zu Lissy, bei der er mit dem, was er sagte, immer etwas auf der Hut sein musste, war die gebürtige Polin eine Seelenverwandte. Vielleicht lag es daran, dass sie beide sich in Moosach zwar heimisch fühlten, den Stempel des oder der Fremden jedoch hin und wieder aufgedrückt bekamen.

Arie fand Mitza nicht weniger hübsch als Lissy, auch wenn sie ein anderer Typ war, mit sehr heller Haut und dunklen Haaren, äußerlich kühler als die Grafentochter.

Mitza schaute erst zu seinen Stiefeln und dann zu ihm auf. Der Ausdruck ihres runden Gesichts wurde fürsorglich. »War ein harter Tag, was?« Mochte ihre Ausstrahlung herb wirken, brannte ihr Herz stets voller freundlicher Wärme.

»Du hast es schon gehört?« Verstohlen rieb er sich die linke Stiefelspitze am Hosenbein ab.

»Wer denn nicht?« Sie öffnete den Kofferraum. »Hilfst du mir, die Einkäufe reinzutragen?«

Er erblickte zwei Klappkisten mit Lebensmitteln sowie zwei Pappkartons Wein. Mitza war bei Fabio Salvodelli gewesen. Der unumstrittene Lieblingsitaliener Moosachs führte an der Landstraße eine Trattoria mit angeschlossenem Geschäft, in dem Arie auch seine Kaffeebohnen kaufte. Und weil Salvodelli um seinen Ruf wusste, hatte er sogar sein Geschäft danach benannt: *Der Lieblingsitaliener.*

»Kann ich machen.« Er schnitt eine Grimasse.

»Jetzt zier dich nicht. Ich habe deine Stiefel längst gesehen.

Du bist aus der Halle gekommen.« Resolut packte sie eine der Kisten.

Arie bückte sich und nahm die beiden Weinkartons auf.

»Abmarsch«, befahl Mitza und scheuchte ihn mit einem Kopfnicken zurück die Treppe hinauf. »Morgen früh kommen die Damen von *Potzblitz,* so lange kann der Dreck da liegen bleiben.«

»Mitza? Geht es dir gut?« Er warf einen Blick über die Schulter.

Sie grinste zu ihm hinauf. »Alles bestens. Jetzt geh schon, Wikinger. Ich will heute noch fertig werden. Hast du schon zu Abend gegessen?«

»Habe ich, warum?«

»Ich habe heute Vormittag Focaccia gebacken und jetzt alles für Bruschetta eingekauft. Der Graf isst heute im Wirtshaus, um über den Toten zu tratschen.«

Das wusste Arie, auch wenn er es nicht so despektierlich ausgedrückt hätte.

»Also gibt es hier kalte Küche«, schloss Mitza.

»Nun, eine Scheibe Brot mit etwas Tomate passt sicherlich noch.« So wie er Mitza kannte, hatte sie auch beim guten Olivenöl zugegriffen.

Sie durchquerten die Halle und bogen nach rechts zu den Wirtschaftsräumen ab, damals wie heute das Reich der Angestellten. Wo allerdings früher vier Küchenmädchen und zwei Köchinnen gelebt hatten, befand sich jetzt Mitzas großzügige Wohnung, die sie mit ihrer siebzehnjährigen Tochter Saskia teilte. Gut Bahrenberg mochte im Vergleich zu anderen österreichischen Adelsgütern klein sein, bot aber mehr als genug Platz für das verbliebene Personal – also Mitza. Die einstigen Kammern der Hausmädchen und Diener im Dachgeschoss lagen schon seit Jahrzehnten verwaist. Der Gärtner und gelegentliche Chauffeur Walter Vogl lebte im Pförtnerhaus am Ende der Allee direkt an der Landstraße.

Arie brachte den Wein in den dafür bestimmten Keller und bemerkte erleichtert, dass in seinen Stiefelsohlen inzwischen kein Dreck mehr hing, sodass er keine weiteren Spuren hinterließ. Währenddessen hatte Mitza bereits alles in der Vorratskammer verstaut. Nun stand sie in der Gutsküche und würfelte Tomaten und Zwiebeln. Hier hatte Lissy vor einigen Jahren dafür gesorgt, dass alles modernisiert und auf den neuesten Stand der Technik gebracht wurde. Statt der riesigen Gasherde, die ausgereicht hatten, eine Kompanie zu bekochen, gab es einen Induktionsherd, einen Backofen und einen Dampfgarer. Die Anrichte, an der ein halbes Dutzend Küchenpersonal Platz zum Arbeiten gehabt hatte, war einem großen Holztisch mit Sitzbänken gewichen. Genau dort ließ Arie sich am Kopfende nieder und streckte seufzend die langen Beine aus.

Mitza mischte Tomaten, Zwiebeln, Basilikum und Olivenöl in einer Schüssel. Sie schien nicht zufrieden und schnitt dann noch zwei Tomaten dazu. Das Messer raste über das Schneidbrett.

»Mir wird allein vom Zusehen schwindelig«, meinte Arie. »Wie machst du das nur?«

»Gelernt ist gelernt. Und die Küchenarbeit ist mir immer noch die liebste.« Sie legte das Messer ab und stemmte die linke Hand in die Hüfte. »Was denkst du, was das früher hier für eine Arbeit war, wenn tagelang für eine Festgesellschaft gekocht wurde.« Ihre Augen nahmen einen träumerischen Ausdruck an. »Da gab es keine Fertigsoßen, keine Backmischungen, keine Tiefkühlkräuter. Echte, ehrliche Handarbeit. Ach, mir wird ganz anders, wenn ich mir das nur vorstelle. Es muss großartig gewesen sein.«

»Es war ein Knochenjob, wie alle anderen. Mit langen Arbeitszeiten und meistens undankbar bezahlt. Gerade wenn es dazu diente, der Oberschicht die gepuderten Hinterteile nachzutragen.« Auch wenn Arie sich nicht despektierlich über seinen Arbeitgeber äußerte, hieß das nicht, dass er ein Fan des europäischen Adels war. Die Probleme, die dieses System mit sich gebracht hatte, wirkten sich schließlich bis heute aus, wo doch – angeblich – alle Menschen gleiche Rechte hatten.

»Mann, du bist wirklich nicht gerade ein Romantiker.« Sie gab ihm einen freundschaftlichen Klaps auf den Oberarm.

»Damit kann ich leben.«

Mitza lächelte ihm zu, und es tat Arie unerwartet gut. Dieser Tag, der mit dem Anblick einer grauen Hand, die aus einem Holzstapel ragte, begonnen hatte, schien doch noch ein versöhnliches Ende für ihn bereitzuhalten.

Sie stellte Schüssel, Brot und zwei Teller vor ihm ab und zog sich das Haargummi aus den dunklen Haaren, die sie zum Arbeiten zu einem Pferdeschwanz gebunden hatte. »Was möchtest du trinken?«

»Wenn du mich so fragst, wäre jetzt eine gute Zeit für einen Grappa. Hier sieht Hermine mich auch nicht, wenn ich ihn trinke. Sie schaut sonst immer so missbilligend.«

Mitzas helles Lachen war erst recht eine Wohltat. Es klang so voller Leben nach einem Tag voller Tod.

Die Hauswirtschafterin verschwand und kehrte mit einer Flasche Grappa und zwei Gläsern zurück. Großzügig schenkte Arie ihnen beiden ein.

Mitza hob ihr Glas. »Und jetzt ohne Quatsch und Schabernack, Arie Daamen. Wie geht es dir?«

Er hob seinerseits das Glas und betrachtete die goldgelbe Flüssigkeit. »Das ist wirklich eine schwierige Frage, weißt du das? Zu behaupten, mir ginge es gut, wäre gelogen. Ich bin ein wenig … beunruhigt. Aber es gab so viele Momente in meinem Leben, in denen es mir schlechter, viel schlechter ging.«

»Ich verstehe. Berührt dich das Schicksal des Toten?« Sie legte eine Hand auf die Brust. »Mich nicht, wenn ich ehrlich sein soll. Davon zu hören war, wie über einen Unfall in der Zeitung zu lesen. Vielleicht wäre es anders gewesen, wenn ich ihn gesehen hätte, aber so?«

Arie brummte nur. Ihm erging es kaum anders, und genau das machte ihm zu schaffen. Müsste so ein Tod ihm nicht nahegehen? Auch damals, bei der Entdeckung von Paul Kohlrabs Leiche hatte er kaum etwas für den Toten empfunden. Hermine, fast verdurstet und verzweifelt, hatte all sein Mitgefühl gegolten. Für sie hatte er etwas tun können, für den Toten schon lange nicht mehr.

Beunruhigt war er dennoch, aber mehr wegen der Konsequenzen, die sich für die Lebenden ergeben mochten. Und jetzt fragte er sich, was mit ihm nicht stimmte, dass ihn der Anblick toter Menschen so kaltließ. Konnte er das Mitza erklären?

Sie ergriff seine Hand. »Du solltest heute Nacht nicht alleine bleiben.«

Er stieß sein Glas gegen das ihre. Ein feiner Klang surrte durch die stille Küche. »Heißt das, du kommst heute Abend mit zu mir?«

»Das hättest du wohl gern.«

Arie fiel auf, dass sie das genaue Gegenteil zu dieser verstockten Inspektorin Salzhaller war. »Ich hätte wirklich nichts gegen Gesellschaft.«

»Ist das eine Einladung?« Mitza zog die Stirn in Falten, als müsste sie darüber nachdenken, obwohl ihre Entscheidung sicherlich längst gefallen war. »Saskia übernachtet bei einer Schulfreundin, sie wird ihre alte Mutter nicht vermissen.«

Er neigte den Kopf und trank. Ein warmes Gefühl breitete sich in seinem Inneren aus. Es rührte nicht ausschließlich vom Alkohol.

»Auf eine Tasse Kaffee, selbstverständlich«, erklärte er nachdrücklich. »Ich koche dir die ganz Nacht welchen, wenn du möchtest.«

Sie stützte das Kinn auf eine Faust und lächelte schelmisch. »Ein Kaffee im Jagerhüttl? Aus deiner guten Maschine? Von dir hergerichtet?«

»Er ist immer noch nicht perfekt. Aber dafür, dass die Landsleute meines Vaters die Senseo erfunden haben, schlage ich mich ganz ordentlich, meinst du nicht?«

»In der Tat, Arie. Das tust du.«

Ein Donnerstag im April

8.

Ein seltsam schrilles Geräusch weckte Arie am nächsten Morgen. Er tastete im Halbdunkel nach dem Wecker auf seinem Nachttisch, der jedoch nicht die Ursache dieses Lärms war. Immerhin wusste Arie jetzt, dass es halb neun war, somit der Tag vor den Vorhängen längst hell, das Bett neben ihm leer. Letzteres hatte er nicht anders erwartet. Mitza war Frühaufsteherin, sie hatte dem Grafen sicherlich längst das Frühstück zubereitet und scheuchte jetzt das Team der Putzfirma durchs Haus, um alles wieder auf Hochglanz bringen und nicht zuletzt die Schlammkrümel des Waldhüters beseitigen zu lassen.

Das Klingeln wie von einer altersschwachen Alarmanlage brach ab. Arie erinnerte sich daran, dass es hier ein Festnetztelefon gab. Dessen Klang hatte er bisher nur zwei- oder dreimal gehört und schon wieder vergessen gehabt. Bevor er sich entscheiden konnte, ob er wach genug war, um aufzustehen, schrillte es erneut. Brummend warf er die Decke zurück und tappte barfuß die Stiege hinab in den Flur. Am Absatz blinzelte Vitali ihn verschlafen an und kam ihm dann in der Hoffnung auf ein Frühstück hinterher in die Stube.

Das Festnetztelefon schrillte unbeeindruckt weiter. Es gab exakt eine einzige Person, die diese Nummer statt der seines Mobiltelefons benutzte.

Arie ließ die Schultern kreisen und nahm ab. »Daamen, Waldhüter von Gut Bahrenberg am Apparat.«

»Arie, ich hoffe, ich habe Sie nicht aus den Federn geholt!«

»Nein, Herr Graf, ich bin schon eine Weile auf.«

»Das dachte ich mir. Mitza wirbelt ja schon seit zwei

Stunden hier herum.« Das Schlimme an so kleinen Gemeinschaften war ja, dass immer alle alles mitbekamen. Immerhin legte sein Dienstherr Wert darauf, keine Meinung dazu zu haben, was seine Angestellten in ihrer Freizeit taten, solange sie ihm im rechten Moment zur Verfügung standen.

»Was kann ich denn für Sie tun, Herr Graf?«

»Ja, hören Sie, Arie, die Angelegenheit könnte etwas heikel werden. Würden Sie mich heute auf elf Uhr nach Innsbruck fahren? Dieser Tote ... ich weiß nicht, was mit ihm ist. Diese Inspektorin Salzhuber will mit mir reden.«

»Salzhaller?«

»Salzhaller, richtig. Nun, Sie wollte mir am Telefon nicht sagen, um was es geht. Und Walter ist heute morgen wegen seiner Bandscheibe beim Doktor Wissner. Wir werden eben alle nicht jünger, was?«

Arie gähnte. Der Tag hatte noch nicht recht begonnen, und schon kam ihm dieser Tote wieder in die Quere. Das konnte ja heiter werden. »Sicher, ich fahre Sie. Ich bin um zehn am Haus. Welches Auto möchten Sie nehmen? Den Rolls?«

»Ach nein, das soll bei der Polizei nicht so protzig wirken. Wir nehmen den BMW.«

»Natürlich.« Das neuste Gefährt des Grafen war ein vollelektronischer BMW i7 mit Vollausstattung und Lederbezügen. Nach Aries Ermessen auch nicht gerade der Inbegriff von Bescheidenheit, aber tatsächlich eines der günstigeren Modelle des bahrenbergschen Fuhrparks.

Arie legte auf, weckte die schnarchende Hermine und scheuchte beide Hunde hinaus in den Garten. Dann ging er ins Bad. Nach einer kleinen Runde mit Vitali bliebe ihm noch genug Zeit für ein Frühstück.

9.

Es war ein Erlebnis, das Elektroauto zu fahren. Normalerweise war es Walter Vogls Aufgabe, nicht nur als Gärtner zu arbeiten, sondern auch den Chauffeur zu geben, seit Graf Alexander Augustus Bahrenberg sich nicht mehr selbst hinters Steuer setzte. Fasziniert testete Arie, wie gut der Wagen beschleunigte, bis irgendwann der Anblick der allzu verkniffenen Miene seines Dienstherrn im Rückspiegel ihn dazu ermahnte, gemächlicher zu fahren.

Arie war bisher kaum mehr als ein halbes Dutzend Mal in Innsbruck gewesen, und wenn er dort keine Aufgabe hatte, zog ihn auch nichts dorthin. Was nicht an der Stadt lag, die gefiel ihm ganz gut, wenn er auch das Gewese um dieses goldene Gesims nicht verstand, das als die größte Attraktion der Stadt galt.

»Wie lange noch, Arie?« Graf Bahrenberg klang ein wenig nervös.

»Laut Navi nur noch fünf Minuten bis zur Pforte des Gerichtsmedizinischen Institutes. Sie sagten, dass uns dort jemand abholt?«

»So sollte es sein. Ich hoffe doch sehr, dass diese Inspektorin in ihren Zusagen zuverlässig ist.«

Kurz darauf lenkte Arie den Wagen auf einen Randstreifen. »Hier können Sie aussteigen, ich warte hier.«

»Warten? Worauf denn?«

»Darauf, dass Sie nach Ihrem Termin zurückkommen und ich Sie zurückfahren kann?« Arie war verwirrt. Darüber hatten sie gar nicht gesprochen, das war für ihn offensichtlich gewesen.

»Nein, Sie warten nicht, Sie kommen selbstverständlich mit.«

»Ach so? Möchte Inspektorin Salzhaller das?«

»Hören Sie, Arie, das ist mir völlig gleichgültig, was diese Dame möchte. Ich bin es, der Sie herzlich bittet, mich zu begleiten.«

Der Graf hatte Angst. Er wollte ein vertrautes Gesicht an seiner Seite.

»Außerdem«, fuhr Graf Bahrenberg fort, »sind Sie in diese Angelegenheit involviert. Mehr als Ihnen lieb ist, vermute ich.«

»Das vermuten Sie völlig richtig.«

»Und gerade deshalb sollen Sie mit mir kommen. Wer weiß, was die mir anhängen wollen. Sie sind mein Zeuge.«

»Zeuge? Nichts für ungut, aber wenn Sie da irgendwelche juristischen Schwierigkeiten erwarten, sollten Sie besser Ihren Anwalt mitnehmen.«

Vor dem unscheinbaren Gebäude der Gerichtsmedizin sah Arie einen uniformierten Polizisten, der sich der Pforte näherte.

»Nicht diese Art von Schwierigkeiten.« Der Graf druckste herum. »Jemand wie ich, aus dem Adel, das ist … unsere Beliebtheitswerte sind gerade nicht die besten, verstehen Sie?«

Nein, das verstand Arie nicht im Geringsten. Zugegeben, er kannte seinen Dienstherren nicht sehr gut, dafür liefen sie sich zu selten über den Weg. Außerdem ging es bei ihren Aufeinandertreffen in der Regel um formale Angelegenheiten. Aber als paranoid hätte er Graf Bahrenberg bisher nicht eingeschätzt.

Laut sagte er: »Dann steigen Sie aus. Dort hinten kommt ein Polizist, ich nehme an, dass der uns zur Gerichtsmedizin bringen soll. Ich suche noch einen Parkplatz, und dann komme ich nach.«

Der Graf hob seinen Gehstock und öffnete gleichzeitig die Tür. »Lassen Sie das Auto einfach hier stehen. Das klaut schon niemand.«

»Hier steht ein Schild mit dem deutlichen Hinweis, dass dieser Seitenstreifen nur zum Ein- und Aussteigen benutzt werden soll.«

»Das regele ich notfalls mit Obermoos.«

»Wem, bitte?«

»Dem Landespolizeidirektor.«

Arie verkniff sich jedes weitere Wort, stellte den Motor ab und stieg aus. Offiziell durfte der Graf sich selbst nicht mehr als solchen bezeichnen, da das Tragen des Adelstitels mit der Abschaffung der Monarchie nach dem verlorenen Ersten Weltkrieg verboten worden war. Wenn ihn dagegen jemand mit Titel ansprach, war das erlaubt, und er hatte nichts dagegen. Trotz vieler moderner Ansichten hatte er sich einen gewissen Standesdünkel bewahrt und stellte das manchmal unter Beweis.

Der Uniformierte war einer der beiden, die Arie bereits gestern im Wald kennengelernt hatte. »Lottermoser mein Name, Herr Graf.« Enthusiastisch schüttelte er Graf Bahrenberg die Hand. »Ich freue mich außerordentlich, Sie kennenzulernen. Chefinspektorin Salzhaller wird Ihnen gleich persönlich erklären, um was es geht. Bitte kommen Sie, ich führe Sie durch das GMI.« Er öffnete die Arme weit, als wolle er ihn in eine aufregende Theatervorstellung einladen. Für Arie hatte er ein knappes Nicken übrig.

Nach nur wenigen Schritten blieb Arie stehen und klopfte sich demonstrativ auf die Tasche seiner Outdoorjacke. »Ich habe mein Telefon im Wagen vergessen. Gehen Sie ruhig schon vor. Wo muss ich hin?«

Lottermoser erklärte ihm mit kurzen Gesten den Weg. Rasch lief Arie zurück und fuhr den Wagen in die ausgeschilderte Kurzparkzone. Wie er das seinem Dienstherrn erklären würde, wusste er noch nicht, aber darum konnte er sich später kümmern.

10.

Arie hatte sich zuvor keine Gedanken darüber gemacht, wie sein zweites Aufeinandertreffen mit der Inspektorin verlaufen könnte. Jetzt wusste er es: schlimmer.

Salzhaller empfing sie in einem fensterlosen Besprechungsraum mit freudlos grauen Wänden und steril weißen Möbeln. Sie schien nicht geschlafen zu haben, zumindest deuteten das die dunklen Augenringe an. Umgezogen hatte sie sich allerdings. Heute trug sie einen schwarzen Hosenanzug zu einer burgunderroten Bluse. Neben dem in einem förmlichen dunkelblauen Anzug und teurem Mantel gekleideten Grafen war Arie in Jeans und Sneakern dieses Mal derjenige, der falsch angezogen war. Es war ihm egal.

Seine Anwesenheit stellte niemand infrage, was er eigentlich gehofft hatte, dann hätte er nämlich doch im Auto warten können.

Der vermuteten kurzen Nacht entsprechend übellaunig erklärte Salzhaller Graf Bahrenberg nach einer knappen Begrüßung, was sie von ihm wollte: »Es geht ganz schnell. Sie schauen dem Mann ins Gesicht und sagen mir, ob Sie ihn kennen.« Dabei musterte sie ihn durchdringend, und was sie sah, schien sie zufriedenzustellen. Arie verstand nicht, was das bedeutete, aber er ahnte nichts Gutes.

Dagegen tat der Graf, als bemerke er nichts davon. »Ihn kennen? Warum sollte ich einen toten Mann kennen, nur weil der zufällig auf meinem Grund und Boden gefunden wurde?« Er stützte sich mit beiden Händen auf seinen Gehstock. Seit einer Hüftoperation Anfang des Jahres war er immer noch nicht wieder gut zu Fuß, aber er weigerte sich standhaft, eine andere Gehhilfe zu benutzen als diesen altertümlichen Stock mit einem Greifen aus massivem Silber als Griff.

»Auf Ihrem Grundstück und von Ihrem Waldhüter, ganz recht. Und vielleicht erleben Sie ja eine Überraschung.« Obwohl Salzhaller ihre Worte an Graf Bahrenberg richtete, schoss sie dabei einen scharfen Blick zu Arie, den er ebenso wenig zu deuten wusste. Er probierte es als Reaktion mit einem verhaltenen Lächeln, das an ihr abprallte wie ein Tannenzapfen, der auf felsigen Untergrund schlug.

»Und deshalb sollte ich herfahren? Hätten Sie nicht einfach zum Gutshaus kommen und mir ein Foto zeigen können?«

»Ich habe meine Gründe, keine Sorge.«

Der Graf schien einzusehen, dass er keine vernünftige Antwort erhalten würde, und wedelte mit der Linken. »Dann machen Sie schon. Zeigen Sie mir Ihren Toten. Sie bekommen Ihren Willen. Danach lassen Sie mich und meine Angestellten in Ruhe.« Er schaffte es, seine Worte nachsichtig klingen zu lassen, als spräche er mit einem patzigen Kind.

Arie konnte es ihm nicht verübeln.

Salzhallers Miene nach waren die Zwischentöne bei ihr ebenfalls angekommen. Wortlos führte sie die beiden einen langen Flur entlang. Gesprochen wurde nicht, neben den Schritten hallten Graf Bahrenbergs Stockaufschläge durch die Stille. Arie schauderte. Er hatte schon länger den Verdacht, dass sein Unbehagen in schmalen und kleinen Räumen in jüngerer Zeit klaustrophobische Züge annahm. Der fensterlose Raum war ihm schon unangenehm gewesen. Dieser Gang war genauso bedrückend, da half auch die freundlichere mintgrüne Wandfarbe nicht.

Der Anblick des winzigen, betagten Aufzuges, vor dem sie schließlich Halt machen, gab ihm den Rest. »Wo ist die Treppe? Ich gehe zu Fuß.«

Salzhaller schaute überrascht auf. »Das sind sechs Stockwerke bis ins zweite Untergeschoss.«

»Sie bringen mich um meine tägliche Waldrunde. Da muss ich zusehen, dass ich wenigstens auf diese Weise Bewegung bekomme.«

»So.« Die Inspektorin schien begriffen zu haben, dass sie gerade ein kleines Geheimnis des Försters erfahren hatte, und lächelte, wie eine Katze lächeln würde, bevor sie einer Maus den Kopf abbiss. »Da vorne hinter der Glastür. Wir warten unten auf Sie.«

Wenigstens Letzteres schaffte Arie zu vermeiden. Er stand bereits in dem nächsten schmalen Flur – himmelblau, kaum besser als der andere –, als sich die Aufzugtür öffnete und seine Begleitung entließ.

Sie betraten einen kühlen Raum und schauten durch eine große Fensterscheibe in einen zweiten, auf dem die mit einem Tuch bedeckte Leiche auf einem Metalltisch aufgebahrt lag.

Salzhaller ging zu einer Gegensprechanlage und wies jemanden im Nebenraum an, das Tuch zu lüften. Eine Person mit Gazehaube, Mundschutz und einem Kittel betrat den Raum und winkte ihrem Publikum kurz zu. Ein Monitor schräg über dem Metalltisch erwachte zum Leben und zeigte den noch verhüllten Kopf des Toten frontal von oben. Respektvoll schlug die Person im Kittel das Tuch zurück, verschränkte die Hände vor dem Bauch und trat zur Seite.

Arie starrte in den Nebenraum, von der Bahre zum Monitor mit demselben Gesicht in Großaufnahme und wieder zurück. Neben ihm räusperte sich Graf Bahrenberg, bewegte sich unruhig auf der Stelle, sagte jedoch nichts.

Der Tod hatte Arie im Wald genarrt. Das hätte ihm doch gestern schon auffallen müssen?

Es war unübersehbar.

Und es würde üble Konsequenzen nach sich ziehen, mehr,

als er gestern Abend beim Essen mit Mitza befürchtet hatte. Jetzt verstand er auch Salzhallers gründliche Musterung des Grafen vorhin.

»Nun, Herr Bahrenberg? Möchten Sie sich äußern? Haben Sie eine Erklärung für mich?« Salzhaller klang erstaunlich einfühlsam.

Sie machte es Arie echt schwer, sie einzuschätzen.

»Nun, ich ... Sie wissen vermutlich schon ... Das ist ein ... merkwürdiger ...« Graf Bahrenberg lachte nervös auf. »Ich dachte, er wäre in ... keine Ahnung. Das letzte Mal habe ich von ihm gehört, da ist er mit seiner Jacht im Mittelmeer herumgekreuzt. Lebte in der Nähe von Triest auf einem der früheren Feriendomizile unserer Familie. Das gehört ihm. Was unsere Vorfahren früher an Platz im Urlaub benötigt haben, reicht ja heutzutage zum Leben, nicht wahr?« Wieder ein nervöses Lachen.

Arie war immer noch außerstande, einen klaren Gedanken zu fassen. Im Gegensatz zu der Entdeckung der Leiche gestern, wo er sich in seiner gewohnten Umgebung befunden hatte und der Tod dort nicht einmal eine Besonderheit war, überforderte ihn das hier völlig.

»Herr Bahrenberg, mit allem Respekt!«, knallte Salzhallers Stimme gleich einem Peitschenhieb durch den Raum. »Wer ist das?«

»Das ist ... das war mein jüngerer Bruder. Felix Augustus Graf von Bahrenberg, ja. Es sieht ganz so aus. Die Familienähnlichkeit ist wohl auch für ein ungeübtes Auge kaum zu übersehen.«

Aries Verstand verhakte sich an der Tatsache, dass es beim Bruder des Grafen plötzlich *von Bahrenberg* hieß. Das Adelsprädikat hatten bisher immer alle weggelassen. Jetzt war ihm beinahe, als würde auch hier ein anderer Mensch neben ihm stehen und sich gerade mit einem Stofftaschentuch über die Stirn wischen, obwohl es in diesem Raum nun wirklich nicht heiß war. Dafür kam es Arie vor, als wären die Wände etwas näher gerückt als noch Minuten zuvor. Das war natürlich Einbildung. Dennoch hoffte er inständig, dass sie nicht mehr allzu lange hier verblieben.

»Vielen Dank, Herr Bahrenberg.«

»Sie wussten das schon, oder? Sie wussten, wer er ist. Dass er mein Bruder ist.«

»Ihre Identifikation hilft uns sehr, unseren Verdacht zu bestätigen.«

»Wie kommt der in meinen Wald?«

»Das würde ich gern von Ihnen wissen.«

»Ich habe nicht die geringste Ahnung! Ich habe Felix seit fast dreißig Jahren nicht mehr gesehen oder gesprochen. Wir haben … Er ist … war … Sagen Sie, können wir uns vielleicht irgendwo hinsetzen? Ich kann nicht gut lange stehen.«

Endlich schaffte es Arie, sich von dem Anblick der Leiche ab- und seinem Dienstherrn zuzuwenden. Graf Bahrenberg war sichtlich in Aufruhr, schaffte es nicht, die ihm anerzogene Haltung zu wahren. Vielmehr wirkte er, als würde er gleich in Tränen ausbrechen.

Behutsam fasste Arie ihn an beiden Schultern und schob ihn in Richtung Ausgang. Salzhaller gab eine kurze Anweisung über die Gegensprechanlage und hielt ihnen dann die Tür auf.

Kein Wort kam über ihre Lippen, doch Arie glaubte Zufriedenheit in ihrem Gesicht zu erkennen. Verdenken konnte er es ihr nicht. Es war schließlich ihre Aufgabe, das Opfer zu identifizieren, die Tatperson zu finden und für die Konsequenzen zu sorgen. Ersteres war ihr nun gelungen.

»Wir werden diese Sache in Ruhe besprechen, Herr Bahrenberg. Ich habe einige Fragen.«

»Ja, selbstverständlich, keine Ursache. Ich stehe zur Verfügung.«

»Folgen Sie mir bitte.« Mit einem Schwung, der ihre erschöpfte Miene Lügen strafte, ging sie voraus.

Vielleicht war es ein bisschen mit der Jagd vergleichbar. Auch wenn er es nicht gern tat, sondern weil es nötig war, gestand Arie sich ein, dass er nach einem erfolgreichen und sauberen Abschuss zufrieden war.

Natürlich kannte er Salzhallers Motive, aus denen sie ihren Beruf gewählt hatte, nicht. Dass irgendwem diese Arbeit Spaß machte, konnte er sich einfach nicht vorstellen. Daher vermutete er, dass sie den Job machte, weil sie es für nötig hielt, und damit hatte sie ja leider recht. Ein befriedigendes Gefühl über den ersten Schritt bei der Aufklärung einer solchen Gräueltat war somit für ihn verständlich.

Dann wurde Arie sich des gebrochenen Mannes bewusst, der sich an seinen rechten Arm geklammert aufrecht hielt. Graf Bahrenberg schüttelte den Kopf und murmelte vor sich hin. Hin und wieder tupfte er sich mit dem Taschentuch über die Augen.

Eine Jagd, wusste Arie, hatte immer zwei Seiten. Die der Jagenden und die der Gejagten. Entweder die Gejagten entkamen, oder sie wurden zur Beute. Es konnte immer nur eine Seite gewinnen.

II.

Salzhaller führte sie dieses Mal in einen hellen und freundlichen Raum, der zu Aries Erleichterung Fenster hatte, aus denen er einige kahle Baumkronen erblickte, unter denen Narzissen blühten. Das reicht ihm fürs Erste, um sich von den engen Räumen zu erholen.

Sie nahmen um einen runden Tisch herum Platz. Lottermoser klappte einen Laptop auf und begann sofort zu tippen. Die Inspektorin ließ Kaffee und Kaltgetränke bringen und erklärte nachdrücklich, es handele sich um ein informelles Gespräch, mit dem sie sich ein möglichst genaues Bild des Opfers machen wollte. Arie glaubte ihr kein Wort, aber er war ohnehin nur Zuschauer und nahm sich vor, zu schweigen. Er verstand inzwischen, was sich die Inspektorin dabei gedacht hatte, Graf Bahrenberg seinen Bruder vor Ort identifizieren zu lassen, statt ihm nur ein Foto zu zeigen. Der Anblick der Leiche hatte zweifelsohne Eindruck hinterlassen. Außerdem befanden sie sich in Salzhallers Revier.

Graf Bahrenberg fügte sich mit einem Nicken in sein Schicksal. »Stellen Sie Ihre Fragen, Frau Chefinspektorin, ich werde sie, so gut es mir eben möglich ist, beantworten. Aber erwarten Sie nicht zu viel. Ich hatte, wie gesagt, keinen direkten Kontakt zu meinem Bruder. Hin und wieder habe ich über eine Schwester meines Vaters, Sibille Bahrenberg, davon gehört, was er so treibt. Aber es hat mich nicht sonderlich interessiert. Felix war der Jüngste, ich bin der Älteste. Wir haben uns nicht sehr nahegestanden.«

»Wie alt sind Sie?«

»Ich bin fünfundsiebzig, Felix war neun Jahre jünger. Wir hatten noch eine Schwester, aber die ist vor vier Jahren an Krebs verstorben.«

Salzhaller nickte Lottermoser zu, der eifrig tippte.

»Und Ihre Tante? Sibille Bahrenberg? Wenn sie in Kontakt zu Ihrem Bruder stand, kann sie mir Auskunft geben?«

»Das würde sie sicher, aber auch sie ist verstorben. Im Januar erst, im stolzen Alter von einhundertzwei.«

»Verstehe. Nun, dann erklären Sie mir bitte, was in Ihrer Familie vorgefallen ist, dass Ihr Bruder weitab von Tirol an der italienischen Adriaküste lebte.«

»Was sollte das mit seinem Tod zu tun haben?«

Salzhaller schien Mühe zu haben, sich in Geduld zu fassen. »Das versuche ich herauszufinden.«

»Aber das ist doch Unsinn! Das alles ist, wie gesagt, über dreißig Jahre her. Warum sollte jemand Felix nach all dieser Zeit umbringen? Noch dazu vor meiner Haustür?«

»Auch diese Fragen, Herr Bahrenberg, sind Gegenstand meiner Ermittlungen. Ich bekomme es schon heraus, machen Sie sich darüber keine Sorgen. Nun?«

Graf Bahrenberg schüttelte den Kopf. »Ich weiß es nicht.«

»Wie bitte? Was wissen Sie nicht?«

»Ich habe keine Ahnung, was vorgefallen ist. Felix wurde, wenn wir es einmal so altertümlich ausdrücken möchten, von meinem Vater verstoßen. Ihm wurde ein Haus samt Grundstück nahe Triest unter der Bedingung überschrieben, dass er sich nie wieder in Moosach blicken lässt und auch keine weiteren Forderungen stellt. Sicherlich hat er auch einen Betrag auf sein Konto überwiesen bekommen, aber das ist nur eine Vermutung meinerseits.«

»Ihr Vater, nehme ich an, ist ebenfalls verstorben?«

»Ich bitte Sie. Der wäre jetzt … Moment … einhundertfünfzehn wäre er.«

Salzhaller rechnete nach. »Dann war er wie alt, als er seinen Sohn verstoßen hat? Mitte achtzig?«

»Korrekt.« Graf Bahrenberg lächelte müde. »Ich weiß nicht mehr genau, wann das passiert ist. In den Jahren 93 bis 95 würde ich schätzen. Eine Geschichte aus dem vorangegangenen Jahrtausend, wenn Sie so möchten. Mein Vater hat 2001 das Zeitliche gesegnet.«

»Und danach haben Sie nicht versucht, Kontakt zu Ihrem Bruder aufzunehmen?«

»Nein, wieso sollte ich? Meines Wissens hat er ebenso wenig versucht, mich zu erreichen, wie ich ihn. Er hat sein Leben gelebt und ich meines.«

Was nach Aries Ansicht entschieden dagegen sprach, dass der eine Bruder den anderen nach all der Zeit umbringen wollte. Zumindest wäre es nicht plausibel, und das sollte bei allem Eifer auch Salzhaller klar sein.

»Verstehe«, murmelte die Inspektorin. Wirklich überzeugt schien sie nicht.

Sofort lächelte der Graf nachsichtig. »Ich bin nicht sicher, ob Sie das wirklich verstehen. Sehen Sie, mein Vater ist noch vor dem Ersten Weltkrieg auf die Welt gekommen. Er ist in seinen ersten Lebensjahren unter einem Kaiser erzogen worden, an dessen Seite wiederum sein Vater und sein Großvater noch gegen die Italiener und Franzosen zu Felde geritten sind. Die Habsburger Monarchie mag mit dem Ende des Krieges offiziell abgeschafft worden sein, aber ihr Geist lebte gerade in Adelskreisen noch viele Jahre fort. Und in diesem Geist sind sogar ich und meine Geschwister noch erzogen worden. Und wir sind alle in den 1950igern und damit deutlich nach dem Zweiten Weltkrieg geboren worden.«

Er räusperte sich. »Ich weiß, dass mein Vater mit Felix über Wochen gestritten hat, aber nie in Anwesenheit anderer. Ich weiß, dass es eines Tages zum Bruch gekommen und mein Bruder quasi über Nacht mit Sack und Pack verschwunden ist. Natürlich hätte ich gerne erfahren, warum. Aber einen Grafen, der noch nach dem Geist der Habsburger lebt, den fragen Sie nicht nach Gründen, aus denen er seine Entscheidungen trifft. Auch nicht als sein eigener Sohn. Ich habe ihn bis zu seinem Tod gesiezt.« Er brach ab und trank sein Glas Wasser in einem Zug aus.

Jetzt war sogar die Inspektorin so weit beeindruckt, dass ihr zunächst keine weitere Frage einfiel.

Arie lernte gerade eine ganz neue Seite seines Dienstherrn kennen. Sicher, Graf Bahrenberg hatte gewisse Standesdünkel, er hatte seine Jugend auf einem Eliteinternat in der Schweiz verbracht und war in manchen Dingen ganz anderer Meinung. Aber er hatte seiner einzigen Tochter immer jegliche Freiräume gelassen. Lissy war, wie andere Kinder aus Moosach, in Innsbruck auf ein Gymnasium gegangen, weil sie nicht von zu Hause fortgewollt hatte. Graf Bahrenbergs Führungsstil war streng, aber keinesfalls autoritär oder von oben herab, sondern durchaus modern. Wäre er der Typ, der Befehle statt Anweisungen gab und kein »Bitte« über die Lippen brachte, hätte Arie längst das Weite gesucht.

»Fällt Ihnen jemand ein, der Kontakt zu Ihrem Bruder gehabt haben könnte?«, fragte Salzhaller nach einer Weile.

Arie schien es, als zögerte der Graf ein wenig, dann verneinte er. »Die ganze Angelegenheit ist mir ein Rätsel«, fügte er hinzu.

»Nicht nur Ihnen«, brummte die Inspektorin unzufrieden. »Wer von Ihren Angestellten hat denn schon auf Gut Bahrenberg gearbeitet, als sich die Geschichte zwischen Ihrem Vater und Ihrem Bruder ereignet hat?« Ihr Blick streifte Arie, der den Kopf schüttelte.

»Da wäre nur Walter Vogl, unser Gärtner. Er arbeitet seit rund vierzig Jahren bei uns. Die Hauswirtschafterin ist seit gut zehn Jahren da, mein Verwalter arbeitet seit sechs

Jahren für mich. Wenn Sie möchten, kann ich Ihnen die Adresse der früheren Hauswirtschafterin heraussuchen lassen. Sie ist Rentnerin und lebt noch vor Ort in Moosach. Unser vormaliger Verwalter lebt als Aussteiger auf einer Kanareninsel.«

Arie stellte fest, dass er das jüngste Mitglied des bahrenbergschen Personals war. Geringe Fluktuation, das sprach für seinen Arbeitgeber. Sein Vorgänger war ja auch schon im Rentenalter gewesen und hatte den Wald noch gehegt.

Der Graf lächelte abermals nachsichtig. »Was einer von diesen Personen mit den gestrigen Ereignissen zu tun haben könnte, geht endgültig über meinen Verstand.«

Endlich zeigte Salzhaller einmal einen ähnlichen Blick wie den, mit dem sie Arie im Wald angesehen hatte. Er hatte sich schon gefragt, ob es doch an ihm persönlich lag.

Graf Bahrenberg schwieg unbeeindruckt. Er hatte seine Selbstsicherheit zurückgewonnen und verzog keine Miene.

»Das, werter Herr Bahrenberg, lassen Sie mal meine Sorge sein. Wenn Sie uns auch die Daten Ihres ehemaligen Verwalters zukommen lassen, wäre ich Ihnen verbunden.«

»Wie Sie wünschen. War es das jetzt, Frau Chefinspektorin Salzhaller?«

»Fürs Erste. Ich melde mich bei Ihnen, sofern ich weitere Fragen habe. Einen schönen Tag, die Herren!«

Die letzten Worte klangen wie eine Drohung. Sogar Lottermoser hielt kurz beim Tippen inne, um sie erschrocken anzusehen. Arie tippte zum Gruß mit zwei Fingern an die Schläfe und sah zu, dass er hinauskam.

Der Graf folgte ihm, so rasch er es vermochte.

12.

Gut eine Stunde später hatte Arie Graf Bahrenberg zu Hause abgesetzt und mit dessen Erlaubnis den BMW noch für eine Fahrt geliehen. Diese führte ihn zur Tischlerei Stadler, wo er wie erhofft Tina hinter der Werkbank antraf. Sie war völlig darin vertieft, einer Schnitzerei an einem Tischbein den letzten Schliff zu geben.

Arie sah ihr zu. Wie immer genoss er die Atmosphäre in der Werkstatt. Einer der Gesellen arbeitete mit Ohrenschützern an der großen Kreissäge, der andere baute ein Regal zusammen. Tommie war nirgends zu sehen. Holzstaub lag in der Luft, der Boden war mit Sägespänen bedeckt, obwohl der Auszubildende, der seit Anfang des Jahres im Betrieb lernte, ständig kehren musste. Auch er ließ sich nicht blicken.

Kurz schloss Arie die Augen und sog den unverwechselbaren Duft ein.

Tina hatte ihm einmal vorgeworfen, seine Haltung wäre völlig widersprüchlich. Da lamentierte er über jeden noch so kleinen Stamm, den sie ihm aus dem Wald holten, sprach gar davon, dass er und der Tod nicht gerade die besten Freunde wären und jeder Baum, der gefällt würde … nun, eben starb. Zugleich liebte er die Dinge, die sich aus Holz herstellen ließen. Das wäre dann doch Leichenfledderei, hatte Tina mit einem herausfordernden Grinsen erklärt.

Arie hatte ihr lachend recht gegeben. Es stimmte und es stimmte auch wieder nicht. Er dachte einfach praktisch. Was nutzte es, darauf zu verzichten, aus dem Holz etwas Schönes zu machen, wenn der Baum einmal gefällt war?

Oder damit zu heizen? Hinter dem antiquierten Äußeren des Kachelofens im Jagerhüttl befand sich in Wahrheit eine moderne Holzpellet-Anlage. Andere hängten sich Hirschgeweihe und ausgestopfte Keilerköpfe über den Kamin, dagegen war sein Wunsch, schöne Möbel zu haben, doch harmlos.

»So, fertig. Arie, wie schaut's? Ganz schöne Aufregung, was?« Tina legte das Flacheisen zur Seite und wischte sich mit dem Ärmel ihres Sweatshirts über die Stirn. Ein paar Holzflusen flogen umher. »Gibt es etwas Neues?«

»Und ob. Sieht ganz so aus, als wäre der Tote der Bruder vom Grafen.«

»Wie bitte? Ich wusste gar nicht, dass der einen Bruder hatte!«

»Ich auch nicht. Du bist vermutlich zu jung, der ist vor einer Ewigkeit vom alten Graf Bahrenberg zum Teufel gejagt worden.«

»Dann weiß meine Mutter ganz sicher was darüber. Ich werde sie danach fragen. Vielleicht kennt sie diesen Bruder sogar noch, wenn der früher hier gelebt hat.« Tina winkte ihm, ihr zu folgen.

Sie durchquerten die Werkstatt bis zur rückwärtigen Wand, die vollständig von Metallregalen eingenommen wurde, in denen Materialien, Werkzeuge, Ersatzteile und halb fertige Gegenstände lagerten.

Im Vorbeigehen klopfte Tina an die Bürotür inmitten der Regale. »Tommie! Arie ist hier, er hat Neuigkeiten!«

Eine unverständliche Antwort erklang aus dem Büro.

Tina ging bis zum Ende der Wand, wo ein verhülltes Möbelstück stand, zwei Meter fünfzig hoch und ein Meter breit.

»Aufgepasst!« Mit Schwung zog Tina das Tuch fort. »Hier ist dein Bücherregal!« Sie ließ die Arme sinken. »Das wäre das erste. Gefällt es dir?«

Arie fehlten die Worte. Und jetzt überlief ihn doch ein Schauder, wenn er daran dachte, von wo das Holz dieses Baumes stammte, einer Traubeneiche, über zweihundert Jahre alt. Juristisch betrachtet war es gestohlen. Auch wenn vermutlich kein Hahn danach krähte. Hätte die Polizei ihn und seine beiden Freunde in jener Nacht mit den Motorsägen erwischt, hätte die ihnen sicher irgendwelche kriminellen Absichten oder Sabotage unterstellt. Zum Glück hatte sie niemand entdeckt. Niemand hatte damit gerechnet, dass jemand kommen und einen der gerodeten Bäume stehlen würde. Das Areal, auf dem die Bäume lagerten, war nicht einmal bewacht gewesen. Sämtliche Ordnungskräfte waren in jener Nacht und vielen weiteren woanders im Einsatz gewesen, für Arie dagegen war die Zeit des Widerstands zu jenem Zeitpunkt längst vorbei gewesen.

»Arie? Du sagst ja gar nichts.« Verunsichert streichelte Tina die Seitenwand. »Ich musste viel kleben, die Stücke, die du mir gebracht hast, waren einfach zu klein. Ich habe mich bemüht, dass du keine Übergänge siehst, aber ganz vermeiden ließ sich das nicht.« Sie hatte ihm vorgeschlagen, keine durchgehenden Böden einzusetzen, sondern in der Mitte einen Steg einzubauen. »Die Böden sind alle aus einem Stück und, wie du es dir gewünscht hast, quer und nicht längs geschnitten. Dadurch haben sie die ganzen Risse. Ich könnte dir die noch verleimen, mit einer Masse aus Holzspänen und Kleber.«

»Nein, bitte nicht! Das soll genau so sein, so habe ich mir das vorgestellt.« Arie strich mit dem Daumen über eine der Fugen. Sie waren wie Narben. Die des Baumes und damit auch seine. Er war selbst nicht ganz heil aus der Sache herausgekommen.

»Was ich jetzt noch habe«, sagte Tina, »wird so gerade für das zweite Regal hinhauen. Für ein drittes reicht es nicht, tut mir leid.«

»Danke, Tina.« Arie räusperte sich mehrmals, schluckte gegen den Kloß im Hals an. »Es ist perfekt. Und diese Schnitzereien oben auf dem Rahmen, die sind wunderschön.«

Die Vergangenheit war Vergangenheit und ließ sich nicht ändern.

»Besser kann ich es nicht, es tut mir leid. Ich bin Tischlerin. Das Schnitzen ist ja mehr Leidenschaft, richtig gelernt habe ich es nicht.«

Sie untertrieb. Das Relief oben am Bücherregal war genau das, was er hatte haben wollen. Ein Wald, Bäume, Vögel, ein Fuchs, ein dickbauchiges Wildschwein. Vielleicht alles ein wenig abstrakt, aber er erkannte, was es war, und nur das zählte.

»Es ist wirklich perfekt. Du hast mein Wort.« Arie wandte sich ab. Kurz fragte er sich, ob es wirklich so eine gute Idee gewesen war, aus diesem Baum ein Bücherregal machen zu lassen. Jetzt kam es ihm doch wie Leichenfledderei vor.

»Du sagtest, es reicht nicht für ein drittes Regal, richtig?«, fragte er rasch.

»Ja, leider. Es waren doch einige Scheiben darunter, die zu stark verzogen waren. Das soll bitte kein Vorwurf sein, aber wer immer dir dieses Holz überlassen hat, hat es nicht gut getrocknet.«

»Das war ich selbst. Ich hatte nicht genug Platz. Es war eine schwierige Zeit.«

»Passt schon.«

Arie wusste, dass sie darauf brannte, die Geschichte dahinter zu erfahren, warum er so wild darauf war, aus unfachmännisch herausgesägten Baumscheiben ein Bücherregal machen zu lassen. Eines Tage würde er es ihr erzählen. Wenn es vielleicht jemand verstand, dann sie.

»Hast du Lust, dich noch an einem anderen Holz auszuprobieren?«

»Welches?«

»Küstenmammutbaum.«

»Wie bitte?« Tina lachte ungläubig. »Das habe ich ja noch nie gehört. Also klar, ich kenne Mammutbäume, aber wie lässt sich das verarbeiten? Ich habe keine Ahnung.« Sie zuckte mit den Schultern. »Ich kann es aber versuchen.«

»Ich bringe dir das Holz, es eilt ja nicht.«

»Servus, Arie!« Ein kräftiger Schlag auf den Rücken und ein fröhlicher Tommie unterbrachen das Gespräch. »Jetzt sag schon, kann meine Schwester was oder kann sie was? Ich bin ja hier eher der Mann fürs Grobe, ich habe ihr bei der Rückwand geholfen.«

»Sie kann was. Unbestreitbar«, sagte Arie ehrlich.

Tommie schob sich ein Pfefferminzbonbon in den Mund. »Und? Was bringst du für Neuigkeiten aus dem Wald?«

»Der Tote ist der Bruder vom Grafen!«, platzte seine Schwester heraus.

»Echt jetzt?«

Arie nickte. »Sieht so aus. Und diese Inspektorin glaubt jetzt natürlich, dass irgendwer auf dem Gut oder sogar der Graf persönlich etwas damit zu tun hat.«

»Denkst du das auch?«, fragte Tommie.

Arie machte eine unbestimmte Geste. Er war immer noch dafür, die Polizei diese Arbeit machen zu lassen. Die kannte sich schließlich damit aus. »Ich möchte da nicht herumspekulieren, und einen echten Verdacht habe ich auch nicht.«

»Na ja, ein Zufall wird es aber auch kaum sein«, widersprach Tina resolut. »Der verschollene Bruder wandert im Wald seiner Familie und wird dabei von einer unbekannten dritten Person erschossen? Das glaubt ihr doch selbst nicht.«

Das klang wirklich unplausibel, musste Arie zugeben.

»Ich habe da auch noch was, Arie«, sagte Tommie. »Kannst

du ja mal drüber nachdenken. Auf den Mann ist zweimal geschossen worden. Einmal war es ein Durchschuss. Das Projektil wollten sie im Wald noch suchen gehen, da sind sie heute sicher wieder unterwegs.«

»Naa! Super.« Immerhin war ihm der Anblick solcher Trampeltiere wie diesem Mayr aufgrund des Ausfluges nach Innsbruck heute Morgen erspart geblieben.

»Und vermutlich war es ein Gewehr, also eine ... Büchse?«

»Es gibt Flinten und Büchsen, korrekt.«

»Dann war es eine Büchse, und zwar mit einem eher ungebräuchlichen Kaliber.«

»So? Welchem denn? Und woher weißt du das?«

»War eine schräge Geschichte.« Tommie lachte. »Ich habe die Leiche ordnungsgemäß gestern in Innsbruck abgeliefert. Dann war denen aber irgendwie ein Mitarbeiter abhandengekommen. Na ja, und da sonst niemand greifbar war und ich mich mit Leichen so weit auskenne, sollte ich assistieren. Es musste aus irgendeinem Grund schnell gehen, ich hab's nicht ganz verstanden.«

»Einfach den Bestatter für die Autopsie rekrutieren? Das ist erlaubt?«, fragte Tina und tauschte einen entsetzten Blick mit Arie. Sie erfuhr von der Sondermission ihres Bruders also auch gerade erst.

»Keine Ahnung. Ist doch nicht mein Problem. Ich musste nur eine Erklärung unterschreiben, dass ich nichts über die Ergebnisse verrate.« Er schlug sich die Hand vor dem Mund. »Öha.«

»Keine Sorge, ich erzähle das niemandem. Welches Kaliber denn nun?«

»Weiß ich nicht, ich habe noch nie geschossen. Punkt, Komma irgendwas.«

»Schade.« Damit hätte Arie wenigstens die Möglichkeit gehabt, die Gewehre mit den nicht passenden Kalibern auszuschließen. Ihm fiel sein Unbehagen beim Blick in den

Waffenschrank wieder ein. Was nur war da anders gewesen, als er es erwartet hatte?

»So, ihr zwei Hübschen.« Tina klatschte in die Hände. »Ihr könnt gern weiterquatschen, aber ich muss wieder an die Arbeit. Soll ich dir das Regal liefern, Arie? Am Wochenende hätte ich Zeit.«

»Gerne. Tausend Dank.«

»Alsjeblieft.« Tina grinste.

»Irgendwann bring ich dir noch richtig Niederländisch bei, wirst sehen.«

Ein Wochenende im April

13.

Der nach all den Jahren wiederaufgetauchte Bruder des Grafen Bahrenberg war natürlich das Gesprächsthema in Moosach. Arie wehrte sich erfolgreich gegen Tina Stadlers Vorschlag, sie am Freitagabend ins Wirtshaus *Zur Post* zum wöchentlichen Bingo-Abend zu begleiten. Er verstand sowieso nicht, was gerade Menschen in Tinas Alter plötzlich an Bingo fanden. Den Moment, in dem das wieder in Mode gekommen war, musste er verpasst haben. Tina hatte ihm erklärt, dass es weniger um das Spiel gehe, sondern mehr um das gesellige Beisammensein und um den Austausch von Neuigkeiten, der auf diesem Wege trotz aller Sozialen Medien und Chatgruppen immer noch wichtig war und funktionierte. Gerade den Teil mit der Geselligkeit fand Arie aber noch schlimmer als das Bingo, und so hatte Tina bei ihm heute wie an allen anderen Freitagen auf Granit gebissen.

Die Bestätigung, dass zu oft zu viel geredet wurde, ohne dass wirklich eine brauchbare Information darunter war, konnte Arie am Samstagmorgen auf dem Wochenmarkt vor der kleinen Kirche mit dem Zwiebelturm hautnah erleben. Er und Mitza kamen kaum vorwärts, so oft wurden sie angesprochen. Und wieder einmal staunte er darüber, dass ihn im Ort nicht nur alle als den Waldhüter zu kennen schienen – während ihm die Gesichter weitgehend unbekannt waren –, sondern darüber hinaus auch alle wussten, dass er den Toten entdeckt hatte und bei der Identifikation der Leiche durch den Grafen anwesend gewesen war.

Seinerseits erfuhr Arie nichts Konkreteres über die Ereignisse von damals. Felix Bahrenberg, damals Mitte dreißig, war beliebt gewesen, hatte sich »volksnäher« gegeben als sein älterer Bruder, der damals eher geschätzt als gemocht wurde. Das änderte sich erst nach dem Tod des alten Graf Bahrenberg, als Alexander aus seinem Schatten heraustreten konnte und mit modernen Ideen überraschte. Nach Möglichkeit band er zudem die Dorfbevölkerung in größere Entscheidungen ein, wie den Bau des Wellnesshotels oberhalb von Gut Bahrenberg vor einigen Jahren.

Felix hatte viele Jahre im Ausland studiert und gearbeitet, war aber immer aktiv im Schützenverein gewesen und zu jedem Dorffest angereist. Unverheiratet, ein Gigolo, der den Frauen den Kopf verdrehte, behauptete die alte Bäckerin Anneliese Kufstein – doch wenn das überhaupt stimmte, waren erstaunlicherweise keine Affären bekannt. Und dann war der jüngere Graf von heute auf morgen verschwunden, und falls es alte Weggefährten gab, die etwas wussten, schwiegen sie. Wahrscheinlicher aber war, dass wirklich niemandem die genauen Hintergründe bekannt waren, sonst wäre, davon war Arie überzeugt, früher oder später etwas durchgesickert.

Am Nachmittag brachte Tina das Bücherregal ins Jagerhüttl. Es fügte sich auf die nackte Wand in der Stube ein, als hätte es schon immer da gestanden. Hermine schnüffelte ganz aufgeregt am Sockel herum, und Arie war froh, dass sie kein Rüde war, denn der hätte sicher markiert. Nach gründlicher Begutachtung legte sie sich in ihr Körbchen und gab dem neuen Möbel mit einem leisen Grunzen ihren Segen. Vitali interessierte sich dagegen nicht im Geringsten für die neue Gestaltung und blieb dösend vor dem Kühlschrank liegen.

Am späten Sonntagvormittag schaffte Arie es endlich, an den Ort des Geschehens zurückzukehren. Die Spurensicherung hatte ihre Arbeit beendet und ihre eigenen Spuren hinterlassen. Der Holzstapel war unverändert, teils noch mit den Spanngurten gesichert. Arie schickte Tina eine kurze Textnachricht, dass sie das Holz abholen konnten. Je eher dieser überdimensionale Mikadostapel aus dem Wald verschwand, desto besser.

Auch auf der Lichtung war unübersehbar, dass sich hier eine Menge Leute herumgetrieben hatten, die es nicht so mit einem der Natur angemessenen Benehmen hatten. Das Gras war zertrampelt, Äste an nahe gelegen Sträuchern am Rande der Lichtung geknickt, und in dem immer noch aufgeweichten Boden hatten schwere Gegenstände tiefe Spuren hinterlassen. Dort, wo Vitali das Blut gewittert hatte, war reichlich neongelbe Sprühfarbe verteilt worden. Interessiert betrachtete Arie den Kringel um das Einschussloch an einem der Bäume. Demnach hatte die Polizei ein Projektil gefunden. Leider verriet ihm die Wunde im Baum nichts über das Kaliber, nur über die Richtung, aus der geschossen worden war.

Ganz wie Inspektorin Salzhaller richtig vermutet hatte, hatte jemand das Brett an der Leiter zum Hochsitz abgerissen und dort auf der Lauer gelegen. Auch hier hatte Salzhallers Team nicht mit Farbe gespart, was genau sie allerdings markiert hatten, blieb Arie schleierhaft. Er bemerkte ein paar Kratzspuren, aber die konnten nach seinem Ermessen genauso gut von Vögeln oder Eichhörnchen stammen. Nun, so blöd dieser Mayr sich im für ihm fremden Revier angestellt hatte – was die Analyse von Projektilen und Partikeln anbelangte, verstand er sicherlich sein Handwerk.

Das abgerissene Brett nahm Arie mit. Er würde in den nächsten Tagen ein neues anbringen. Jetzt hoffte er, dass sich die Angelegenheit schnell klärte, damit auf Gut Bahrenberg die gewohnte Ruhe einkehrte.

Ein Montag im April

14.

Am frühen Nachmittag kehrte Arie nach Hause zurück. Der Tag hatte warm und sonnig begonnen, sodass er für seine Verhältnisse früh losmarschiert und eine große Runde mit Vitali gedreht hatte. In seinem Revier war alles in Ordnung und der Ausblick vom Felsvorsprung oberhalb von Gut Bahrenberg auf den ausgedehnten Wald mit den Lärchen und Buchen wie immer atemberaubend. Diese Anhöhe, die vom Grafen scherzhaft als Hausberg bezeichnet wurde, nannte sich Eggele. Angeblich hatten dort in grauer Vorzeit Hexen getanzt. Natürlich, auf jedem dafür passenden Felsen hatten immer irgendwelche mystischen Wesen ihr Dasein abgefeiert. Heutzutage zeugte ein Picknickplatz bestehend aus einem Holztisch und zwei Bänken von zeitgemäßen Vergnügen. Sobald die Wandersaison begann, würde Arie hier täglich hinaufkommen, um Müll oder andere Hinterlassenschaften zu beseitigen, und dazu jedes Mal hoffen, dass niemand beim illegalen Grillen einen Waldbrand auslöste. Beim Zündeln erwischt hatte er bisher noch niemanden, sich immer nur am nächsten Tag über die Überreste geärgert.

Tina Stadler hatte ihm einmal versprochen, mitzukommen und ihm die Namen der Berge ringsum zu nennen. Sicher, die Gipfelgruppen wie die Kalkkögel im Norden und die Spitzen der Sellrainer Berge kannte er, aber mit den kleineren tat er sich noch schwer. Er hatte einige Apps ausprobiert, aber bisher hatte ihm keine geholfen. Er fand, dass er hier erst richtig zu Hause war, wenn er den Wandernden, die er gelegentlich traf, fachmännisch auch die kleinsten Kogel,

Spitzen und Köpfle benennen könnte. So etwas wurde vom heimischen Waldhüter schließlich erwartet.

Aber das eilte nicht. Die Täler kannte er immerhin; neben dem großen Inntal gab es das Sellrain-, Ötz-, Pitz- und Stubaital, und er konnte auch Kematen richtig aussprechen, laut Tina die Wasserprobe, um Einheimische von Gästen zu unterscheiden.

Das alte Jagerhüttl fühlte sich jedenfalls seit der Ankunft des Bücherregals am Wochenende ein wenig mehr nach seinem Zuhause an.

Und so teilte er an diesem Nachmittag mit Vitali nicht nur einen ordentlichen Kohldampf bei der Heimkehr, sondern auch die gute Laune. Doch schon am Gartentor hörte er das schrille Klingeln des Festnetztelefons. Was war nun schon wieder los?

Er ignorierte die beiden Hunde und sah zu, dass er ins Haus kam.

»Arie, endlich! Hast du dein Telefon nicht bei dir? Du musst sofort herkommen. Sofort, hörst du?«

»Mitza? Was ist denn los?« Sein Blick wanderte zur Anrichte in der Küche, auf der sein vergessenes Smartphone blinkte, sicher wegen Mitzas entgangener Anrufe.

»Die Polizei ist los! Sie durchsuchen das Gut! Der Graf ist nicht hier, und wenn du nicht sofort kommst, werden sie den Waffenschrank aufbrechen, haben sie gesagt. Arie, wir brauchen den Schlüssel! Jetzt gleich!«

»Ist ja gut, ich komme. Gib mir eine Viertelstunde, okay?«

Mitza schnaubte wütend. »Ich werde es denen sagen. Aber ich garantiere für nichts.«

Kopfschüttelnd legte Arie auf. Das klang ganz und gar nicht gut. Die Inspektorin hatte offensichtlich etwas entdeckt, das den Grafen belastete, andernfalls hätte sie kaum eine richterliche Genehmigung für eine Durchsuchung bekommen.

Er nahm das Telefon, füllte rasch Vitalis Napf mit etwas Trockenfutter und sah zu, dass er zum Gutshaus kam.

15.

Um die Rotunde parkten sechs fremde Autos, darunter ein Mannschaftswagen der Polizei. Die waren nicht mit kleiner Besetzung angerückt.

Mitza empfing ihn noch vor dem Haus auf der Freitreppe mit verschränkten Armen und wütender Miene. »Dürfen die das, Arie? Das können die doch nicht einfach so machen!«, rief sie schon von Weitem.

»Wie soll ich das verstehen? Haben die dir keinen Durchsuchungsbeschluss gezeigt?«

Je näher er ihr kam, umso weniger wirkte Mitza wütend, sondern vielmehr erschöpft. »Doch, sicher. Aber die sind jetzt schon seit zwei Stunden drin. Die nehmen das ganze Haus auseinander! Ich weiß gar nicht, wie ich das jemals wieder aufräumen soll.«

Arie konnte sehr gut nachfühlen, wie sehr es sie belastete, dass Fremde hier in ihrem Hoheitsgebiet wilderten. Wenn sie dabei so rücksichtslos vorgingen wie auf der Lichtung, würden die Räume des Hauses am Ende nicht wiederzuerkennen sein.

»Und dann lässt du sie allein ohne Aufsicht?«

»Kevin ist auch hier, er lässt diese Inspektorin und ihre Schergen nicht aus den Augen. Soweit das möglich ist, es sind einfach zu viele.« Sie winkte ihm müde zu, ihr zu folgen.

»Wo ist Lissy?«, fragte Arie beim Reingehen.

»Wo soll sie sein? In der Uni. Das Semester hat letzten Monat schon wieder begonnen. Ich habe sie genauso wenig erreicht wie dich.«

»Der Vorwurf ist angekommen. Ich hatte das Telefon vergessen.«

»Tut mir leid.« Sie knuffte ihm in die Seite.

Er drückte sie kurz an sich.

»Endlich. Haben Sie den Schlüssel zum Waffenschank mit, Herr Förster?«, schallte Salzhallers Stimme von der Galerie aus dem ersten Stock durch die Halle.

Arie blickte hinauf. »Einen wunderschönen guten Tag, Chefinspektorin Salzhaller! Freut mich, Sie wiederzusehen.«

Sie hatte die ausgestreckten Arme auf das Geländer gelehnt, die Ärmel ihrer dunkelblauen Bluse aufgekrempelt. Arie konnte die Wut von jedem einzelnen Muskel ihres Körpers ablesen.

»Bezweifle ich. Und wie schön der Tag wird und für wen, ist noch nicht entschieden«, entgegnete sie.

»Gewitterziege«, murmelte Mitza.

Damit tat sie der Ziege eindeutig unrecht, fand Arie. Er griff in die Tasche seiner Outdoorjacke und wedelte mit dem Schlüsselbund.

»Zeit wird's. Ab in den Keller!«, befahl Salzhaller und kam die Treppe herab. Arie bemerkte, dass sie einen Gürtel mit Dienstwaffe trug.

»Ich schau mal, ob Kevin Hilfe benötigt.« Mitza ließ Arie stehen und wandte sich nach links, wo sich die beiden Büros und die Bibliothek des Gutshauses befanden.

Salzhaller hielt eine Armlänge vor Arie an. »Worauf waren Sie noch?«

»Werte gnädige Frau Chefinspektorin Salzhaller, in keinem mir bekannten Universum sind Sie mir weisungsbefugt.«

»Wie bitte?« Sie reckte aggressiv das Kinn.

Arie richtete sich auf und streckte die Schultern durch. Wenn sie es auf einen Hahnenkampf in Körpersprache anlegte, konnte er das auch. »Sie haben mir keine Befehle zu erteilen.«

»Sagen Sie mal, sind Sie Anarchist, oder was?«

»Ich lege einfach Wert auf einen respektvollen Umgang miteinander.«

Ihre Kieferpartie verkrampfte sich, ihre Augenbrauen wanderten bis unter den Haaransatz. Sie wirkte richtig bedrohlich. Dann überlegte sie es sich anders und machte eine spöttisch einladende Armbewegung in Richtung Kellerstiege. »Wenn Sie mich bitte begleiten und den Waffenschrank aufsperren würden?«

»Geht doch.« Ohne sie eines weiteren Blickes zu würdigen, ging er voraus.

Während er den Schrank aufschloss, erschienen hinter Salzhaller zwei uniformierte Polizisten und eine Polizistin. Sie trugen Metallkisten bei sich.

»Bitte schön. Zu Ihren Diensten«, sagte Arie. Eigentlich wollte er Salzhaller nicht noch weiter provozieren, aber er schaffte es nicht, den sarkastischen Unterton zu vermeiden.

Zu seinem Glück wurde die Inspektorin von dem Anblick der ordentlich aufgereihten Gewehre abgelenkt. Soweit er das beurteilen konnte, hatte sich nichts verändert, seit er den Schrank am Mittwochabend kontrolliert hatte.

Salzhaller wandte sich an Arie. »Sie haben gesagt, dass Ihre Waffen hier lagern. Welche sind das?«

»Die drei Gewehre ganz rechts und da vorne in dem Fach die Jagdpistole.«

»Und der Rest?«

»Alles von Graf Bahrenberg. Diese hier gehörten meinem Vorgänger, die nutzt niemand mehr.« Arie zeigte auf die Waffen von Paul Kohlrab.

»Dürfen wir Ihre Waffen mitnehmen?«

»Was ist, wenn ich Nein sage?«

»Eigentlich haben Sie keine Wahl, mein Durchsuchungsbeschluss gilt für das gesamte Haus und alles, was sich darin befindet mit Ausnahme der separaten Wohnungen von Elisabeth Bahrenberg und Mitza Jablonski. Ich habe mich nur an den von Ihnen gewünschten respektvollen Umgang miteinander erinnert.«

Arie hatte genug. »Nehmen Sie, was Sie wollen. Sie werden die Tatwaffe darunter nicht finden.«

»Das sehen wir dann.«

Wenn es stimmte, was Tommie gesagt hatte, und eine Büchse mit einem seltenen Kaliber verwendet worden war, fielen seine beiden und drei der vier Büchsen des Grafen aus. Diese Waffen besaßen allesamt Kaliber .308 Winchester, heutzutage der gängige Standard. Die Büchse Paul Kohlrabs hatte ein älteres Kaliber, unter Jagdleuten nicht alltäglich, aber auch nicht so ungewöhnlich. Dann gab es noch das Gewehr des Grafen mit Kaliber .458 Winchester, mit dem ließe sich ein Bär erledigen. In Ermangelung von Bären in der Gegend war auch die schon seit Ewigkeiten nicht mehr verwendet worden. Über die älteren Gewehre wusste Arie zu wenig.

Die drei Uniformierten hatten Handschuhe übergestreift. Die beiden Polizisten legten die Gewehre eins nach dem anderen in die größere Metallkiste, die Polizistin sammelte die Pistolen in der kleineren.

Dass sie die Pistolen und Flinten mitnahmen, ärgerte Arie rein aus Prinzip. Aber da er offiziell nicht wusste, dass der tödliche Schuss aus einer Büchse abgefeuert war, protestierte er nicht.

Ein antiker Ladestock klapperte zu Boden. Ein Polizist hob ihn auf. »Soll der auch mit?«

»Gehört der zu einem der Gewehre?«, fragte Salzhaller.

Der Polizist schüttelte den Kopf. »Der sieht antik aus.«

»Soweit ich weiß, nicht«, stimmte Arie zu.

»Dann lassen Sie den hier.«

Der Polizist nickte und stellte den Ladestock in einen Gewehrhalter. Auf Salzhallers Anweisung verschloss Arie am Ende den geleerten Schrank, und sie kehrten zurück in die Halle. Dort wartete Mayr, der dieses Mal kleidungstechnisch besser in die Umgebung passte. In seinem Mundwinkel hing eine unangezündete Zigarette, die er hastig verschwinden ließ, als er Arie bemerkte. Hinter ihm stand Kevin Burgner, Graf Bahrenbergs Verwalter. Arie sah den drahtigen Mann Anfang dreißig zum ersten Mal nicht in Anzug, Hemd und Krawatte, sondern in Jogginghose und einem T-Shirt mit der Aufschrift *Coffee, because Murder is wrong* sowie einem schlichten Winteranorak statt dem üblichen Mantel. Arie wünschte ihm von Herzen, dass Kevin sich mit dem Spruch nicht verdächtig machte. Das war genau die Art von Humor, die an Salzhaller abprallte.

»Sind Sie durch, Mayr?«

»Ja, denke schon. Herr Burgner war äußerst kooperativ.«

Hinter seinem Rücken schnitt Kevin eine gequälte Grimasse. Verstohlen zwinkerte Arie ihm aufmunternd zu.

»Dann brauchen wir Sie hier nicht mehr, Herr Förster. Sie bekommen noch einen Beleg, dass wir Ihre Waffen mitgenommen haben, und dann war es das fürs Erste.«

»Gut, ich warte draußen. Da ist die Luft besser.«

»Ich komme mit.« Kevin folgte ihm.

Sie setzten sich auf die sonnenwarme Freitreppe. Nicht mehr lange, und die Abenddämmerung würde hereinbrechen. Es war eben doch noch früh im Jahr.

»Mann, das war vielleicht ein Kasperltheater.« Kevin strich sich die dunklen Ponyfransen aus der Stirn. »Du ahnst es nicht, was die alles mitgenommen haben. Meinen Laptop, wie soll ich ohne den arbeiten? Ich dachte schon, die nehmen auch die antiken Verzeichnisse aus der Bibliothek mit. Ich weiß gar nicht, wie ich das dem Grafen erklären soll.«

»Wo ist der überhaupt?«

»Walter hat ihn heute morgen nach Südtirol gefahren. Er trifft sich mit einem befreundeten Winzer und kommt erst übermorgen zurück. Wenn ich Glück habe, schaffe ich es bis dahin, mein und sein Büro wieder einigermaßen herzurichten. Das ist doch Folter!«

»Stell dich nicht so an. Du hast dir diese Arbeit ausgesucht. So schlimm kann es doch nicht sein, ein paar Papiere wieder ordentlich zu stapeln.«

Kevin stieß einen gespielten Schmerzenslaut aus. »Warst du mal drinnen? Hast du das gesehen?«

»Nein. Und möchte ich auch nicht.« Arie klopfte ihm auf die Schulter. »Du schaffst das schon.«

»Ja, klar.« Richtig überzeugt klang das nicht.

»Was ist mit deiner Kleidung passiert? Ich hätte dich vorhin fast nicht erkannt.«

»Genau genommen ist dieser Aufzug deine Schuld.«

»Ganz sicher nicht.«

Kevin zog am T-Shirt und lachte. »Na ja. Wenn du sofort gekommen wärst, nachdem Mitza versucht hat, dich zu erreichen, wäre mir vielleicht noch Zeit zum Umziehen geblieben. Eigentlich habe ich nämlich frei und bin heute morgen erst aus Salzburg von meiner Freundin zurückgekommen. Aber Mitza klang so verzweifelt, dass ich sofort durchgefahren bin. Das ist die ganze Geschichte.«

Arie biss sich auf die Unterlippe. »Dann tut es mir leid. Also ganz im Ernst jetzt. Ich würde weder Mitza noch dich in so einer Situation im Stich lassen. Nächstes Mal denke ich ans Telefon.« Ob er wirklich so viel schneller hätte herkommen können, ließ er dahingestellt. Mitten auf dem Wanderpfad konnte er nun mal kein Taxi bestellen, damit es schneller ging. Aber wenigstens hätte er mit Mitza sprechen und sie beruhigen können.

Die Hauswirtschafterin war normalerweise gar nicht so

leicht aus der Fassung zu bringen. Die ganze Polizei im Haus, das Chaos, das sie verbreitet hatte, musste sie außerordentlich gestresst haben.

16.

Mayr erschien in der Eingangstür. »Burgner, kommen Sie noch mal rein? Die Chefin hat noch eine Frage.«

»Selbstverständlich«, rief Kevin schwungvoll und deutete kurz an, würgen zu müssen. Arie konnte es ihm nachfühlen.

»Hier, das ist für Sie.« Mayr war unbemerkt hinter Arie getreten und wedelte mit einem Papier. »Der Beleg für Ihre Waffen.«

Den Dank sparte Arie sich. Unhöflich sein konnte er auch.

Mayr sprang leichtfüßig die Freitreppe hinab, als wäre er Teil einer Szene in einem Kinofilm, und setzte sich in einen Audi TT Cabrio. Für einen Porsche hatte es wohl nicht gereicht. Noch bevor er den Motor startete, zündete er sich eine Zigarette an. Er öffnete das Verdeck und rauschte davon, dass der Kies spritzte.

Salzhaller kam aus dem Haus, gefolgt von einem Tross Uniformierter. »Sie sind ja immer noch da. Haben Sie nichts zu tun?«

Ihre Leute überholten sie und luden die Kisten mit möglichem Beweismaterial in den Kofferraum des Mannschaftswagens.

»Ich habe ausreichend zu tun, aber ich wurde von meiner Arbeit weggerufen.« Der letzte Teil war gelogen, aber das ging die Inspektorin gar nichts an. »Scheint, dass es zu meinen Aufgaben gehört, Waffenschränke aufzusperren.« Arie faltete den Zettel ordentlich und steckte ihn ein.

»War auch gut so, notfalls hätten wir das Ding aufgesprengt.«

Dass das einfacher gesagt als getan war, wussten sie beide.

Und genau wegen dieser arroganten Worte wurde Arie allmählich wieder wütend.

»Ist denn der Graf nun verdächtig?«, fragte mühsam beherrscht.

»Ich werde Ihnen über den Stand meiner Ermittlungen keine Auskunft geben.«

»Für eine Hausdurchsuchung scheint es gereicht zu haben.«

»Herr Förster, ich glaube, Sie unterschätzen die Situation. Falls Graf Bahrenberg verdächtig ist, sind Sie es nicht weniger. Schließlich könnten Sie in seinem Auftrag gehandelt haben.«

»Ich soll was?«

Sie musterte ihn scharf. »Denken Sie gut darüber nach, was Sie jetzt sagen. Aber machen Sie sich keine Sorgen, sowohl Ihnen als auch dem Grafen stehen noch offizielle Vernehmungen bevor.« Sie verengte die Augen zu schmalen Schlitzen. »Besteht Fluchtgefahr? Dann nehme ich Sie jetzt gleich mit.«

»Allmählich habe ich aber genug von Ihnen! Erst mal heiße ich Daamen, nicht Förster. Wenn Sie mich schon so lächerlich beschuldigen, dann wenigstens mit dem richtigen Namen. Und zum Zweiten habe ich Sie doch informiert! Ich habe den Toten gemeldet, schon vergessen? Warum hätte ich das tun sollen? Wäre ich der Mörder, würde ich doch wollen, dass meine Tat möglichst lange unentdeckt bleibt.«

Salzhaller krauste die Lippen zu einem ihrer seltenen Lächeln. Arie fand, dass es eher einem angriffslustigen Zähneblecken glich.

»Sie wären nicht der erste Mörder, der jemanden umbringt und dann *entdeckt,* um der Polizei über die Schulter zu schauen und sich an deren Ahnungslosigkeit zu weiden. Nicht selten sind pathologische Brandstifter Feuerwehrleute, die Freude daran empfinden, ihren selbst gelegten Brand zu löschen.«

»Naa, meinen Wald abzufackeln käme mir nicht in den Sinn.«

»Ganz genau: *Ihr* Wald. Das hat mich erst darauf gebracht, Sie auf die Liste der Verdächtigen zu setzen. Wenn es Sie nämlich schon umtreibt, wenn mein Kollege einen Zigarettenstummel fallen ließe, wie sehr muss Sie dann eine Leiche in Ihrem Wald empören?«

»Schon sehr. Deshalb hätte ich sie erst gar nicht dorthin verbracht.«

»Warum der Tote sich dort befand und warum er erschossen wurde, finde ich schon noch heraus. Mir geht es jetzt allein darum, dass Sie ein Interesse daran hatten, den Toten möglichst schnell aus Ihrem Heiligtum herauszuschaffen. Vielleicht haben Sie sich vor der Tat einfach nicht genug Gedanken gemacht?«

»Heiligtum? Jetzt reicht es aber. Würde Ihre Theorie stimmen, wäre ich ganz anders vorgegangen.«

»Nur heraus damit.«

»Damit Sie anschließend meinen Wald umgraben, um nach weiteren Leichen zu suchen? Nein danke.«

»Sie hätten sie vergraben?«

Arie presste die Lippen aufeinander. Diese Frau hatte wirklich Talent, ihm das Wort im Mund herumzudrehen.

Zu seiner Überraschung hob Salzhaller beschwichtigend die Hände. »Entschuldigen Sie. Vergessen Sie, was ich gesagt habe. Ich halte Sie bis jetzt nicht für verdächtig. Das mit der Vernehmung war auch ein wenig übertrieben, ich brauche allerdings wirklich noch Ihre offizielle Aussage. Aber als Zeuge. Sie sind ein Zeuge, nicht mehr und nicht weniger.« Ihr Tonfall wurde ganz sachlich, schon an der Grenze zu freundlich. »Ich wollte Sie nur ein wenig provozieren. Bitte sagen Sie mir, was Sie anstelle des Mörders getan hätten. Ich verspreche Ihnen, dass ich mir das als Theorie anhöre und Ihnen nicht unterstelle, dass Sie jemals so vorgegangen wären.«

Arie zwang sich zur Ruhe, obwohl Salzhallers Worte ihre Wirkung verfehlten. Er war nicht weniger wütend als zu Beginn des Gespräches, hielt es jedoch für besser, wenn die Inspektorin ihm das nicht anmerkte.

»Mir ging es nur um meine angebliche Empörung. Ja, natürlich bin ich empört, dass der dort gelegen hat, und natürlich bin ich froh, dass Sie den Toten dort weggeschafft haben, denn da gehört er nicht hin. Aber wenn ich einen umbringen wollte, würde ich das erst gar nicht im Wald tun. Und wenn doch, würde ich ihn vergraben, ganz recht. Und zwar nackt. Die Kleidung und alles andere würde ich mitnehmen und in einem Container entsorgen.«

»Und das würde Sie nicht stören? Dass da ein toter Mensch verscharrt ist?«

»Nicht so sehr, dass ich mich damit bei der Polizei melden und verdächtig machen würde.«

Was glaubte diese Frau eigentlich, wie häufig der Tod in einem Wald umherstreifte? Ob Baum, Insekt oder Hirsch, irgendwann erwischte er alle und alles. Es gab romantische Stimmen, die den Herbst als zyklischen Tod betrachteten.

Ganz hart und weniger poetisch ausgedrückt war der menschliche Körper ebenfalls nur Biomasse. Ohne Funktionskleidung konnte er problemlos dem natürlichen Kreislauf zugefügt werden und den Maden als Futterquelle dienen. Aber all das behielt Arie besser für sich. Er wollte das Risiko nicht eingehen, dass Salzhaller daraus weitere haltlose Beschuldigungen ableitete.

Er wurde sich des forschenden Blicks der Inspektorin gewahr. Sie hatte dunkle Augen, braun wie saftiger Ackerboden. Jetzt wurde ihr Blick stechend, herausfordernd. Sie wollte, dass er etwas sagte.

Er schwieg störrisch. Die Situation wurde ihm zunehmend unangenehm.

Endlich atmete sie vernehmlich durch. »Alles klar, Herr Daamen. Ich danke Ihnen sehr für Ihre Ausführungen. Wenn ich noch Fragen habe, melde ich mich.«

Schon hatte sie die Autoschlüssel in der Hand und ließ damit die Lichter an einem vw Passat aufblinken. Sie stieg ein und fuhr in raschem Tempo davon.

Arie blickte ihr lange nach und versuchte, seine Wut in tiefen Zügen wegzuatmen. *Ich wollte Sie nur provozieren.* Das hatte sie zweifelsohne geschafft. Was sollte dieser Quatsch?

War das eine Art Spiel gewesen?

Wenn ja, hatte er die Regeln nicht verstanden.

Wer hatte jetzt gewonnen?

Ein Donnerstag im April

17.

»Soll ich nicht endlich einen Kahlschlag machen?« Walter zeigte mit einer weiten Geste über Aries Garten. »Sonst wird das nie was mit deinen holländischen Tomaten.«

Sie standen am Gartenzaun, Walter draußen auf dem Weg, Arie lehnte von innen dagegen. Der Gärtner war gekommen, um ihm einen guten Morgen zu wünschen und ihm vom Grafen Bahrenberg auszurichten, dass er sich ein paar Flaschen Gewürztraminer und Lagrein aus dem Weinkeller holen solle, wenn er wollte. Sie hätten reichlich Nachschub aus Südtirol mitgebracht.

Walter zeigte auf eine Ecke, in der sich Efeu mit Knöterich einen Wettstreit lieferte, wer die Stelle schneller zuwucherte. »Da wäre ein schönes Plätzchen für das Gewächshaus. Es ist nur zwei mal drei Meter groß. Ich stell es dir auch auf. Und da drüben könntest du ein paar Hochbeete hinpacken, dann kommen die Schnecken nicht ganz so schnell dran. Da sollte ich auch noch was Passendes für dich haben.«

Er lehnte sich über den Zaun, der unter dem Gewicht des kleinen, aber um den Bauch herum massigen Mannes knarrte.

Arie rieb sich die nackten Unterarme. Eigentlich war es viel zu kalt, um im T-Shirt draußen zu stehen, aber er hatte den Kachelofen gestern ordentlich eingeheizt, und im Haus waren es gefühlt dreißig Grad.

»Was, jetzt, Daamen? Noch kann ich es einplanen. Wenn meine Arbeit im Garten in den nächsten Wochen erst wieder richtig losgeht, habe ich keine Zeit mehr. Und wenn du noch länger wartest, komme ich nächstes Jahr gar nicht mehr durch. Dann hilft nur noch sprengen.«

»Du hast ja recht. Also gut, meinetwegen. Das ganze Beikraut weg und die Hecken und Büsche ordentlich stutzen. Aber nicht mehr als nötig und reiß keine Zierstauden aus.«

Walters Lachen dröhnte laut und tief durch den morgendlichen Wald. »Ich werde wohl noch eine Distel von einem Hartriegel unterscheiden können! Wobei deine Disteln echt groß geworden sind. Denen werde ich mit dem Spaten zu Leibe rücken. Aber ja, ich bin vorsichtig. Da ganz hinten rechts hatte Kohlrab früher einen Komposthaufen, da wachsen doch sicher Brennnesseln?« Er richtete sich auf und klemmte die Daumen unter die Träger seiner obligatorischen grünen Latzhose.

»Kann schon sein. Ich habe wirklich den Überblick verloren. Ich könnte dir nicht einmal genau sagen, wo der Zaun entlanggeht, dabei wollte ich ihn wegen Vitali regelmäßig kontrollieren. Bisher hat er sich noch nicht davongemacht.« Er blickte zu Hermine, die erwartungsvoll neben ihm saß, weil es längst Zeit für ihr Frühstück war. »Du weißt es besser, was den Garten betrifft.«

»Das ganz bestimmt. Also die Brennnesseln, die würde ich stehen lassen. Hier in der Gegend wachsen die nicht sehr gut, weil der Boden nicht humushaltig genug ist. Ist gut für die Schmetterlinge.«

»Ich habe Biologie studiert, nicht Forstwirtschaft. Ich glaube, welche Pflanze ein Anzeiger für welchen Boden ist, das bekomme ich noch hin.«

Walter grinste breit. »Ist ja gut. Manchmal denke ich, ich kann dem jungen Gemüse noch was beibringen. Da reden heute alle von invasiven Arten und Biodiversität, und ich versuch schon mein ganzes Leben lang so zu arbeiten, dass am Ende alle was davon haben. Mensch *und* Natur.«

»Junges Gemüse. Das ist nett.«

Walter war gerade mal zwölf Jahre älter als er. Aber er arbeitete schon sein ganzes Leben auf Gut Bahrenberg, und, das musste Arie ihm lassen, er achtete wirklich sehr darauf, dass die Gartenanlage hinter dem Haus auch insektenfreundlich war und Rückzugsorte für Vögel bot. Und das immer schon, nicht erst, seit es in Mode gekommen war.

»Also dann!« Walter klopfte auf die Zaunstrebe. »Ich schau mal, ob ich das heute noch schaffe. Oder ich schicke Ramon vorbei, der kommt sowieso heute aus der Gärtnerei. Dann hast du es hinter dir.« Er schwenkte zum Abschied seine Schiebermütze und ging davon.

Arie schaute der vertrauten Gestalt mit den krummen Beinen nach und wandte sich dann an Hermine. »Schauen wir mal, was es für uns zum Frühstück gibt. Ich habe vergessen, Brot zu kaufen. Da werden es wohl nur ein paar Haferkekse für mich. Aber Hundefutter ist genug da.«

Einen Moment war es ihm, als würde sie nicken. Er lachte und ging ins Haus, in dem es zwar merklich kühler geworden war, aber immer noch ziemlich kuschelig. Also ließ er die Tür offen.

Vitali erwartete sie beide vor dem Kühlschrank und tippelte unruhig hin und her. Von draußen klang Motorlärm herein. Das war nichts Ungewöhnliches. Der Weg führte zu einer Hütte, die zur Universität gehörte und zu der Studierende hin und wieder Exkursionen machten. Es verwirrte Arie allerdings, dass er keine Autos am Fenster vorbeifahren sah. Im Gegenteil, der Motorenlärm brach ab.

Er kümmerte sich nicht darum und füllte die Hundenäpfe. Hermine und Vitali saßen inzwischen einträchtig hinter ihm und verfolgten jede Handbewegung.

Da klingelte es. Ein fast so seltenes Geräusch wie das Schrillen des Festnetztelefons. Wer Arie kannte, klopfte ans Küchenfenster, die Leute vom Gutshaus kamen auch manchmal einfach herein.

Begeistert kläffend schoss Vitali aus der Tür hinaus, um möglichen Besuch ordentlich zu verbellen. Arie ließ ihn. Es wohnte niemand in der Nähe, und darüber hinaus konnte es nicht schaden, wenn der Hund sich hin und wieder bemerkbar machte, um Vorwitznasen oder Diebesgesindel von seinem Grundstück fernzuhalten. Vitali schlug ohnehin nur selten an, und jetzt tat er es weniger aus dem Wunsch heraus, sein Zuhause zu verteidigen, sondern vielmehr, weil die Klingel ein außergewöhnliches Geräusch und damit eine aufregende Abwechslung war. Hermine schloss sich an. Mit heiserem Bellen lief sie ins Freie.

Es klingelte erneut, dazu rief jemand etwas, das Arie unter dem wilden Gekläffe nicht verstand. Aber es klang ungeduldig.

Rasch streifte er sich eine Kapuzenjacke über und ging hinaus.

Vor dem Tor stand Inspektorin Salzhaller, eingerahmt von vier uniformierten Polizisten, und zwar von der groß gewachsenen und kräftigen Sorte. Sie hielten respektvoll Abstand zu Vitali, der jetzt völlig in seinem Element war und am Zaun hin- und herraste. Hermine stand dahinter und bellte, als wolle sie ihn anfeuern.

Zum ersten Mal, seit er die graue Hand unter dem Holzstapel entdeckt hatte, bekam Arie Angst. Die waren hier auf einer Mission, und er ahnte, wie die lautete.

Salzhaller hielt ein Papier in die Höhe. »Arie Daamen, das ist ein Haftbefehl für die Untersuchungshaft wegen des Verdachts des Mordes an Felix Bahrenberg. Heute Morgen frisch vom zuständigen Richter unterzeichnet. Kommen Sie freiwillig mit, oder sollen die Herren Sie freundlich bitten?«

»Das hättest du wohl gern«, sagte Arie leise mit zusammengebissenen Zähnen. Er fühlte sich schwach, aber die erste Panik ging vorüber. Den Mord müsste Salzhaller beweisen, und das konnte sie nicht, weil er nicht der Täter war, den sie so verzweifelt suchte.

»Ich komme freiwillig mit«, erklärte er mit fester Stimme. »Darf ich kurz die Hunde ins Haus bringen und füttern?«

»Ich gebe Ihnen zehn Minuten.« Sie winkte den Polizisten zu, von denen drei um das Haus gingen, um mögliche Fluchtwege im Blick zu halten.

Arie dachte gar nicht daran zu fliehen. Warum auch? Und wohin? Er glaubte immer noch, dass Salzhaller trotz ihrer barschen Art gute Arbeit machte.

Hoffentlich irrte er sich nicht.

Er fing den tobenden Vitali ein und brachte ihn ins Haus. Nachdem er beide Hunde versorgt und sich versichert hatte, dass der Wassernapf gut gefüllt war, versuchte er rasch, Mitza anzurufen. Er erreichte sie nicht.

»Danke, die Retourkutsche ist angekommen«, knurrte er, wohlwissend, dass sie niemals absichtlich ein Gespräch nicht annehmen würde. Vielleicht war sie im Keller oder unterwegs.

Er schickte ihr eine Sprachnachricht, in der er sie bat, Bahrenbergs Anwalt zur Polizeidirektion nach Innsbruck zu schicken. Er wusste nicht einmal, wo sich das genau befand, aber das würde der Anwalt hoffentlich wissen oder herausfinden. Dann tätschelte er beiden Hunden den Kopf, griff nach Schlüsseln und Portemonnaie, in dem sich Personalausweis und Waffenpass befanden, und verließ das Haus.

18.

Der Verhörraum war klein und fensterlos. Das würde eine Tortur werden.

Arie wurde von einer älteren Polizistin über seine Rechte aufgeklärt und willigte ein, dass die Vernehmung aufgezeichnet werden durfte. Er gab an, zunächst keine rechtliche Unterstützung zu benötigen. Er hoffte, dass Mitza seine Nachricht abgehört hatte und Doktor Hauschild, Bahrenbergs langjährigen Anwalt, schicken würde.

Die Polizistin nahm stumm in einer Ecke Aufstellung. Kurz darauf betrat Salzhaller den Raum. In einer Bewegung, bei der ihr Blazer über der Jeans aufschwang, erkannte Arie wie bei der Hausdurchsuchung die Dienstwaffe am Gürtel.

Sie legte eine alte Büchse von Graf Bahrenberg auf dem Tisch vor Arie ab. Ein Zettel mit einer langen Nummer war um den Lauf gebunden.

Das war also die Tatwaffe? Sie passte zu dem, was Tommie erzählt hatte.

»Nun, Herr Daamen, ich höre?« Salzhaller zog den Stuhl ihm gegenüber unter dem Tisch hervor, nahm Platz und schlug die Beine übereinander.

Arie setzte sich aufrecht hin und faltete die Hände auf dem Tisch. »Was möchten Sie hören?«

»Immer noch aufsässig, was? Was haben Sie zu diesem Gewehr zu sagen?«

»Eine Repetierbüchse aus der Waffenfabrik Bern mit Kaliber 7,5 × 55 Swiss. Eines der Modelle, die Graf Bahrenberg meines Wissens nicht mehr benutzt. Für die Jagd auch eher unüblich, das war eine Militärwaffe der Schweizer Armee.«

»Woher stammt es?«

»Das weiß ich doch nicht. Es war schon da, als ich ange-fangen habe, für den Grafen zu arbeiten. Fragen Sie ihn.«

»Haben Sie jemals damit geschossen?«

»Nein.« Arie trank einige Schlucke Wasser aus der Plas-tikflasche, die ihm die Polizistin gegeben hatte. Er fand es ziemlich warm im Raum, das kalte blaue Licht war unan-genehm.

Salzhaller beugte sich vor und zeigte auf den Lauf der Waffe. »Ihre Fingerabdrücke sind darauf. Und nur Ihre, von niemandem anders.«

»Ja, das wundert mich nicht.«

»Wieso?«

»Letzte Woche Mittwoch, an dem Abend unserer ersten Begegnung, habe ich vorsichtshalber den Waffenschrank samt Inhalt überprüft. Dabei habe ich die Gewehre alle ein-zeln in die Hand genommen. Und es war alles so, wie es sein sollte.«

Nicht ganz. Du hattest ein seltsames Gefühl, glaubte er Lissys Stimme im Geiste zu hören. *Erzähl ihr davon.*

Aber das würde Salzhaller ihm jetzt erst recht nicht mehr abnehmen.

»Warum haben Sie das getan?«, fragte sie.

»Ich wollte sichergehen, dass sich niemand unbefugt an den Waffen vergriffen hat.«

Salzhaller verzog den Mund. »Wie sollte jemand in einen nicht einmal zwei Jahre alten und aktuellen Sicherheitsstan-dards entsprechenden Schrank kommen und ein Gewehr herausnehmen? Ohne Schlüssel? Es gab keine Spuren von Gewalteinwirkung, das haben wir am Montag bereits über-prüft, bevor Sie dazugestoßen sind.«

»Jemand hat dem Grafen den Schlüssel entwendet und da-nach wieder zurückgelegt?«, schlug Arie vor.

Wollte die Inspektorin ihm etwas anhängen?

»Gut, das wäre möglich. Der oder die große Unbekannte«, sagte sie spöttisch.

»Worauf wollen Sie eigentlich hinaus? Sagen Sie es klar und deutlich, damit ich notfalls schweige, bis mein Anwalt kommt.«

Salzhaller stand auf und begann, auf und ab zu gehen. »Das da vor Ihnen ist mit an Sicherheit grenzender Wahrscheinlichkeit die Tatwaffe, mit der Felix Bahrenberg erschossen worden ist.«

»Freut mich für Sie, dass Sie das herausgefunden haben. Ich habe sie nicht abgefeuert.«

»Und dabei bleiben Sie?«

»Natürlich. Warum sollte ich? Ich kannte den Mann nicht einmal.«

»Letzteres glaube ich Ihnen.« Sie verschränkte die Arme. »Ich bin mir sicher, dass Sie keine eigenen Motive hatten, sondern im Auftrag von Herrn Bahrenberg gehandelt haben. Deshalb waren Sie auch bei der Identifikation seines Bruders dabei, oder nicht? Damit Sie und er nicht später in der Lügengeschichte abweichen, die Sie mir erzählen.«

»Unsinn. Wenn Graf Bahrenberg seinen Bruder erschießen wollte, müsste er das schon selbst erledigen. Ich würd's nicht machen.«

»Er konnte es nicht selbst tun, da seine Hüftoperation im Februar es ihm unmöglich gemacht hätte, den Hochsitz zu erklimmen. Aber für Sie war es doch kein Problem, dort hinaufzuklettern.«

»Und haben Sie da oben auch Fingerabdrücke von mir gefunden? DNS-Spuren, Haare, was auch immer?« Arie hatte das Brett an der Leiter vor ungefähr einem Jahr angebracht. Er war nie oben auf dem Hochsitz gewesen.

Er bekam keine Antwort. Also hatte sie keine Beweise.

»Ich bin doch nicht der Einzige, der hier in der Gegend schießen kann«, wandte er ein. »Für Bahrenbergs Jagdpacht ist Rupert Bittner der zuständige Jäger. Haben Sie eigentlich mal mit dem gesprochen?« Arie verstand sich gut mit dem Kollegen und hätte ihn niemals grundlos ins Spiel gebracht. Doch Salzhaller hatte ihn in die Enge getrieben.

Die Inspektorin ging nicht darauf ein. »Ich weiß, wie ich meine Arbeit zu tun habe, keine Sorge.«

Arie zog die Kapuzenjacke aus. Ihm war inzwischen der Schweiß ausgebrochen, und in seinem Mund breitete sich ein säuerlicher Geschmack aus. Er hatte nicht einmal den geplanten Haferkeks gefrühstückt.

Er deutete auf das Gewehr. »Warum trauen Sie mir das zu?«

Ihr Raubtierlächeln zeigte sich. Das schien die Frage zu sein, auf die sie gewartet hatte.

»Einem Mann, der einen Polizisten verprügelt hat, traue ich auch zu, dass er aus der Ferne einen ihm Unbekannten erschießt. Was hat Bahrenberg Ihnen dafür geboten? War es das wert?«

»Ich habe was? Moment mal! Was bitte reimen Sie sich da zusammen?« Die Vergangenheit war Vergangenheit, und das sollte auch so bleiben.

Salzhaller setzte sich wieder, schien jetzt siegesgewiss. »Gegen Sie wurde vor vier Jahren ein Gerichtsverfahren eingeleitet, weil Sie einen Polizisten im Dienst krankenhausreif geprügelt haben.«

»Das mit einem Freispruch geendet hat, weil meine Unschuld bewiesen wurde!« Er beugte sich vor, unterdrückte seine steigende Nervosität. »Es gab Beweise für meine Unschuld, verstehen Sie? Das war kein Freispruch wegen mangelnder Beweise für meine Schuld. Ich habe nichts dergleichen getan.«

Ein Schatten huschte über Salzhallers Miene. Sie schien verwirrt, hatte sie die Akte nicht aufmerksam gelesen? Wie kam sie überhaupt dazu, sein damaliges Leben zu durch-wühlen?

Sie griff in die Innentasche ihres Blazers und zog ein schwarzes Notizbuch hervor. Arie trank die Wasserflasche leer und fragte sich, ob er am Morgen an Deo gedacht hatte. Inzwischen rann ihm der Schweiß über den Rücken. Das grausame Licht stach ihm schmerzhaft in die Augen. Er blinzelte vergeblich dagegen an.

Salzhaller las aus ihren Notizen vor. »Sie haben Anfang der Zweitausender die Staatsbürgerschaft gewechselt, von der Niederländischen zur Deutschen. Warum?«

»Was hat denn das mit Ihrer Theorie des Auftragsmordes zu tun?«

»Ich möchte mir einfach ein Bild von Ihnen und Ihren Motiven machen.«

»Wenn ich gewusst hätte, dass es mich heute verdächtig macht, hätte ich es damals vielleicht nicht getan.«

»Jetzt machen Sie es mir doch nicht so schwer!«, platzte die Inspektorin heraus.

Arie hätte sich gern gefreut. Aber dafür ging es ihm nicht mehr gut genug.

Er riss sich zusammen. »Die Antwort wird Ihnen nicht gefallen, denn sie passt nicht in das Bild, das Sie sich da ge-rade zusammenkonstruieren.«

»Lassen Sie es auf einen Versuch ankommen.«

»Ich habe bei meiner Geburt die niederländische Staats-angehörigkeit bekommen, wie mein Vater. Das war damals so üblich, obwohl wir zu dem Zeitpunkt in Deutschland gelebt haben. Für mich hätte aber genau deswegen der deut-sche Pass besser gepasst: Wir sprachen deutsch, ich hatte deutsche Freunde und so weiter. So weit verstanden?«

Salzhaller wedelte ungeduldig mit der Hand, er solle fort-fahren.

»Ich wollte aber nicht zum Wehrdienst. Da mein Wohnsitz in Deutschland lag, haben die Niederlande mich nicht einberufen, und 1996 haben sie die Wehrpflicht sogar ganz ausgesetzt. Also habe ich mit dem Wechsel der Staatsbürgerschaft gewartet, bis ich für die Deutschen zu alt geworden war, um eingezogen zu werden.«

»Warum haben Sie nicht einfach verweigert?«

»So war es einfacher.« Er lächelte. »Ich wollte nie auf Menschen schießen und habe es auch noch nie getan.«

»Dafür, dass Sie keine Waffen mögen, kennen Sie sich aber gut damit aus. Und Sie schießen auf Tiere.«

»Selten und nur, wenn ich muss.«

»Sie schießen also nur aus Notwendigkeit. Und nicht, weil es Ihnen einen Adrenalinkick gibt? Weil es Sie befriedigt, wenn Sie ins Schwarze getroffen haben? Nicht ein Schuss mehr als nötig auf dem Schießstand? Nie?«

Arie schwieg. Er fand das eine seltsame Frage von einer Frau, die selbst eine Pistole am Gürtel trug. Würde sie gern auf Menschen schießen? Was erlebte sie denn, wenn sie traf? Sie trainierte ganz sicher häufiger auf dem Schießstand als er, das war Teil ihres Jobs. Er hatte jedoch Sorge, dass sie es als Angriff werten würde, wenn er sie darauf hinwies. Salzhaller kannte die beiden Verhaltensweisen bei Angst sicherlich auch: Angriff oder Flucht. Wenn er gekonnt hätte, hätte er sich allmählich lieber für zweiteres entschieden.

Sie blätterte in ihren Notizen. »Sie waren außerdem bis vor Ihrer Übersiedelung nach Moosach unter einer Adresse in Roermond gemeldet. Das habe ich überprüft. Eine gewisse Manou Cuypers gab dem niederländischen Kollegen gerne Auskunft, dass sie all die Jahre nur ihren Briefkasten als Meldeadresse zur Verfügung gestellt hat und Sie von wenigen Tagen abgesehen nie dort gelebt haben.«

Kurz schloss Arie die Augen und verwünschte Manou im Geiste. Er musste ihr allerdings zugute halten, dass sie ziemlich naiv war. Vermutlich war sie überrumpelt worden und hatte sich nichts dabei gedacht, der Polizei leutselig zu erzählen, was die wissen wollte.

»Das ist kein Verbrechen«, murmelte er laut die Ergänzung seiner Gedanken.

»Na ja, ich würde gern wissen, wo Sie sich in der Zeit herumgetrieben haben.«

»Was sollte das mit dem Mord zu tun haben?«

»War das, was Sie getan haben, illegal?«

»Nein.«

Das war eine Frage des Standpunktes. So illegal, wie das Leben mit rund zwanzig Gleichgesinnten in Baumhäusern in seinem Wald war, um gegen die Rodung für einen überflüssigen Braunkohletagebau zu protestieren. Denn rein rechtlich gesehen war es natürlich nie *sein* Wald gewesen, und die Eigentümerin hatte längst an RWE verkauft.

Salzhaller war erfahren genug, um die Halbwahrheit seiner Antwort zu spüren. Sie musterte ihn. Für ihren Blick brauchte die Inspektorin eigentlich auch einen Waffenpass.

Arie überlegte, ob er nach Wasser fragen konnte. Ihm war schwindelig.

Ein kurzes ratloses Schweigen legte sich über den Raum.

»Sagen Sie mal, geht es Ihnen nicht gut?«, fragte Salzhaller.

Arie traute seinen Sinnen nicht mehr. Wäre es nicht diese harsche Inspektorin in dieser unmöglichen Situation, hätte er sowohl die Worte als auch den Tonfall als aufrichtig besorgt empfunden.

Er brummte nur als Antwort und wischte sich über den Nacken. Sein Haaransatz war klatschnass.

»Sie haben Schwierigkeiten mit diesem Raum, oder? Das habe ich letzte Woche schon bemerkt. Klaustrophobie?«

»Was soll das mit dem Mord zu tun haben?«, wiederholte er seine Frage. Das erschien ihm jetzt die einzig sinnvolle Strategie zu sein. Die Hitze hatte seinen Verstand zu Brei verwandelt.

»Gar nichts! Wirklich, ich …«

Ein Summen unterbrach sie, und die Tür zum Flur öffnete sich. Köstliche kühle Luft strömte in den Raum, als ein Polizist eintrat und der Inspektorin etwas zuflüsterte.

Sie nickte. »Herr Daamen, draußen steht eine Rechtsanwältin für Sie.«

»Wunderbar, soll reinkommen.« Anwältin? Interessant. Er hatte Doktor Hauschild immer für einen Mann gehalten.

»Nicht nötig. Sie können gehen.«

»Was?« Arie blickte sie zum ersten Mal seit Minuten fokussiert an.

Hinter sich hörte er Schritte mehrerer Personen, die den Raum betraten. Er wandte sich um. Neben Kevin, wieder in seinem gewohnten Outfit mit Armani-Anzug und Krawatte, stapfte eine Frau in Aries Alter in den Raum, ausgestattet mit Aktentasche und Selbstbewusstsein.

»Doktor Gruber, Rechtsanwältin. Sie werden meinem Mandanten ohne mein Beisein keine Fragen mehr stellen. Ich verlange Einsicht in das Protokoll des bisherigen Gesprächs.«

Salzhaller erhob sich. »Sollen Sie haben, kein Problem für mich. Und ich stelle für heute keine Fragen mehr, seien Sie unbesorgt. Herr Daamen kann gehen.«

»Ich verstehe Ihren Sinneswandel nicht.« Schwerfällig stemmte Arie sich auf die Füße. Der Raum kreiste um ihn, als wäre er sturzbesoffen.

Salzhaller nickte grimmig. »Das, was ich habe, wird dem Richter nicht reichen. Für die Fingerabdrücke haben Sie mir eine ausreichend plausible Erklärung geliefert. Ich muss Ihre Schuld beweisen. Und so lange sind Sie unschuldig.«

»Das werde ich immer bleiben, weil ich es bin.«

»Schleicht's eich.« Mit diesen Worten rauschte sie aus dem Raum.

19.

Ist wirklich alles in Ordnung mir dir?«, fragte Kevin zum wohl dutzendsten Male. »Ich kann immer noch die Rettung rufen.«

Arie schüttelte den Kopf und hielt sich die kühle Wasserflasche in den Nacken. Er lehnte im Foyer der Landespolizeidirektion neben einem Getränkeautomaten an der Wand. Der besorgte Kevin stand vor ihm und hielt noch eine Flasche Cola bereit. Doktor Gruber ging in einiger Entfernung auf und ab und telefonierte.

»Sag mal, wer ist die?« Arie nickte mit dem Kinn in Richtung der Anwältin. »Warum hast du nicht Doktor Hauschild mitgebracht?«

»Weil der Notar ist und kein Rechtsanwalt. Da könntest du auch mir ein Mandat für deine Verteidigung übertragen, das wäre nicht schlechter«, erklärte Kevin. »Mitza ist mit deiner Sprachnachricht zu mir gekommen, und wir konnten uns beide überhaupt keinen Reim auf das machen, was du da erzählt hast. Erst als Walter kam und meinte, er hätte auf dem Rückweg vom Jagerhüttl gesehen, wie da zwei Polizeiwagen in den Wald gebrettert wären, ergab das Sinn. Doktor Gruber ist uns von Graf Bahrenberg höchstpersönlich empfohlen worden. Keine Ahnung, woher er die kennt.«

»Die Tatwaffe ist ein Gewehr vom Grafen. Salzhaller hat mich beschuldigt, damit seinen Bruder erschossen zu haben.«

»Ja, das habe ich vorhin mitbekommen. Geht es dir wirklich gut? Du bist immer noch leichenblass. So kenne ich dich gar nicht. Für mich bist du immer der stete Fels in der Brandung – oder besser gesagt im Wald.«

»Sehr witzig.« Arie atmete durch, trank das Wasser aus, reichte Kevin die leere Flasche und nahm ihm die Cola aus den Händen. Das Koffein konnte jetzt nicht schaden.

Die Anwältin hatte ihr Telefonat beendet und näherte sich. »Herr Daamen, was ist das für eine Sache mit diesem Gerichtsverfahren? Landgericht Düsseldorf?«

»Ich bin beschuldigt worden, während einer Randale am Braunkohletagebau einen Polizisten zusammengeschlagen zu haben. Ich war es aber nicht, ich war an dem Tag nicht einmal in der Nähe. Die beiden Augenzeugen kannten mich und glaubten, mich in dem Durcheinander gesehen zu haben. Sie haben mich beschuldigt, sie haben sich geirrt. Das ist alles.«

»Was hat Sie entlastet?«

Er schwieg.

Die ganze Sache war damals das mit Gift versetzte Sahnehäubchen des Schicksals in einer Zeit gewesen, in der es ihm ohnehin dreckig gegangen war.

Doktor Gruber musterte ihn mit diesem juristischen Blick, als könne sie auf diesem Wege die Wahrheit erkennen. »Tut mir leid, wenn ich das frage. Aber falls diese Inspektorin das noch einmal gegen Sie verwendet, sollte ich vorbereitet sein.«

»Ja. Stimmt. Schon gut.« Er drückte sich von der Wand ab. »Ich suche Ihnen die Nummer von dem Anwalt heraus, der mich damals vertreten hat. Der soll Ihnen alle Unterlagen zur Verfügung stellen und notfalls die Gerichtsakten in Deutschland anfordern, was immer Sie benötigen.«

»Gut, herzlichen Dank. Das hilft mir weiter. Von einer erfolglosen Anklage wegen Körperverletzung zum Mord. Da hat die sich ganz schön was zusammenfantasiert. Meine Karte haben Sie, melden Sie sich einfach.«

Erschöpft beobachtete Arie, wie Kevin die Anwältin förmlich verabschiedete und dann zu ihm zurückkehrte.

»Spar dir diesen besorgten Blick für deine Kinder auf, wenn du mal welche hast, Kevin. Du bist nicht mein Vater. Können wir jetzt nach Hause fahren?«

»Sicher, komm mit.«

Erst als sie das Gebäude verlassen hatten, fühlte Arie sich wieder einigermaßen normal. Kevin brannte vor Neugier, war jedoch höflich genug zu schweigen und keine Fragen zu stellen.

Vielleicht würde er ihm alles erzählen, über damals. Obwohl diese ganze Geschichte viel weniger aufregend war, als die meisten sich das vorstellten. Arie hatte sein Leben damals dem Versuch gewidmet, seinen Wald zu retten. Aber als die Situation zunehmend in Gewalt umschlug, hatte er aufgegeben.

Nicht nur den Kampf für seine Sache, sondern auch sich, sagten die, die ihn gut kannten, damals über ihn. Nur stimmte das nicht. Sie kannten ihn nicht gut genug. Er war zwar niedergeschmettert, vielleicht sogar depressiv, nach einer offiziellen Diagnose hatte er nie gefragt, aber es war auch die Zeit, in der er den Tod als seinen Feind erkannte. Das wiederum bedeutete für ihn, dass er *sein* Leben diesem Tod nicht freiwillig überlassen würde. Er mochte seinen Wald, den bisherigen Sinn seines Lebens verloren haben, aber nicht sich.

Der Vizsla-Welpe, den sein bester Freund Jochen ihm damals geschenkt hatte, trug sicher auch seinen Teil dazu bei.

Ein Ende war auch manchmal ein Anfang. Er hatte diesen Neuanfang gewagt. Und bis jetzt war es ihm damit gut gegangen.

Die Vergangenheit war Vergangenheit. Doch manchmal holte sie einen ein.

20.

Immer und immer wieder schaute der Tod auf einen Sprung in Aries Leben herein und zeigte dieses hämische breite Grinsen, wie es nur ein Totenschädel konnte.

Arie stand vor dem Tor und starrte in den Garten des Jagerhüttls. Von allen Tagen, an denen Walter den vereinbarten Kahlschlag hätte machen können, war dieser der denkbar schlechteste. Wie hatte es der Gärtner, der sich aufgrund seines Alters schon ein wenig schwerfällig bewegte, nur geschafft, eine derartige Verwüstung anzurichten?

Neben dem Waldweg stand der Pritschenwagen des Gutshauses, bis oben hin voll beladen mit Grünschnitt. Zum ersten Mal sah Arie, wo der Garten endete. Nahe des rückwärtigen Zaunes hatte Walter tatsächlich die vermuteten Reste einer Holzkiste für Kompost freigelegt. Unter dem Rhododendron wurde das Ausmaß von Hermines Buddeleien sichtbar. Der Boden sah aus wie ein Grabungsfeld im Tal der Könige. Ein Wunder, dass der Busch nicht längst abgesackt war.

»Scheiße.«

Arie hatte es kaum erwarten können, nach Hause zu kommen und endlich etwas zu essen. Jetzt wünschte er sich ganz, ganz weit weg von diesem Anblick seines geschändeten Gartens. Die Schachtel mit der Pizza, die er auf der Rückfahrt mit Kevin erstanden hatte, kühlte allmählich in seinen Händen ab.

Vitalis Kläffen im Haus weckte ihn aus seiner Erstarrung. Am besten holte er den Vizsla und marschierte einmal das Eggele hinauf. Er würde es nicht schaffen, vor der Dunkelheit zurück zu sein, aber wen störte das schon? Er würde die starke Stirnlampe mitnehmen. Außerdem war er seinen Mitmenschen keine Rechenschaft schuldig.

Er öffnete die Haustür. Zugleich vibrierte das Smartphone in seiner Hosentasche. Wenigstens war die Temperatur im Haus auf ein normales Niveau abgekühlt.

»Ja?«

»Du kommst jetzt sofort rüber, damit wir uns davon überzeugen können, dass es dir gut geht! Kevin hat mir gerade alles erzählt. Wie konnte er dich in deinem Zustand überhaupt allein lassen?«

»Mit meinem Zustand ist alles in Ordnung, Mitza. Und wenn du mich jetzt meine Pizza essen lässt …«

»Kommt gar nicht infrage! Lissy ist auch hier, sogar Graf Bahrenberg ist besorgt. Walter fragt außerdem, wie dir die Arbeit am Garten gefällt, aber wie ich dich kenne, gibst du ihm darauf heute lieber keine ehrliche Antwort mehr. Vergiss die Pizza! Ich koche für alle, und ich habe schon einen Käsekuchen aus dem Ofen geholt.«

Arie durchquerte die Stube und legte die Pizzaschachtel in der Küche ab. Bei dem Wort *Käsekuchen* war er beinahe überzeugt. Aber noch mehr als die Backkünste der Hauswirtschafterin brauchte er jetzt seine Ruhe.

»Das ist wirklich lieb, Mitza, aber ich …«

»Kein aber! Schwing deinen Hintern rüber! Rusz się! Szybko! Sogar der Graf wird mit uns essen, wegen dir! Da kannst du dich schlecht drücken!«

Arie rieb sich über die Nasenwurzel. Mitza war in dieser Stimmung, in der sie schlimmer als ein Tornado über jeglichen Widerstand hinwegfegte, der sich ihr in den Weg stellte. Und sie war noch nicht einmal auf dem Höhepunkt angelangt. Er hatte das schon einige Male mitbekommen, wenn sie mit der Arbeit der Reinigungskräfte nicht zufrieden war. Die maximale Eskalation aber hatte er erst einmal hautnah erlebt. Damals war die schwer pubertierende Saskia Ziel der Empörung ihrer Mutter gewesen.

»Also gut, ich komme.«

»Besser ist das!«

»Darf ich vorher noch duschen?«

»Lass dir nicht allzu lange Zeit, sonst komme ich dich einseifen!«

Mit einer gequälten Grimasse legte Arie auf. Das hatte sie ganz sicher nicht anzüglich gemeint.

Jetzt erst bemerkte er Hermine, die nicht wie sonst sofort hinausgelaufen war, sondern an der Eingangstür stand und ihn über die Schulter vorwurfsvoll anstarrte.

»Nicht du auch noch. Was ist denn?«, fragte er gequält.

Die Dackeldame schaute hinaus und wieder zurück.

»Tut mir leid, das wächst wieder nach, ich versprech's dir.«

Hermines schüttelte sich und tippelte endlich hinaus.

Arie sah zu, dass er unter die Dusche kam. Heute hatte er mit der Damenwelt aber auch gar kein Glück.

21

Mitza stand an der Rotunde vor dem Haus und unterhielt sich mit einer zierlichen Frau, die gut einen Kopf kleiner war als sie und bis auf einen Hijab in dunklem Lila ganz in Schwarz gekleidet war. Ein Transporter mit der Aufschrift *Potzblitz!* wartete bereits mit laufendem Motor.

»Servus, Sedef, lange nicht gesehen!«, rief Arie. »Hey Mitza, da bin ich, wie befohlen.« Er setzte Hermine auf dem Kies ab, damit sie die Rotunde ihrem kritischen Dackelblick unterziehen konnte. Vitali blickte ihr neidisch nach. Er wich seinem Herrn nicht von der Seite, solange es ihm nicht erlaubt wurde.

»Servus, Arie, wie geht's dir?« Sedef lächelte ihn herzlich an. »Stehst du etwa auch unter Mitzas Knute? Sie ist schlimmer als ein Feldmarschall, oder?«

»Das kannst du laut sagen.«

»Ich höre euch, ihr beiden!« Mitza ging auf Sedef zu und gab ihr einen Kuss auf jede Wange. »Jetzt sieh zu, dass du zu deinem Mann und den Kindern kommst. Du willst doch auch Feierabend machen.«

»Zu Befehl, Ma'am!« Sedef schlug die Hacken zusammen, was mit ihren Sneakern allerdings nicht den gewünschten Effekt hatte. Lachend stieg sie in den Transporter und bog in die Zufahrt ein. Schon bald war sie unter dem Dach der Kastanien außer Sicht.

»Nichts als Unheil heute«, schimpfte Mitza, kaum dass sie fort war. Sie musterte Arie ungeniert, der die Arme ausbreitete und sich einmal um die eigene Achse drehte.

»Alles noch, wie es sein soll, Feldmarschall Jablonski.«

Wenn sie sich so aufführte, dachte er immer an eine Fasanenhenne, die um ihre Küken herumgluckte und sich aufplusterte, sobald sie Gefahr befürchtete. Aber das würde er niemals laut aussprechen.

»Ich finde wirklich nicht, dass du darüber auch noch Witze machen solltest! Komm jetzt.« Mit in die Seite gestemmten Fäusten stieg sie die Freitreppe hinauf. »Erst die Sache mit dir, und dann war heute auch schon wieder eine neue Frau im Team! Sedef kann ja nichts dafür, sie weiß, was ich will.«

Arie schnappte sich Hermine, um sie die Stufen hochzutragen, und erlaubte Vitali, vorauszulaufen. Mit wenigen Sprüngen raste der Vizsla die Stufen hinauf und huschte durch die angelehnte Eingangstür.

Mitza schnalzte ungehalten mit der Zunge. Sie mochte es nicht, wenn der Hund im Haus herumlief. Aber das war Arie heute egal. Er wollte seine beiden tierischen Gefährten um sich haben.

Und erstaunlicherweise protestierte sie nicht, sondern fuhr mit ihrer Tirade fort: »Mir behagt das nicht, wenn ich hier ständig fremde Gesichter herumlaufen habe. Ein paar Wochen nur war diese Neue dabei, und jetzt ist sie schon wieder abgehauen.« Energisch riss sie die Tür auf und scheuchte Arie hinein. »Ich dachte, ich hätte dem Chef deutlich genug erklärt, dass ich niemanden hier haben will, der nicht mindestens ein halbes Jahr im Unternehmen ist. Aber er faselt was von Personalmangel daher und dass er keine Leute findet. Dann soll er halt gründlicher suchen und besser bezahlen, was weiß ich!«

In der Halle setzte Arie Hermine ab, die sich ratlos umschaute. »Was ist so schlimm daran?«

Mitza fuhr zu ihm herum. »Was schlimm daran ist? *Gelegenheit macht Diebe,* kennst du diese Redensart etwa nicht? Ich habe keine Lust, ständig alles zu kontrollieren, damit die uns hier nicht sprichwörtlich die silbernen Löffel klauen. Es ist schon einige Male passiert! Und die Nationalität spielt da übrigens keine Rolle, nicht dass wir uns falsch verstehen! Ich hab auch schon eine Österreicherin erwischt.«

»Das reicht, ist ja gut!«

Mitza hielt erschrocken inne. »Tut mir leid. Ich wollte nicht … Naa, das kann dir wirklich alles egal sein, das ist meine Aufgabe, nicht deine. Wie geht es dir denn jetzt?«

»Warum fragen das heute alle?«

»Was ist da bei der Polizei passiert? Kevin sagt, du wärst blass wie ein Laken gewesen.«

»Ist das eine Petze.«

»Nein, ich habe ihn peinlich befragt, der Junge ist kein Ratschkattl. Was ist diese Sache? Ist das gefährlich?«

»Ich halte es in kleinen Räumen nicht gut aus, mehr nicht. Vor allem Räume ohne Fenster sind schwierig.«

»Was ist mit unseren Kellern hier? Da gehst du doch auch hinunter.«

»Mit dir einen ganzen Vormittag Wein zu sortieren, wäre eine Herausforderung, ich geb's zu.«

»Jetzt nimm mich doch mal ernst! Ich mache mir Sorgen, verstehst du das denn nicht?«

Er hob beschwichtigend die Hände. »Solange ich in Bewegung bleiben kann oder es nicht zu lange dauert, geht es. Durch die Straßentunnel hier in der Gegend komme ich alle durch. Mit großen, schnellen Aufzügen ist es auch okay. Gibt außerdem bessere und schlechtere Tage.« Dass heute einer der letzteren war, hing auch damit zusammen, dass Salzhaller seine Vergangenheit heraufgewühlt hatte. Wenigstens schien Kevin das nicht erwähnt zu haben, sonst hätte Mitza auch danach gefragt.

Sie betraten die Küche. Auf der Anrichte standen der frische Käsekuchen sowie eine Schüssel mit grünem Salat, der große Tisch war für sechs Personen gedeckt. Arie ließ sich auf seinem Stammplatz nieder. Er wagte es erst gar nicht, Mitza seine Hilfe beim Kochen anzubieten. Das käme einer Majestätsbeleidigung gleich.

Sie wedelte fordernd mit der Hand, dass sie jetzt die ganze Geschichte hören wollte.

Arie blockte ab. »Ich finde, ich habe für heute genug über mich gesprochen.«

Vitali kam in die Küche geschossen und legte sich hechelnd unter den Tisch. Arie streichelte ihm den Kopf.

»So? Gibt es noch mehr, von dem ich wissen müsste? Außer dieser Platzangst?«

»Es heißt Klaustrophobie, so wie bei Klause. Die Angst vor Plätzen heißt Agoraphobie. Ich fühle mich in engen, geschlossenen Räumen nicht wohl, das ist eben so.«

»Das ist eben so? Hast du denn nie daran gedacht, eine Therapie zu machen?«

»Ich komme gut klar. An meinem üblichen Arbeitsplatz ist das schließlich kein allzu großes Problem.«

Lissy betrat die Gutsküche und bewahrte ihn vor dem weiteren Verhör. »Das Wort *Klausur* kommt auch daher. Ich sperre meine Studierenden so lange weg, bis sie ihre Arbeiten geschrieben habe. Guten Abend, Arie.« Sie setzte sich links von ihm auf die Bank und knuffte ihn kurz in den Oberarm.

Wenigstens fragte sie nicht, wie es ihm ging.

Von der Halle näherten sich Stockschläge auf dem Terrazzoboden. Bald darauf betrat der Herr des Hauses die Küche, Hermine mit erhobener Nase im Schlepptau. Graf Bahrenberg hatte immer ein paar Leckereien für die Hunde in der Tasche, und die Dackeldame wusste das aus langjähriger Erfahrung ganz genau. Vitali hatte diese Futterquelle noch nicht entdeckt und blieb liegen, wo er war.

»Du kannst so käuflich sein, Hermine«, murmelte Arie.

»Guten Abend allerseits.« Der Graf setzte sich ihm gegenüber an das zweite Kopfende des Tisches, Hermine zu seinen Füßen.

Walter und Mitzas Tochter Saskia vervollständigten die Runde. Der Gärtner wirkte schuldbewusst und verlor kein Wort über die Arbeit in Aries Garten. Der Siebzehnjährigen stand der Unmut darüber, mit einem Haufen Erwachsener zu Abend zu essen, ins Gesicht geschrieben. Sie war mit einem weiten Shirt bekleidet, das in Arie unangenehme Assoziationen an die Mode der Achtziger weckte, sowie einer kunstvoll zerrissenen Jeans, die prompt einen Kommentar ihrer Mutter nach sich zog, wie sie es wagen könne, so herumzulaufen, vor allem, da doch der Graf mit ihnen essen würde.

Verstohlen zwinkerte Graf Bahrenberg Saskia zu, weil ihm so etwas herzlich gleichgültig war.

Die junge Frau ignorierte alle und alles. Sie setzte sich mit einem verlegenen Lächeln zu Aries rechter Seite, wartete, bis ihre Mutter sich abgewandt hatte, und begann sofort, unter dem Tisch auf ihrem Smartphone zu tippen.

Mitza servierte zwei große Auflaufformen Lasagne – eine klassische mit Hackfleischsoße und eine vegetarische Variante – und legte allen auf. Arie wagte es dann doch, die Schüssel von der Anrichte zu holen und den Salat zu verteilen. Der erwartete Verweis blieb aus.

Graf Bahrenberg lächelte in die Runde. »Guten Appetit, allen zusammen. Ich muss in den letzten Tagen sehr oft an meinen Vater denken und was sich alles verändert hat. Liz, wenn er uns jetzt sehen könnte, wie wir mit dem *Gesinde* in der Küche essen, würde ihn vermutlich der Schlag treffen, nicht wahr?«

»Kann ich nicht beurteilen, Paps, weil er komplett unnahbar war. Aber es wäre schon recht wahrscheinlich.« Sie wandte sich an Arie. »Mir hat er als Kind Angst gemacht. Ein großer Mann, immer aufrecht, als hätte er einen Besen verschluckt, eine polternde Stimme mit befehlsgewohntem

Ton. Wenn er in der Nähe war, wurde immer nur geflüstert. Mit mir hat er sich ohnehin nicht abgegeben, zu jung und noch dazu ein Mädchen. Aber sogar meiner Mutter war er nicht ganz geheuer.«

Graf Bahrenberg nickte traurig. »Das stimmt. Und dabei war die Gräfin durchaus selbstbewusst und durchsetzungsstark. Apropos, Arie, wie kommen Sie mit Doktor Gruber zurecht? Der Anwältin?«

»Ganz gut, denke ich.«

»Sie ist sehr direkt, oder? Sie wurde mir von einem Bekannten empfohlen. Ich hatte schon Dienstag mit ihr telefoniert, nach unserem ersten Besuch bei der Polizei. Da es sich bei dem Opfer um meinen Bruder handelt, ahnte ich bereits, dass diese Inspektorin nicht lockerlassen würde. Ich hatte allerdings erwartet, dass sie irgendeinen fadenscheinigen Grund findet, mich zu verhaften, und nicht meinen Waldhüter.«

»Sie ist direkt, Herr Graf, aber damit genau die richtige Gegnerin für Inspektorin Salzhaller, passt.«

Zum ersten Mal reagierte Saskia. Mit aufgerissenen Augen blickte sie Arie an. »Haben sie dich wirklich verhaftet? Wegen dem Mord an diesem Toten?«

»Na ja, einen Toten kann ich schlecht ermordet haben.«

»Mensch, Arie!«, schimpfte Mitza.

»Also gut, nur wegen des Verdachts. Aber ich war es nicht.« Arie hob die rechte Hand. »Ich schwöre es.«

Mitza verdrehte die Augen, Saskia nickte dagegen überzeugt. Schon linste sie wieder verstohlen auf ihr Telefon.

»Ich frage mich, was Onkel Felix hier im Wald zu suchen hatte«, warf Lissy ein. »Ich war dreizehn, als er hier mit Schimpf und Schande aus dem Haus gejagt worden ist.« Sie wandte sich an ihren Vater, der mit sentimentaler Miene zu ihren Worten genickt hatte. »Weißt du denn wirklich nichts? Hast du gar keine Idee? Was er angestellt haben könnte?«

»Ich bedauere, nein. Das lief damals hinter geschlossenen Türen ab, das war so üblich. Und das kann alles sein. All die Dinge, die für euch und mich heute als selbstverständlich gelten, wären für meinen Vater eine moralische Katastrophe gewesen.«

»War er homosexuell?«, fragte Lissy.

Graf Bahrenberg schüttelte den Kopf. »Halte ich für unwahrscheinlich.«

»Könnte aber erklären, warum Ihr Vater ihn rausgeworfen hat«, meinte Arie. »Militärakademien, auf die er Ihren Bruder hätte schicken können, gab es schließlich keine mehr.«

»Dennoch, das erscheint mir nicht plausibel.« Der Graf schüttelte abermals nachdrücklich den Kopf. »Mitte der Achtziger hieß es mal, es gäbe da eine Frauengeschichte, aber das ist so lange her, dass ich mich nicht mehr an die Details erinnere.«

»Ein uneheliches Kind?«, meinte Walter und hielt Mitza seinen leeren Teller hin.

»Da wird doch eher die Frau davongejagt, oder nicht?«, sagte die Hauswirtschafterin erbost. »Die Männer haben ihren Spaß und die Frauen den Ärger, das war schon immer so.« Sie warf ihrer Tochter einen Seitenblick zu, trotz dieser Worte voller Stolz und Liebe.

Arie stieß Saskia mit dem Fuß an, weil die davon nichts mitbekommen hatte. Errötend nickte sie ihrer Mutter zu, ohne zu wissen, worum es ging.

»Ich glaube nicht, dass mein Vater das hätte durchgehen lassen«, erklärte Graf Bahrenberg ungerührt. »Felix war zwar nicht verheiratet, aber das gab ihm keinen Freibrief. Ein in den Augen des alten Grafen unehrenhaftes Verhalten hätte auf jeden Fall Konsequenzen nach sich gezogen. Wenn eine Frau fortgeschickt worden wäre, hätte sie eine … Entschädigung bekommen. Oder mein Bruder hätte sie heiraten müssen, sofern es eine angemessene Verbindung gewesen wäre.« Er blickte in die Runde. »Verstehen Sie mich nicht falsch, angemessen in den Augen meines Vaters.«

Alle nickten, mehr oder weniger nachdenklich.

»Falls es zum Beispiel eine Bedienstete auf dem Gut gewesen wäre«, fuhr der Graf fort, »bin ich sicher, dass es nicht vollkommen unbemerkt geblieben wäre. Auch in Moosach hätte es Gerede gegeben, und früher oder später hätten wir davon etwas mitbekommen.«

Lissy schnaubte belustigt. »Aber dann kann es wirklich alles sein. Was in unseren Augen heute eine Kleinigkeit ist, war für ihn sicherlich ein großes Drama. Was fällt mir noch ein ... Spielschulden? Spekulation an der Börse oder kriminelle Investitionen? Ein falscher Freundeskreis, Drogenmissbrauch?«

»Schon richtig, Liz.«

»Vielleicht hat er das Tafelsilber verscherbelt«, schlug Arie vor.

»Paps, in Großvaters Augen war es sogar unehrenhaft, die gleiche Luft zu atmen wie ein Fabrikarbeiter. Du hast es gerade vorhin selbst gesagt: Wenn er uns beide jetzt sehen würde, würde er uns ebenfalls in Schimpf und Schande verstoßen.«

Der Graf brummte unzufrieden. »Vermutlich hätte ich damals aufmerksamer sein müssen. Oder in all den Jahren einmal nachfragen sollen. Ich wusste ja, wo Felix sich aufhielt. Tante Sibille hat es nach dem Tod meines Vaters immer wieder versucht, mich davon zu überzeugen. Aber ich war wohl zu stur. Zu bequem. Und jetzt ist es zu spät.«

Niemand widersprach.

Walter hob die Gabel in die Höhe. »Die Frage ist doch auch, was Felix hier wollte.«

»Erinnerst du dich an ihn?«, fragte Arie.

»Ja, sicher. Aber ich habe dazu nichts zu erzählen. Felix war viel im Ausland. Außerdem hat er sich nie für irgendwas, das wächst, interessiert, also hatte ich auch wenig mit ihm zu tun. Die Autos waren eher seine Sache, aber dafür war ich damals noch nicht zuständig. Der alte Graf Bahrenberg hatte seinen eigenen Chauffeur, und Sie, Herr Graf, sind noch selbst gefahren.«

»Ja, alles richtig.« Der Graf atmete tief durch. »Das ist einfach alles sehr lange her.«

Das war so eine Sache mit dem Timing. Warum geschah das alles ausgerechnet jetzt? Und die Entdeckung der Leiche, wann hätte die passieren sollen, wenn es nach der Tatperson gegangen wäre?

Arie legte sein Besteck ordentlich auf dem leeren Teller zusammen. »Genau jetzt wäre jedenfalls ein guter Käsekuchen-Moment, meinst du nicht, Mitza?«

Ein Freitag im April

22.

Am späten Vormittag des nächsten Tages hatte Arie sich gerade die Jacke angezogen und wollte mit Vitali das Haus verlassen, als Hermine im Garten zu bellen begann. Für einen kurzen Moment wurde ihm schwindelig. Das war doch nicht schon wieder die Polizei? Er verharrte hinter der geschlossenen Tür, doch niemand klingelte. Die Dackeldame draußen kläffte unvermindert weiter.

Schließlich trat Arie ins Freie. Vermutlich doch nur ein vorwitziger Igel oder eine freche Elster, über die sich die heimliche Herrin dieses Hauses empörte. Doch es war Ramon Sladic, der es gewagt hatte, das Grundstück zu betreten, da er genau wusste, dass Hermine ihm niemals etwas antun würde. Er kam aus dem hinteren Teil des Gartens, eine Harke in der Hand. Der Motor von Walters voll beladenem Pritschenwagen lief bereits.

»Arie, *Bongiorno*! Guten Morgen!«, rief er und reckte die Harke in die Höhe. »Hab ich vergessen. Gestern, Garten.« Er fuhr mit der Handkante durch die Luft. »Gut?«

»Hermine, Schluss jetzt! Hierhin!« Arie beugte sich hinab, um nicht sofort antworten zu müssen, was er über den Zustand des Gartens dachte. Walters Aushilfe konnte ja nichts dafür, er hatte nur die Anweisungen seines Chefs umgesetzt.

Hermine war stehen geblieben, versperrte dem jungen Mann den Weg und schaute zu ihm auf, als wüsste sie ganz genau, dass er ihr Reich zerstört hatte.

Ramon bückte sich und versuchte vergeblich, sie mit der Hand vor sich her zu scheuchen. Schließlich kam Arie heran und hob Hermine auf, die daraufhin verstummte.

»*Vola*, Armine!« Ramon lachte. »*Volare!*«

Arie wusste nicht, was das Wort genau bedeutete, und erwiderte nichts. Er trug die Dackeldame bis zur Haustür und setzte sie dort ab.

Walters Gehilfe war ihm bis zur Höhe des Gartentors gefolgt und hatte die Klinke bereits in der Hand. Er hielt noch mal inne und machte eine weite Armbewegung. »Garten gut, Arie?«

Vitali schoss aus der Haustür heraus und hätte Hermine beinahe umgerannt. Sie tippelte ins Innere und legte sich dort in ihr Körbchen. Arie schloss die Tür und kam auf Ramon zu, der immer noch am Tor stand und mit einem erwartungsvollen Lächeln auf eine Antwort wartete. Es kostete Arie Überwindung, freundlich zurückzulächeln, er musste sich abermals sagen, dass der junge Mann nur auf Walters Anweisung gehandelt hatte. Er konnte überhaupt nichts für den Kahlschlag. Aber die Wunde war noch zu tief und schmerzte, erst recht vor dem Hintergrund der Ereignisse, die gefolgt waren – wofür Ramon erst recht nichts konnte. Vermutlich wusste er nicht einmal, was Arie gestern widerfahren war.

»Ja, Ramon, hast du gut gemacht. Danke dir. *Molto bene*, richtig?«

Der Jüngere strahlte übers ganze Gesicht und deutete sogar eine Verbeugung an. Er zeigte auf den Rhododendron und begann einen gestenreichen Monolog auf Italienisch, mit dem er vermutlich erklären wollte, welchen Herausforderungen er begegnet war. Arie verstand kein Wort. Soweit er wusste, beherrschte Walter Ramons Heimatsprache ganz gut; insofern hatte der Italiener zumindest für die Arbeit auf Gut Bahrenberg nie Deutsch lernen müssen. Wie er das mit den Kolleginnen und Kollegen in der Gärtnerei hielt, war Arie ein Rätsel.

»*Hai capito?*«, brach Ramon seinen Monolog unsicher ab.

»Nein, tut mir leid. Scusi. Ich habe nichts kapiert. Aber das ist auch nicht schlimm. Es war ja nötig. Gehen wir.« Er winkte zum Tor, damit Ramon es endlich öffnete und verschwand.

»Ciao, Servus, Arie!« Er warf die Harke mit Schwung auf die Pritsche und kletterte ins Führerhaus. Mit einem letzten Winken fuhr er davon.

Arie steckte die Hände in die Jackentasche, befahl Vitali an seine Seite und sah zu, dass er in entgegengesetzter Richtung in den Wald kam. Er wollte heute hinauf zur Schutzhütte, um zu prüfen, in welchem Zustand die Wege und Wandermarkierungen waren. Wenn das Wetter so blieb, war es gut möglich, dass zum Wochenende hin die ersten Familien und Gruppen sich auf einen Tagesausflug machten. Die sollten begehbare Wege vorfinden und sich nicht verirren.

Arie hatte nicht den Eindruck, dass diejenigen, die Wander-Apps benutzten, zuverlässiger ans Ziel kamen. Im Gegenteil, da musste nur ein Depp seine Wanderung mit Komoot aufzeichnen, querfeldein laufen und die Tour anschließend im Internet veröffentlichen, und schon folgten ihm weitere wie die Lemminge. Nicht nur, dass sie dabei mitten durch geschützte Gebiete trampelten, Arie hatte schon gehört, dass die Bergwacht hatte ausrücken müssen, da sich eine Familie über einen Steilhang in eine Sackgasse navigiert hatte, aus der sie den Weg nicht mehr hinausgefunden hatte. Da war es doch besser, den Zeichen auf ein paar Bäumen frische rote und weiße Farbe zu gönnen.

23.

Dieses Mal hielt Arie mit Mitzas Nissan Micra vor der Tischlerei Stadler. Sofort fiel ihm der ordentliche Stapel Baumstämme auf, der auf dem geschotterten Platz vor dem Gebäude lagerte. Die Geschwister hatten mit dem Abtransport aus dem Wald begonnen.

Rechter Hand lag ein Ausstellungsraum mit bodentiefen Schaufenstern. Im Inneren stand Tommie neben einem aufgebockten Sarg und führte gestenreich ein Verkaufsgespräch. Das hochbetagte Ehepaar wollte vermutlich Särge vorbestellen, ab einem gewissen Alter machten einige Menschen das so. Aries Mutter hatte ihn letztens auch angerufen und ihm erklärt, sie habe ihren Nachlass geregelt. Das hatte ihr keine Ruhe gelassen, seit sein Vater vor einem Jahr an Krebs gestorben war, unerwartet und recht plötzlich.

Der Tod war eben auch nicht gerade der beste Freund seiner Familie. Wie stand denn eigentlich Tommie Stadler zu ihm, wo er doch sein Geld mit ihm verdiente?

Arie klemmte sich die mitgebrachte Holzscheibe unter den Arm und betrat durch die unscheinbare Tür linker Hand die Werkstatt, die an diesem Freitagnachmittag bereits still und verlassen war. Über den Werkbänken lagen Tücher, und die große Kreissäge war mit einer Plastikhaube abgedeckt.

Er fand Tina im Büro bei der Buchhaltung. Sein schlechtes Gewissen regte sich, weil er sich ebenfalls längst mal wieder an seinen Schreibtisch setzen sollte. Der letzte Papierkram, den er erledigt hatte, war die Unterzeichnung des Arbeitsvertrags gewesen.

»Arie, schön, dich zu sehen! Setz dich, warte.« Tina hob

zwei Ordner von dem Stuhl neben sich und klopfte auf die Fläche. Staub wirbelte auf. »Sieht ganz so aus, als sollten wir hier mal wieder sauber machen.«

»Ich habe noch meine Hose von heute morgen an, mit der ich im Wald war, kein Problem. Ich habe es endlich geschafft, meine Wanderung hinauf bis zur Schutzhütte zu machen. Da oben ist alles in Ordnung. Ich muss nur nächste Woche mit Sepp und seinen Pferden ein wenig Totholz rücken, und die Wege müssen neu markiert werden, aber das macht der Alpenverein. Die Hütte hat letztes Jahr ein älteres Ehepaar aus dem Dorf gepachtet. Weißt du, ob die das wieder machen und wann die eröffnen?«

»Das waren die Wissners, der Sohn vom Doktor und dessen Frau. Die machen das wieder, soviel weiß ich. Aber nicht, wann sie starten. Ich denke, so Ende Mai, zu den Feiertagen. Dann kommen schon die ersten Gäste der Sommersaison, die Paare und Singles ohne schulpflichtige Kinder.« Sie bemerkte die Holzscheibe, die Arie sich auf den Schoß gelegt hatte, und reckte neugierig die Hand. »Ist das Küstenmammutbaum? Darf ich?«

»Die schenke ich dir. Der Baum, von dem sie stammt, ist ganz ordnungsgemäß getrocknet worden und längs in Stücke geschnitten. Was das angeht, sollte die Verarbeitung für dich kein Problem sein.«

Sie strich mit den Fingerspitzen über die Jahresringe. »Die Traubeneiche ist kein Problem für mich. Es sieht eben nur am Ende mit den Stückelungen und den Rissen nicht so aus, wie es für ein Holzregal üblich ist. Aber das war deine Entscheidung.« Sie stockte und blickte ihm in die Augen. »Zu dir passt es. Du legst auch keinen Wert auf Konvention.«

»Ist das ein Kompliment?«

Sie grinste. »Such es dir aus. Wenn es für dich eins ist, war es eins.« Sie lehnte die Holzscheibe an den Schreibtischcontainer. »Deine Verhaftung war ein großes Thema in Moosach.«

»Denke ich mir.«

»Willst du nicht heute Abend ausnahmsweise ins Wirtshaus mitkommen? Dann können sich alle mit eigenen Augen davon überzeugen, dass diese Inspektorin dir nichts angetan hat.«

»Ich hatte eher angenommen, dass mich alle jetzt für einen Schwerverbrecher halten.« Die Sache mit dem alten Gerichtsprozess würde ihren Weg hoffentlich nicht von Innsbruck nach Moosach finden. Kevin hatte ihm versichert, dass von ihm niemand etwas erfahren würde.

Tina schüttelte lachend den Kopf. »Ich glaube, du hast wirklich nicht die geringste Ahnung, wie beliebt du eigentlich bist.«

»Mich kennt doch niemand.«

»Das stimmt nicht. Du bist jetzt gute eineinhalb Jahre hier. Wie viele Schulklassen hast du durch den Wald geführt?«

»Ich weiß nicht. Das passiert regelmäßig. Übernächste Woche geht es wieder los.«

»Du hast sämtliche Kinder der Grundschulen von Moosach, Gries und Sellrain durch dein Waldreich geführt. Das sind alles Fans. Und damit wissen auch die Lehrkräfte und Eltern, was für ein toller Kerl du bist.«

»Jetzt ist aber gut. Kinder sind leicht zu überzeugen. Zeig ihnen ein Bild von einem Rehkitz, behaupte, dass es hinter dem nächsten Baumstamm stehen könnte, und pfeif auf einem Grashalm. Schon gehören sie dir.«

Tina ließ sich nicht beirren. »Außerdem gehörst du zum Gut Bahrenberg, da sind auch alle immer ein wenig interessierter als bei Normalsterblichen. Der Graf und erst recht Lissy mögen sich nahbar geben, aber gerade in den Augen der Älteren bleiben sie als Adelige etwas Besonderes. Und das fällt auch auf das Personal zurück.«

Mitza hatte Arie gegenüber einmal etwas Ähnliches erwähnt und gemeint, dass die Festanstellung samt Wohnung auf dem Gut damals wie ein Jackpot gewesen sei und ihr eine Art gesellschaftlichen Aufstieg ermöglicht habe. Jetzt war sie die persönliche Hauswirtschafterin in einem gräflichen Haushalt, zuvor nur Mitarbeiterin bei *Potzblitz* und alleinerziehende Mutter. Dass diese Putzfirma nicht gerade klein war, sie schon seit Jahren nicht mehr selbst den Besen geschwungen, sondern Teams koordiniert und sogar Großkunden beraten hatte, war da nicht ins Gewicht gefallen.

Und dann war da noch die emotionale Seite. Auf Gut Bahrenberg waren sie eine Gemeinschaft. Erst gestern beim Abendessen war Arie bewusst geworden, wie wichtig ihm diese Menschen in den eineinhalb Jahren geworden waren, beinahe wie eine Familie, sein Rudel.

»Vielleicht wäre es wirklich an der Zeit, mich mal blicken zu lassen«, meinte er. »Aber ich spiele kein Bingo!«

»Musst du nicht. Es wird gespielt, getratscht, draußen wird geraucht, das ist alles ganz entspannt, glaub mir. Und du könntest sogar nach diesem Felix Bahrenberg herumfragen. Die Anneliese hatte doch gesagt, dass der gut mit den Frauen im Dorf konnte. Vielleicht redet ja jemand?« Sie zog übertrieben theatralisch die Schultern bis zu den Ohren.

»Was hat deine Mutter über den erzählt? Du meintest letztens, sie könnte was wissen.«

»Stimmt, ja, das hab ich ganz vergessen. Also so recht wollte sie nicht mit der Sprache heraus.« Tina verstummte und legte einen Finger ans Kinn.

»Also was denn jetzt?«

»Das war ein wenig merkwürdig. Ja, sie hat erzählt, dass mal was gewesen ist, aber nichts Weltbewegendes. Das war auf einem Schützenfest, 1983 oder 85. Angeblich ist Felix Bahrenberg in einer Nacht mit einem Mädchen beim Knutschen erwischt worden. Das ist die ganze Geschichte.«

»Klingt harmlos. Aber wenn das stimmt, was der Graf über seinen Vater erzählt hat, muss das für ihn skandalös gewesen sein. Nicht unbedingt wegen der Küsse, sondern weil es vermutlich eine Bürgerliche war und er sich dabei auch noch hat erwischen lassen.«

»Echt jetzt?« Tina lachte auf. »Da wird mir einiges klarer. Meine Mutter hat auch so getan, als wäre es ein Riesendrama gewesen. Und ich hab nur gedacht: Meine Güte, ein bissl Schmusen, was soll das schon?«

»War es denn einvernehmlich? Was, wenn die Frau nicht einverstanden war und möglicherweise eine Szene gemacht hat? Damit sähe die Sache schon wieder anders aus.«

»Tja. Gute Frage. Ich war da noch nicht einmal geboren.« Wieder ein großes Schulterzucken, gefolgt von einem listigen Grinsen. »Ich glaub aber schon, dass dieses Mädchen einverstanden war. Willst du wissen, warum?«

»Ich will.«

»Interessanter fand ich nämlich, dass meine Mutter die ganze Story zwar in der dritten Person erzählt hat, ich aber die ganze Zeit das Gefühl nicht losgeworden bin, dass sie von sich spricht. Und wenn das stimmt, käme da ein gehöriger Altersunterschied hinzu. Der Grafensohn war da nämlich schon Mitte zwanzig und meine Mutter noch nicht volljährig.«

»Aber auch kein Kind mehr?«, fragte Arie erschrocken. Sonst bekäme das alles eine ganz neue Dimension.

»Nein, 83 war sie fünfzehn, 85 entsprechend zwei Jahre älter. Für einen Kuss auf dem Schützenfest alt genug, findest du nicht?«

»Das heißt aber, dass Felix Bahrenberg neun Jahre älter war. Das könnte schon gereicht haben, um seinen übermoralischen Vater gegen sich aufzubringen. Gibt es denn noch mehr solcher Geschichten?«

»Ich kenne keine. Was nicht heißt, dass es sie nicht gibt.«

Steckte wirklich eine Frauengeschichte dahinter? Eine Frau aus dem Dorf, eine unerwiderte Liebe, die nach all den Jahren eine Gelegenheit bekommen hatte, Rache zu üben? Oder ein Ehemann, der noch eine Rechnung offen hatte? So vorsichtig und diskret Felix Bahrenberg angeblich auch gewesen sein mochte – wenn es auch nur einen weiteren Vorfall neben den verstohlenen Küssen mit Tinas Mutter gab, dann wäre das vielleicht ein Motiv?

Arie blies die Wangen auf und atmete aus. »Nicht mein Zirkus. Soll Salzhaller da herumstochern. Ich werde ihr die Arbeit nicht abnehmen.«

»Heißt das, du kommst doch nicht mit zum Bingo-Abend?«

Er brachte es nicht über sich, Tina ein weiteres Mal zu versetzen. Ergeben sagte er zu, und sie einigten sich drauf, dass er sie um neunzehn Uhr abholen würde, um mit ihr gemeinsam zum Wirtshaus zu fahren.

24.

Es war gar nicht so schlimm wie befürchtet. Das Wirtshaus *Zur Post* war voll, aber nicht unangenehm überfüllt. Und es schienen sich auch längst nicht alle zu kennen, sodass Arie nicht er Einzige war, der nicht ununterbrochen mit jemanden redete. Nach einem Schwatz mit Sepp Czerny über die Welt, das Universum und dessen geliebte Kaltblutpferde saß er allein auf einem Hocker an einem Bistrotisch mit Blick zum Tresen.

Hannes Pfandl, der das Gasthaus in sechster Generation frisch übernommen hatte, verfolgte große Pläne, die sich wöchentlich änderten und in die er sämtliche Gäste einweihte, wenn er nicht gerade zapfte oder bediente. Seine Mutter Roswitha wirbelte in der Küche und relativierte die Ideen, wenn sie mitbekam, was er erzählte. Denn Manfred Pfandl, der Senior im Haus, mochte sich zwar hinter die Theke zurückgezogen haben, doch noch hatte er ein Wörtchen mitzureden, ob in seinen Kellern bald ein Braubottich für Craft Bier statt der zwei Kegelbahnen zu finden wären.

Arie gefielen Hannes und seine zahllosen Ideen. Der Jungwirt war riesengroß und spindeldürr, was daran liegen mochte, dass er kaum eine Sekunde still stehen konnte. Auch sein Mund war unablässig in Bewegung, er sprach, lachte, hin und wieder sang er sogar. Er war gerade dreißig geworden und besaß noch diese Begeisterung, die der Überzeugung entsprang, dass nichts und niemand ihn aufhalten könne.

Hinter der Theke hing ein großformatiges Plakat mit der Aufschrift *Brauer sucht Frau!*, darunter ein Text, der

Hannes' Vorzüge sowohl als Wirt als auch als ausdauernder Liebhaber pries, gefolgt von einer Wunschliste, wie die Zukünftige auszusehen und zu sein hatte.

Dass das Plakat immer noch dort hing, fand Arie seltsam, denn es sah ganz so aus, als wäre die Bedienung Amelie Hannes' Herzensdame. Ihre üppige Figur und die dunkelbraunen langen Haar passten sogar zu den ausgeschriebenen Wünschen des Wirts, nur bei der Körpergröße fehlte ein gutes Stück. Amelie war zwei Köpfe kleiner als Hannes.

»Möchtest du noch eins?« Die Kellnerin war unbemerkt an Arie herangetreten und schnappte sich sein leeres Weizenbierglas.

»Gern. Das war ein alkoholfreies.«

»Weiß ich doch, kommt sofort.« Sie neigte den Kopf, um zu sehen, wohin er so konzentriert schaute, und lachte dann auf. »Das Plakat, ja? Verwirrt's dich?«

»Schon. Etwas.«

Amelie zupfte einen Lappen vom Gürtel, um über den Bistrotisch zu wischen, an dem Arie saß. »Du bist der Waldhüter vom Grafen, richtig? Das erste Mal hier, oder?«

»Stimmt.«

»Ich habe mich wirklich auf das Plakat hin gemeldet, weißt? Am Anfang habe ich das gar nicht ernst gemeint. Ich wollte einfach sehen, was passiert. Jetzt sind wir seit zwei Jahren zusammen, und nächstes Jahr im Sommer wird geheiratet. Ein großes Fest, und ganz Moosach ist eingeladen. Aber Hannes hat gemeint, er lässt es bis dahin hängen. Für den Fall, dass er doch noch was Besseres findet als mich.«

Als ahnte der Wirt, dass sie über ihn sprach, schaute er von jenseits der Theke auf und warf ihr eine Kusshand zu. Amelie winkte mit dem Lappen zurück und verschwand wieder.

Jetzt bedauerte Arie es, dass er sich nicht schon früher von Tina hatte überreden lassen. Der Wirt und die zukünftige Wirtin hatten einen Humor, mit dem er etwas anfangen konnte.

Tina tauchte an seinem Tisch auf, in der einen Hand ihren Gespritzten, in der anderen vier Bingo-Karten und einen Beutel mit Holzsteinchen. »Hier, eine ist für dich. Tommie und Gertie kommen auch gleich zu uns, wenn das okay ist.«

»Das ist okay, aber ich spiele nicht.«

»Dann tu so, als ob, lass die Karte einfach vor dir liegen.«

»Ich mag keinen Gruppendruck.«

»Jetzt komm, mach halt mal mit! Es bringt dich schon nicht um.« Tina zuckte zusammen, als wäre sie selbst erschrocken über ihren harschen Tonfall – oder ihre verunglückte Wortwahl. »Tut mir leid«, murmelte sie.

Arie jedenfalls fügte sich und zog die Karte zu sich heran.

Mit einem Schlag auf den Rücken begrüßte Tommie ihn, seine langjährige Freundin Gertie setzte sich sofort hin. Sie war eine stille Person mit einem Mausegesicht und zarten dunkelblonden Locken. So still, dass Arie sich bisher noch gar kein Bild von ihr hatte machen können.

Tommie wies zu Hannes an der Theke, der gerade Amelies Tablett mit frisch gezapften Biergläsern belud. Sie stand mit ungeduldig wippendem Fuß daneben und beschimpfte ihn – scherzhaft –, weil er sich nicht beeilte.

»Das ist ein irres Paar, oder? Allein deswegen ist das Wirtshaus immer gut voll. Sobald Urlaubsgäste da sind, drehen die noch mal richtig auf. Das ist fast wie ein Zimmertheater.«

»Amelie meinte, dass sie nächstes Jahr im Sommer heiraten wollen«, sagte Arie. »Wolltest du das nicht auch, Tommie? Oder verwechsle ich da was?«

»Ganz und gar nicht. Wir planen die größte Sause, die Moosach je erlebt hat. Bis jetzt sind wir fünf Paare, viermal die Mann-Frau-Variante und dazu noch Lothar und Frank, die mit dem Bikerhotel *Wiesenhof*.«

»Das macht der Pfarrer mit? Ich hätte den eher konservativ eingeschätzt.«

»Schon, das ist er. Aber wir sind uns einig: Entweder alle Paare bekommen den kirchlichen Segen oder keins. Wir bearbeiten ihn noch. Hannes hat dem Pfarrer jetzt eine Spende für die Renovierung einer Seitenkapelle von Sankt Jakob in Aussicht gestellt, seitdem überlegt er es sich.« Tommie hob auffordernd die Augenbrauen. »Eigentlich wollen wir sieben Paare zusammenbekommen. Wie sieht es aus, Arie? Hast du nicht noch jemanden? Tina weigert sich standhaft.«

Arie schaute auf die unschuldig vor ihm liegende Bingo-Karte. »Nichts für mich.«

»Kein Gruppendruck, hat er gerade noch gesagt«, wiederholte Tina seine Worte. »Und in dem Fall stimme ich zu.« Das Thema war ihr offenbar unangenehm.

Arie fühlte es ihr nach. Er erinnerte sich gut an die Zeit, als alle meinten, er müsste sich jetzt auf ewig an jemanden binden, am besten noch Kinder bekommen und glücklich sein. Er mochte Kinder durchaus. Aber er war immer froh, wenn er sie am Ende eines Tages wieder abgeben konnte. Und eine mehrstündige Waldführung mit rund zwanzig Grundschulkindern hielt für eine ganze Weile vor.

Amelie kehrte mit seinem Bier zurück. »Sag mal, wenn du vom Gut bist, weißt du zufällig was über einen besonderen Brief von so einem italienischen Pärchen an den Grafen?«

»Wie bitte? Nein, keine Ahnung, was du meinst.« Arie zog das Weizenbier zu sich heran. »Bedankt.«

»Ich dachte nur. Vor zwei, drei Wochen saßen hier ein Mann und eine Frau, die sprachen untereinander Italienisch, konnten aber etwas Deutsch. Die haben ein paar ganz edle Briefe geschrieben, also noch mit der Hand auf dicken Bögen und dazu cremefarbene gefütterte Umschläge. Mir hat das Papier so gut gefallen, das war mit Wasserzeichen. Deshalb habe ich die gefragt, wo das her ist. Für die Hochzeitseinladungen, weißt? Die haben mir ein Blatt und einen Umschlag gegeben. Und da hab ich gesehen, dass ein Brief an Graf Bahrenberg adressiert ist. Ich bin grad neugierig, nichts für ungut!«

Noch bevor Arie etwas erwidern konnte, bediente Amelie bereits den nächsten Tisch.

Eine Lautsprecheranlage knackte, die Gespräche wurden leiser. Hannes hielt ein Mikrophon in der Hand, das er nach Aries Ermessen gar nicht benötigte. Der Wirt ratterte die Spielregeln herunter und verkündete den Start des Spiels, sobald alle ihre ausstehenden Getränkebestellungen aufgegeben hatten, und übergab an einen gleichaltrigen Mann mit Glatze und hoher Stimme. Er wurde mit großem Applaus empfangen. Dann ging es los.

»Das ist Christian, unser DJ auf Dorffesten, wenn wir mit der Volksmusik durch sind«, erklärte Tommie Arie halblaut.

»Die erste Zahl ist die vierundsechzig.«

Mit einem Seitenblick auf Tina, die das Spiel ernster nahm, als Arie es je für möglich gehalten hatte, griff er nach ein paar Holzsteinchen und ließ sie zwischen seinen Händen hin- und herwandern. Auch Tommie und Gertie waren ganz vertieft in ihre Karten.

»Siebzehn.«

Arie langweilte sich. Es war ruhiger geworden, kaum jemand unterhielt sich noch.

»Sechsundvierzig.«

Von wegen, er müsse nicht mitspielen, und das täten nicht alle. Entweder hatte Tina die Wahrheit ein wenig zurechtgebogen, oder alle, die nicht spielten, standen draußen, um zu rauchen, oder waren gleich ganz geflohen.

»Neunundzwanzig.«

»Bingo!«, rief jemand.

»Kann doch gar nicht, das waren erst vier Zahlen!«, kreischte eine hohe Stimme entrüstet.

Alle lachten.

»Ist ein Running Gag«, erklärte Tina verlegen.

»Dreiundvierzig. Und Achtung, die nächste Fahrt geht rückwärts!«

»Da müssen wir die Zahl drehen«, sagte Tommie und griff nach einem Holzsteinchen. »Wenn er einunddreißig sagt, gilt es als dreizehn.«

Jetzt wurde es Arie doch zu speziell. Er rutschte vom Hocker. »Ich gehe rauchen.«

»Jungs und Mädels und alles dazwischen, seid ihr noch bei mir? Es ist eine Acht! Die Unendlichkeit!«

»Was? Arie, du rauchst doch gar nicht.«

»Das lässt sich ändern.«

Rasch suchte er sein Heil in der Flucht.

25.

Die Nachtluft war noch mild für einen Tag Ende April, die Sonne längst hinter den Bergen untergegangen. Die Wände des alten Wirtshauses strahlten nach dem sonnigen Tag Wärme ab. Vor dem Gebäude stand nur eine kleine Gruppe um eine mit Sand gefüllte ehemalige Vogeltränke, die als überdimensionaler Aschenbecher diente.

Arie fragte sich, was er sich dabei gedacht hatte, Tina Stadler anzubieten, sie nach Hause zu fahren, damit sie etwas trinken konnte. Jetzt musste er warten, bis alle drei Bingo-Runden durchgespielt waren.

»Hey, Förster, auch kein Fan des britischen Glücksspiels?«, meinte einer.

Arie trat näher an die Gestalten heran, von denen zwei rauchten. Er erkannte Graf Bahrenbergs Jäger Rupert Bittner und einen weiteren Mann in dessen Alter, mit dem er auch schon gejagt hatte. Die anderen drei Männer und die beiden Frauen hatte er noch nie gesehen.

»Servus, Mario, servus, Rupert. Guten Abend, allerseits.«

In ganz Moosach gab es bisher nur zwei Personen, mit denen er überhaupt nicht zurechtkam. Der eine war der Pfarrer, der zum Glück nicht im Ort wohnte und nur alle zwei Wochen sonntags herkam und eine Messe in Sankt Jakob las. Ein Aufeinandertreffen ließ sich problemlos vermeiden.

»Ah, Sie sind das, jetzt bekomme ich Sie auch mal zu Gesicht«, sagte eine Frau, bei der Arie vor allem der dicke geflochtene Haarzopf auffiel, der ihr bis zu den Achseln reichte.

Sie wandte sich an ihre Freundin. »Sonja war letztes Schuljahr mit auf der Waldexkursion und schwärmt seitdem von ihm, weil er ihr alles über Eichhörnchen erzählt hat.«

»Kommt ein Holländer an einem Kannibalendorf vorbei. Die Kannibalen töten und zerstückeln ihn. Was ist das?«

Der zweite Moosacher, den Arie nicht leiden konnte, stand zu seiner Linken. Mario Gamper, vierunddreißig, Versicherungskaufmann und Hobbyjäger, leidenschaftlich bis hin zur Verbissenheit.

Niemand antwortete, die beiden Frauen wandten sich peinlich berührt ab.

»Käsehäppchen!«

»Mensch, Mario, der war sogar für dich unterirdisch«, meinte der gleichaltrige Mann neben ihm. Er drückte seine Zigarette im Sand aus.

Rupert Bittner schüttelte stumm den Kopf.

»Außerdem gleich doppelt rassistisch«, sagte die Frau, die Arie angesprochen hatte.

»Jetzt habt euch nicht so, ist doch nur ein Witz! Den werde ich doch wohl noch erzählen dürfen!«

»Klar, darfst du«, erklärte die zweite Frau kühl. »Aber wir dürfen dir auch sagen, dass wir ihn scheiße finden.«

»Hier versteht aber auch gar keiner mehr Spaß.« Mario drehte sich auf dem Absatz herum und stapfte davon.

»Bitte entschuldigen Sie. Ist gerade schwierig mit dem«, sagte die erste Frau.

Alle anderen nickten.

»Sie müssen sich nicht für ihn entschuldigen.«

»Doch, muss ich!«, widersprach die Frau wütend. »Das ist mein Bruder! Reicht doch, wenn er sich auf Familienfesten danebenbenimmt, da muss er das nicht auch noch in aller Öffentlichkeit tun. Gestatten, Ann-Teres Vogl.«

»Vogl? Sind Sie mit dem Walter Vogl verwandt?«

»Eingeheiratet, ja. Ist der Großonkel von meinem Mann.«

»Freut mich. Arie Daamen, aber das wissen Sie ja.«

»Lara Sandhofer«, stellte sich die zweite Frau vor »Ich habe nicht vor zu heiraten. Auch nicht nächsten Sommer.«

Wiederum allseitig zustimmendes Nicken oder Brummen.

Die drei Männer stellten sich als Stefan Huber, Paul Ferner und Jonas Meinl vor, aber das ging so schnell, dass Arie nicht behielt, welcher Name welchem Gesicht zuzuordnen war. Dafür bräuchte es weitere Bingo-Abende.

Mit einem schuldbewussten Seitenblick zu Arie zündete Rupert sich eine Zigarette an. Er hatte dessen Predigt über die schädlichen Filter bereits hinter sich.

»Stimmt das, dass sie dich verhaftet haben, weil sie meinten, du hättest den Felix Bahrenberg erschossen?«, fragte er.

Schon waren alle Augen auf Arie gerichtet. Fehlte nur noch, dass ihm jemand mit einer Taschenlampe ins Gesicht leuchtete.

»Ja, stimmt. Ich war's nicht.«

»Kann ich mir auch echt nicht vorstellen. Die suchen einfach überall. Bei mir waren sie bisher schon zweimal, haben sich meine Waffen angeschaut, einen Haufen Fragen gestellt und sind dann wieder abgezogen. Der zweite Besuch war erst heute Vormittag, Ich dachte schon, jetzt nehmen sie mich mit.«

»Vielleicht lässt die Salzhaller uns als Nächstes auf dem Schießstand antreten«, meinte Arie. »Wer am besten trifft, der muss es gewesen sein, findest du nicht?«

Rupert nickte grimmig. »Ehrlich, ich kann ja verstehen, dass sie im Umfeld von Gut Bahrenberg sucht. Da taucht der verstoßene Grafensohn auf und wird im heimischen Wald erschossen. Das kann unmöglich ein Zufall sein. Aber was soll ich damit zu tun haben? Ich kümmere mich um die Viecher und organisiere die Jagden.«

»Was machst du eigentlich die übrige Zeit?«

»Wusstest du das noch nicht?« Rupert grinste. »Ich bin

Musiklehrer.« Er nickte in Richtung der beiden Frauen. »Das sind meine Lieblingskolleginnen.«

Ann-Teres Vogl wandte sich ihnen zu. »Haben Sie denn gar keine Idee, wer es gewesen sein könnte, Herr Daamen? Dem Rupert traue ich es wirklich nicht zu, das steht mal fest.«

»Auf Gut Bahrenberg fällt mir wirklich niemand ein, und die Menschen in Moosach lerne ich ja gerade erst kennen«, erklärte Arie abwehrend. Ihm war soeben eine Idee für einen Verdächtigen gekommen, Nur fragte er sich, ob es daran lag, dass er den Betreffenden einfach nicht leiden konnte.

Rupert nickte in die Richtung, in die Mario Gamper verschwunden war. »Den sollten sie mal verhören. Meine Nachbarin meinte gerade heute, dass der die Tage wieder auf einen Streuner angelegt hat. Der schießt auf alles, was sich bewegt. Dem wäre es auch egal, wenn es ein Mensch ist.«

Wenigstens, stellte Arie fest, war er nicht der Einzige, der diesen Gedanken hatte.

»Der hat was?«, fuhr Ann-Teres Vogl auf.

»Beruhig dich, ich hab es nur von der alten Lotti gehört, okay? Am Ende war er das gar nicht, oder der hat nur auf einen Sack Kartoffeln geschossen. Du kennst das doch.«

»Aber mindestens vier Katzen gehen auf sein Konto«, meinte Lara Sandhofer. »Er ist ja auch noch stolz drauf.«

»Und ein Schaf«, ergänzte einer der Männer, vielleicht war es Jonas. »Ist schon eine Weile her, aber da hat er behauptet, er hätte einen sich anschleichenden Wolf gesehen und darauf geschossen. Da gab es dann Abends Schöpsernes.«

»Das ist einfach ein Volldepp«, murmelte die betroffene Schwester.

»Können wir da nichts machen?«, fragte Rupert an Arie

gewandt. »Ich habe mich beim letzten Mal schon gewundert, dass der seinen Waffenpass verlängert bekommt. Aber da er ihn schon lange hat, ist das ja immer nur Formsache.«

»Wir können es versuchen.«

Schaudernd zog Rupert die Schultern hoch. »Ganz ehrlich, ich möchte bei der nächsten Riegeljagd gar nicht mitmachen, wenn der dabei ist.«

»Er wird dich schon nicht mit einem Wildschwein verwechseln«, sagte Arie freundlich.

»Wir haben hier keine Wildschweine, das weißt du doch. Aber vielleicht mit einer Gams?«, schlug Paul vor, der auch Stefan sein konnte.

»Ich sag nur, Schaf statt Wolf«, wiederholte der mögliche Jonas.

»Ihr macht mir Mut«, knurrte Rupert.

Ann-Teres Vogl schnitt mit der Handkante durch die Luft. »Das reicht jetzt. Was muss denn passieren, bevor ihr was gegen den Mario unternehmt? Was ist denn, wenn der völlig die Bodenhaftung verliert? Wenn das alles stimmt, was ihr sagt, müssen wir ihn anzeigen. Notfalls tu ich es. Ihr solltet das nicht unterschätzen.«

Das tat Arie gar nicht. Seine Gedanken waren längst in eine andere Richtung unterwegs. Inspektorin Salzhaller wollte ihm unterstellen, im Auftrag des Grafen tödliche Schüsse auf Felix Bahrenberg abgegeben zu haben. Hatte er nicht, das wusste er sicher. Aber was wäre denn, wenn ein anderer Mann diesen Auftrag wirklich bekommen hatte? Graf Bahrenberg höchstpersönlich könnte das Gewehr aus dem Schrank genommen haben, damit Mario Gamper sich nicht durch die eigene Waffe verriet. Seit ihrer ersten Begegnung war ihm sein Dienstherr immer offen und einnehmend begegnet, er schien keine dunklen Familiengeheimnisse mit sich herumzuschleppen. Aber stimmte das, oder könnte das alles Fassade sein? Und ganz gleich, ob er Gamper nun leiden konnte oder nicht, so abwegig war es nicht, ihn zu verdächtigen.

Der Wirt Hannes kam aus der Schankstube und stellte sich zu ihnen. »Gleich ist Pause, ich muss die Gelegenheit nutzen«, erklärte er und zündete sich eine Zigarette an.

Rupert stupste Arie in die Seite. »Hier, der Hannes will schon lange mit dem Rauchen aufhören. Sag ihm doch auch, was alles in den Filtern ist.«

Hannes inhalierte einen tiefen Atemzug. »Weiß ich doch, Rupert. Warum habe ich wohl diesen großen Bottich hier aufgestellt? Damit ihr euch brav hier versammelt wie um eine Feuerstelle. So entsorgt ihr eure Kippen da hinein, und ich muss den Mist nicht auf dem ganzen Parkplatz einsammeln. Was glaubst du, was mit dem Dreck da vor dir passiert?«

»Was denn?«

»Der wird von einem Verein aus Innsbruck abgeholt und als Sondermüll entsorgt. Die bringen mir beim nächsten Mal übrigens Taschenaschenbecher mit, falls du einen brauchst. Die werde ich an der Theke verkaufen.«

»Taschenaschenbecher, das ist mal ein Wort!«, sagte der mögliche Jonas amüsiert und zog ebenfalls noch eine Zigarette aus der Schachtel.

»Ich habe doch schon einen.« Rupert warf Arie einen verschämten Seitenblick zu.

»Saubere Sache, Hannes«, sagte Arie zum Wirt.

Der zuckte mit den Schultern. »Ist ohnehin ein Teufelszeug. Aber was willst du machen? Sucht ist eben keine Entscheidung. Na ja, ich hab Amelie versprochen, aufzuhören. Sie hat mir bis zur Hochzeit Zeit gegeben. Ich muss jeden Zug genießen.« Er verdrehte die Augen. »Wenn ich an früher denke! Ich mein, ich bin noch in der verpesteten Schankstube aufgewachsen. Vielleicht habe ich deshalb selbst angefangen. Mein Vater hat sich immer ganze Stangen aus Jugoslawien mitbringen lassen, da kosteten die nix. Amelie meinte, ich sollte mir mal ausrechnen, was ich da an Geld ausgebe, dann würde ich sofort aufhören.«

»Und, hast du?«

»Lieber nicht.« Hannes grinste in die Runde. »Ist ja auch gesellig, und Geselligkeit ist mein Job, oder nicht? Aber als Ehemann ist Schluss! Meine Damen, meine Herren, Sie haben mein Ehrenwort.«

Die Umstehenden lachten. Der Wirt war wirklich ein feiner Kerl, fand Arie.

Hannes drückte seine Zigarette aus und ging zurück hinter die Theke. Die Tür zum Wirtshaus hatte sich noch nicht geschlossen, als das Bingo-Publikum herausströmte und die Pause nach der ersten Runde nutzte, um Luft zu schnappen.

Tina war unter ihnen und wedelte hektisch mit einer Art braunem Staubwedel.

»Arie, du hast gewonnen. Ich habe deine Karte mitgespielt. Hier ist dein Preis.«

»Mein Preis? Was ist das?«

»Siehst du doch.« Tina drehte den braunen Plüschhaufen in ihrer Hand, bis ein Gesicht mit Knopfaugen zum Vorschein kam. »Ein Eichhörnchen.« Sie drückte es Arie in die Hand.

Er hob die Augenbrauen und hielt das Plüschtier neben sein Gesicht.

Tina lachte verlegen. »Okay, scheint jetzt nicht ganz passend zu sein. Aber die Preise sind heuer vom Trafik gespendet. Ich hätte noch ein Dutzend Arztheftromane oder so einen retro Stiftehalter haben können. Ich habe halt gedacht, dass du als Waldhüter mit einem Eichhörnchen was anfangen kannst.«

»Der Stiftehalter wäre passender.«

»Gib es Vitali.«

»Kommt nicht infrage, der zerfetzt es.« Er blickte sich suchend um und fand Ann-Teres Vogl im Gespräch mit drei anderen Frauen.

Er zupfte sie am Ärmel und hielt ihr das Eichhörnchen vors Gesicht.

Verwirrt erwiderte sie den Blick der künstlichen Knopfaugen.

»Ihre Tochter heißt Sonja, sagten Sie? So eine Kleine mit hellbraunen Haaren, die den Zopf, wie sie meinte, bis zum Popo wachsen lassen will, damit sie den für krebskranke Kinder spenden kann?«

»Das hat sie erzählt? Daran erinnern Sie sich?« Sie zeigte auf ihren Zopf. »Das war ihre Idee, und ich mache mit. Im Herbst schneiden wir sie ab.«

»Ich erinnere mich an alle Kinder, die neugierig sind und viele Fragen stellen. Meinen Sie, Sonja mag dieses Eichhörnchen? Ich habe es gerade gewonnen.«

»Ich denke schon.« Sie nahm das Stofftier entgegen. »Wenn ich ihr sage, dass es von Ihnen ist, wird sie es sofort adoptieren. Herzlichen Dank.«

»Gern. Wie hat es denn mit Sonjas Fotofalle geklappt?«

»Ach, hören Sie auf, sie hat es wirklich versucht. Sie hat im Herbst Haselnüsse im Garten ausgestreut und ein altes Handy mit irgendeiner besonderen App aufgestellt. Dabei hat ihr älterer Bruder ihr geholfen. Irgendwas war aber immer, meistens war einfach der Akku leer. Die Nüsse haben sich die Elstern und Nebelkrähen geholt.«

»Sie sollte zu ihrem Großonkel Walter in den Garten von Gut Bahrenberg kommen. Da kann sie den ganzen Tag Eichhörnchen beobachten. Manche sind ganz zutraulich. Aber da kann ich natürlich nicht mit einer ganzen Schulklasse hingehen.«

»Dürfte sie das? Erlaubt das der Graf?«

»Ich denke schon, warum denn nicht?«

»Gute Idee! Danke für den Tipp. Und noch mal.« Sie

legte mit einer linkischen Geste die Hand auf Aries Unterarm. »Es tut mir wirklich leid wegen Mario.«

»Ist schon gut. Ich bin es gewohnt, nicht ernst genommen zu werden.« Manchmal forderte er das ja auch heraus. »Wissen Sie, mich trifft es ja immer bloß halb, nur mein Vater war Niederländer. Und das Bild über sein Heimatland wurde nun einmal maßgeblich von Mareijke Amado und Rudi Carrell geprägt, wobei Letzterer für einen großen Teil der schlechten Witze verantwortlich ist.«

»Wirklich? Mir sagen die Namen zwar was, aber das war wohl vor meiner Zeit. Na ja, immer noch besser, es sind Menschen, die einen zum Lachen bringen, als ein kriegstreibender Kaiser und seine magersüchtige Frau, oder nicht?«

»Wer?«

»Ja, Kaiser Franz und seine Sisi. Oder an wen denken Sie, wenn Sie Österreich hören?«

»Ich weiß nicht. Andreas Hofer?«

»Den halten sie mehr in Südtirol hoch, aber das war früher alles eins, stimmt schon.«

»Gut, an wen denke ich noch … Mozart? Oder Falco.«

»Immerhin sagen Sie nicht DJ Ötzi.« Sie lachte herzlich. »Was meinen Sie, jetzt, nach dem Austausch eines Eichhörnchens, wollen wir da nicht zum Du übergehen? Ich bin die Ann-Teres oder einfach Teres, ohne A und ohne E am Ende. Der Standesbeamte hat sich verschrieben. Als es meinen Eltern aufgefallen ist, gefiel es ihnen, und sie haben es so gelassen.«

»Also gut, gern. Ich bin Arie, dazu gibt es keine Geschichte. Und viele Grüße an Sonja.« Er verabschiedete sich. Diese Frau war ihm nicht weniger sympathisch als ihre Tochter. Was war bei ihrem Bruder Mario Gamper falsch gelaufen?

Tina erwartete ihn, arg zerknirscht. »War jetzt doch nicht die beste Idee, dass du mitgekommen bist, oder?«

»Sagen wir, ich wurde unter falschen Versprechungen hergelockt. Ich hatte weniger Spiel und mehr Gespräch erwartet.«

»Das ist normalerweise auch so. Aber heute war Saisonende. Wir spielen immer ein Halbjahr lang, und wer am Ende die meisten Siege hat, bekommt einen Extrapreis. Da wollen es alle immer noch mal wissen. Nächste Woche geht es wieder ruhiger zu. Und die Tagespreise sind dann vom *Lieblingsitaliener* gestiftet. Fabio lässt sich nicht lumpen.«

»Jetzt spiel erst mal deine beiden Runden zu Ende. Ich komme gleich wieder rein.«

Das WLAN war im Wirtshaus ausgezeichnet. Im Jagerhüttl hatte Arie so schlechten Empfang, dass er kaum eine Website aufrufen konnte. Wenn er etwas nachsehen oder bestellen wollte, musste er zum Gutshaus gehen und sich in die Küche setzen. Vielleicht sollte er also die Zeit hier nutzen und wie Saskia gestern beim Abendessen ein wenig surfen.

26.

Gegen halb zwölf lenkte Arie den Nissan Micra in Richtung Tischlerei Stadler. Tina wohnte dort über der Werkstatt in der ehemaligen Wohnung ihrer Eltern. Die hatten dort eigentlich auch bleiben wollen, doch zurzeit tourten sie mit einem Camper durch ganz Europa. Im Moment waren sie in Griechenland. Tommie war zu Gertie nach Moosach gezogen, kaum dass sie einander kennengelernt hatten.

»Und?« Tina gähnte hinter vorgehaltener Hand. »Kommst du nächste Woche noch mal mit?«

»Ich überleg es mir«, log Arie.

Tina blickte aus dem Fenster auf die vorbeiziehenden Bäume. Es war nicht weit bis zur Tischlerei, aber zu weit, als dass sie allein durch den Wald gehen oder mit dem Fahrrad fahren wollte.

»War ja auch wieder klar, dass diese Massenhochzeit auf den Tisch kommt. Sie könnten ja Lissy fragen, ob sie ihre Freundin heiraten möchte. Aber falls Lissy Ja sagt, müssten sie es über sich bringen, diesen Pfarrer mit dem Stock im Arsch zu fragen, ob er eine lesbische Grafentochter vermählt. Er hat ja bisher noch nicht einmal eingewilligt, Lothar und Frank seinen Segen zu geben. Da tun sie so weltoffen und locker, aber ich würde wetten, das sie sich das nicht auch noch trauen.«

»Eure Dorfgemeinschaft ist schon gut nach vorne gekommen, da gibt es ganz andere Beispiele.« Er dachte an Mario Gamper. Später am Abend hatte er noch erfahren, dass der ein offenes Ohr für Verschwörungserzählungen hatte.

Vor zwei Jahren hatte er behauptet, der ungewöhnlich hohe Borkenkäferbefall im Tal käme daher, dass amerikanische Drohnen die Tiere gezielt abwerfen würden, als eine Art biologische Kriegsführung. Das hätten sie 1950 schon einmal getan. Da seien angeblich Kartoffelkäfer über der DDR abgeworfen worden, um die Bevölkerung hungern zu lassen – eine Lüge, die sogar von der damaligen DDR-Regierung mit Propagandabroschüren befeuert worden war.

Von den tatsächlichen Gründen des hohen Borkenkäferaufkommens – sich änderndes Klima, Monokulturen, fehlende Fressfeinde – hatte Mario Gamper laut einhelliger Meinung nichts hören wollen. Zu seinem Glück war er Arie an diesem Abend nicht mehr über den Weg gelaufen.

Vielleicht war dieser Mann wirklich nicht so ungefährlich. Ohne jeden Zweifel schoss er gern und gut, das wusste Arie aus persönlicher Beobachtung. Machte ihn das zu einem möglichen Täter? Das musste die Inspektorin schon selbst herausfinden. Rupert Bittner würde sie jedenfalls auf ihn aufmerksam machen, das hatten sie am Abend noch so vereinbart. Arie war mehr als dankbar dafür, bewahrte ihn das doch vor einem weiteren Zusammentreffen mit Salzhaller. Die hielt ihn sicher immer noch für verdächtig. Er traute ihr zu, ihm Verleumdung zu unterstellen und dass er den Verdächtigen nur präsentierte, um von sich abzulenken.

»Du Arie, sag mal, wer beerbt eigentlich diesen Felix Bahrenberg?«, fragte Tina in die Stille.

»Woher soll ich das wissen?«

»Hätte ja sein können, dass du was mitbekommen hast. Wäre so jemand nicht verdächtig? Ich habe mal irgendwo aufgeschnappt, dass es immer die alten Motive sind: Rache, Gier, Eifersucht.«

»Was ist mit Vertuschung?«

»Ja, das vielleicht auch. Aber was hätte denn hier vertuscht werden sollen?«

»Darüber wissen wir zu wenig.«

Arie setzte den Blinker und bog auf den Parkplatz vor der Tischlerei ein. Eine starke Lampe flammte auf und leuchtete den Platz taghell bis in den letzten Winkel aus. Er schaltete den Motor aus und wartete darauf, dass Tina sich verabschiedete.

»Mir geht das nicht aus dem Kopf«, sagte sie nachdenklich. »Warum jemand so etwas tut.«

»Es gibt Menschen, denen das Töten nichts ausmacht.«

»Das meine ich gar nicht.«

Arie schwieg. Er wollte nach Hause.

»Ich meine, dass der alte Graf Bahrenberg seinen Sohn verstoßen hat. Was muss da vorgefallen sein, dass ein Vater so etwas tut?«

Arie sagte wieder nichts. Er fand es nicht angemessen, über die Familie seines Dienstherrn zu spekulieren. Es wussten ohnehin zu viele Leute zu viele Details, da musste er diesem ganzen Eintopf aus Gerüchten nicht noch weitere Zutaten hinzufügen.

»Wenn jetzt der Bruder, also der jetzige Graf Bahrenberg alles erbt, wäre das Familienvermögen wieder beisammen, nicht wahr?«, mutmaßte Tina weiter. »Wäre das nicht ein Motiv? Jetzt sag doch auch mal was.«

»Ich weiß es nicht, Tina.«

»Ist ja auch egal.« Sie wandte sich ihm zu und lachte verlegen.

Arie bemühte sich, ihrem Blick standzuhalten. Er kannte diesen Ausdruck in den Augen seines Gegenübers. Er fürchtete schon, dass sie ihn gleich fragen würde, ob er noch auf einen Kaffee mit reinkommen wolle. Wollte er nicht, auf keinen Fall. Die Sache mit Mitza war nichts Verbindliches, aber weil ihre Tochter Saskia nichts davon mitbekommen sollte, war sie kompliziert genug.

Das Schweigen zog sich in die Länge.

»Ja, also dann, danke fürs Mitnehmen.« Tina tastete nach dem Türgriff.

»*Alsjeblieft.*«

In dem Moment ging der Strahler, der den Parkplatz erhellte, aus. Arie sah wenige Sekunden lang nichts. Er blinzelte und rührte ansonsten keinen Muskel.

Tina öffnete die Beifahrertür, und das Licht ging wieder an. Sie beugte sich für ein letztes »Ciao, bis bald!« ins Auto und ging davon. Sie war ein wenig unsicher auf den Beinen, hatte doch mehr getrunken, als ihr guttat.

Erleichtert beobachtete Arie, wie sie die Haustürschlüssel hervorzog. Er wartete, bis sich die Tür hinter ihr geschlossen hatte und das Licht im Stiegenhaus anging. Dann erst fuhr er nach Hause.

27.

Wie gewöhnlich parkte Arie den Wagen vor dem Gutshaus und ging die wenigen hundert Meter zu Fuß
nach Hause. Der Himmel über ihm war sternenklar, und
jetzt zeigte der April, dass er mit dem Winter doch noch
nicht abgeschlossen hatte. Es würde frieren.

Am Waldrand blieb er stehen und legte den Kopf in den
Nacken. Über ihm breitete sich der von Abermillionen
Lichtpunkten übersäte schwarze Nachthimmel aus. Die
Milchstraße konnte er als helleres Band erkennen.

Der Himmel über Tirol bei Nacht war eine seiner liebsten Kindheitserinnerungen. Ihm war bewusst, dass auch bei
ihm zu Hause die Sternbilder früher besser zu erkennen
gewesen waren als heute. Seine Mutter, die Grundschulleh-
rerin, hatte sie ihm alle benannt, Venus, Jupiter und Merkur
gezeigt, wenn sie zu sehen gewesen waren.

Den Verlauf der Milchstraße kannte er damals nur von
seinem Poster, das im Kinderzimmer hing. Heutzutage
war im Selfkant hauptsächlich der helle Schein der größeren Städte ringsum am Horizont zu erkennen. In den letzten Jahren, die Arie dort gelebt hatte, hatte er keine richtig
dunklen Nächte gesehen.

Er war sechs Jahre alt gewesen, als seine Eltern mit ihm
das erste Mal nach Tirol in die Ferien gefahren waren. In
einem grünen Audi 80, ohne Anschnallgurte auf der Rück-
bank, auf der er meistens gelegen und Micky-Maus- oder
Yps-Hefte gelesen hatte. Wenn es tagsüber heiß war, waren
seine nackten Beine schmerzhaft am Kunstlederpolster
festgeklebt. Die Fenster heruntergekurbelt, weil seine Mut-

ter ständig geraucht hatte, im Kassettendeck von seinem Vater selbst aufgenommene Kassetten, manche Mixtapes, aber die meisten mit der Musik von Genesis und Peter Gabriel.

Der Wald lag still, kein Wind regte sich. Im Geiste hörte Arie die Melodie von »Solsbury Hill«. Ein Song, der auf sein Leben passte wie kaum ein zweiter, wie ihm jetzt bewusst wurde. Sein Vater hatte ihm den Text damals übersetzt.

Pack deine Sachen, ich bin hergekommen, um dich nach Hause zu bringen, sagt der Adler zu dem Mann, der auf dem Hügel von Solsbury steht und auf die Stadt unter ihm schaut.

Und hier hatte Arie das erste Mal in seinem Leben das Gefühl, ein richtiges Zuhause gefunden zu haben, angekommen zu sein.

Er betrachtete die Bäume, dann wieder die Sterne. Der Himmel über den Bergen war damals wie heute dunkler gewesen als im niederrheinischen Heim seiner Eltern, die Sterne heller, die Wölbung gewaltiger. Er fand Cassiopeia, den Stier, den Fuhrmann. Der Orion stand zu tief, wurde von den Bäumen verdeckt.

In Tirol hatte er als kleiner Junge zum ersten Mal die Milchstraße gesehen. Seitdem hatten ihn die Berge, diese Natur, die Tierwelt nie mehr ganz losgelassen. Jetzt lebte er hier. Gerade konnte er es nicht recht glauben.

Inspektorin Salzhaller hatte es doch richtig ausgedrückt, das hier war sein Heiligtum.

Wobei ihm bewusst war, dass er auch diesen Wald wieder verlieren konnte. Graf Bahrenberg mochte ihn verkaufen und abholzen lassen, wenn irgendwelche wirtschaftlichen Erwägungen dafürsprachen.

Ein zweites Mal würde er nicht kämpfen.

Das war sinnlos.

Aber diese Sache mit dem Toten, da konnte er vielleicht

helfen, sie aus der Welt zu schaffen. Er würde morgen mit Mitza darüber sprechen, was sie noch tun konnten.

Er betrat den Wald, über sich das Dach der Lärchen, die tiefer drinnen von den Buchen abgelöst wurden.

Der kahl geschlagene Garten wirkte wie ein Loch inmitten des Grün. Direkt vor dem Tor stand ein Fuchs und schnüffelte an den Holzstreben. Arie verharrte mitten in der Bewegung. Ein ausgewachsenes Tier, vermutlich ein Rüde. Eine Fähe würde um diese Jahreszeit ihren Bau mit den Jungtieren nur in höchster Not verlassen.

Es war der erste Rotfuchs, den Arie in seinem Wald sah. Graf Bahrenberg hatte ihm erklärt, dass sie bis vor einigen Jahren massiv bejagt worden waren. Er war davon überzeugt gewesen, dass sie ihn hier in der Gegend ausgerottet hatten. Jetzt war also mindestens einer von ihnen zurückgekehrt. Arie würde darüber schweigen. Weder der Graf noch Walter und schon gar nicht Rupert würden davon erfahren.

Der Fuchs hatte die Inspektion des Gartenzauns beendet, markierte und schnürte dann gemächlich seines Weges, nicht ohne unterwegs noch den ein oder anderen Baumstamm zu inspizieren. Im Haus bellte Hermine heiser auf, sie hatte ihren Kontrahenten gewittert. Der Fuchs blieb stehen, spitzte die Ohren, ließ sich nicht aus der Ruhe bringen.

Arie wartete still und geduldig, bis das Tier außer Sicht war. Füchse konnten eine Menge Schaden anrichten, weil ihnen die Nähe der Menschen nichts ausmachte. In manchen größeren Städten streiften sie wie Wildhunde durch die Straßen, plünderten Mülltonnen oder stahlen Kleintiere aus den familiären Gärten. Aber sie gehörten in einen Wald. Das war ein gutes Zeichen. Arie sollte seinen neuen Nachbarn allerdings im Kopf behalten, wenn er seine Idee umsetzte und sich ein paar Hühner anschaffte. Vielleicht musste er Walter doch einweihen. Der würde wissen, wie sich ein Stall gegen solch einen ungebetenen Gast sichern ließ. Walter schoss nicht. Von ihm würde der Fuchs nichts zu befürchten haben.

Ein Dienstag im April

28.

Zufrieden verstaute Arie einen Karton mit frischen Kaffeebohnen vom *Lieblingsitaliener* im Kofferraum von Mitzas Micra. Er fühlte sich ein wenig aufgedreht. Das kam sicher von dem ganzen Koffein. Fabio hatte einen Handelsvertreter dagehabt und Arie eingeladen, das Angebot zu verkosten. Zu dritt hatten sie sich durch einige Tassen Espresso gefachsimpelt. Am Ende hatte Fabio eine große Bestellung aufgegeben und Arie einige Probierpäckchen mitgegeben. Der hätte nichts dagegen, wenn jede Woche auf diese Weise beginnen würde.

Eine Gruppe Rennradfahrer fuhr am Parkplatz vorbei, alle mit der gleichen bunten Funktionskleidung gegen das sonnige, aber kalte Wetter geschützt. Dampf stieg von den Körpern auf. Arie blickte ihnen nach und war von dem Tempo beeindruckt, in dem die jungen Männer bergauf strampelten. Wenn er raten müsste, waren das Profis oder Nachwuchsfahrer mit der Hoffnung auf einen professionellen Vertrag. Und wie auf Kommando folgte ein blauer Skoda, die Flanken mit Werbung beklebt und mit einem Dachgepäckträger, auf dem sich weitere Räder befanden. Die Saison ging also los.

Arie startete den Motor und bemerkte, dass sein Smartphone in der Jacke vibrierte. Hoffentlich nicht schon wieder Salzhaller … Er angelte es aus der Tasche und las erleichtert Rupert Bittners Namen auf dem Display.

»Servus, Rupert, was gibt es?«

»Gut, dass ich dich erreiche. Bist du zufällig in der Nähe von Moosach? Ich bin bei Hannes im Wirtshaus.«

»Ich kann in zehn Minuten bei dir sein. Geht es um den Toten?«

»Ja, sicher. Die Polizei war schon wieder bei mir, das war jetzt das dritte Mal. Immerhin fühlen sie dem Gamper ordentlich auf den Zahn. Aber um den geht es mir nicht. Ich habe mir ein paar Gedanken gemacht. Du kennst doch die Stadlers ganz gut, oder?«

Ganz gut fand Arie reichlich übertrieben. Abgesehen von den Gelegenheiten, zu denen sie beruflich zusammentrafen, fertigte Tina ihm Bücherregale und machte ihm schöne Augen, was ihm schmeichelte, aber ansonsten nicht berührte. Mit Tommie hatte er noch seltener zu tun. Und doch waren die Stadlers vielleicht die einzigen Leute in Moosach, mit denen er in näherem Kontakt stand und die nicht auf Gut Bahrenberg lebten.

»Ich glaube nicht, dass ich die beiden besser kenne als du, aber gut. Ich bin gleich bei dir.«

Wärme und Schlagermusik schlugen Arie aus dem Wirtshaus entgegen. Er wunderte sich über die vielen besetzten Tische, an denen überwiegend Gruppen von Männern saßen, der Kleidung nach Straßenarbeiter. Auf den zweiten Blick fiel Arie auf, dass die Uhr über dem Tresen halb eins zeigte, die meisten Anwesenden machten also Mittagspause. Ihm war gar nicht bewusst gewesen, wie viel Zeit er beim Espressotrinken mit Fabio und diesem Kaffeevertreter vertrödelt hatte. Aber es gab schlechtere Möglichkeiten, einen Dienstagvormittag zu verbringen.

Er entdeckte Rupert an einem Ecktisch im hinteren Teil des Raumes. Im Vorbeigehen winkte er Amelie zu, die offenbar allein im Service zu sein schien.

»Da bist du ja.« Rupert wischte den Rest Gulaschsoße mit einem letzten Bissen Knödel auf und beendete sein Mahl. »Ich wollte heute morgen eigentlich noch ein bisschen Heu für die Rehe in den Wald bringen, stattdessen durfte ich dieser schrecklichen Inspektorin erklären, wo ich meine Patronen kaufe, wann und wie oft wir jagen und warum die meisten Hochsitze nicht mehr benutzt werden.«

Arie setzte sich und zog die Jacke aus. »Solltest du nicht irgendwelchen Kindern Flötentöne beibringen?«

»Wie bitte? Naa, ich habe dienstags frei.« Rupert lachte. »Dafür bin ich von Oktober bis Dezember mit dem Schulorchester oder dem Chor fast jeden Sonntag irgendwo auf einem Konzert. Das geht sich aus.«

»Verstehe.«

»Arie, schon zum zweiten Mal in unseren heiligen Hallen«, begrüßte Amelie ihn. »Pass auf, ab dem dritten Besuch wird es Tradition, das weißt du, oder?«

»Schon recht. Bringst du mir einen Almdudler?«

»Kommt prompt.« Fort war sie.

»Ist das dringend mit dem Heu?«, fragte Arie. »Dann kann ich es heute Nachmittag mit dem Wagen von unserem Gärtner holen, wenn es dir hilft.«

»Würdest du? Das wäre wirklich gut. Sind nur fünf kleine Ballen, aber unterhalb vom Eggele ist die Wiese abgesackt, und ich habe Sorge, dass da fürs Erste nicht genug wächst. Verhungern werden sie nicht, aber besser wäre es schon.«

»Nicht auszudenken, wenn die Rehe klapperdürr sind, sobald der Graf wieder jagen will.«

Rupert lächelte nachsichtig. »Wenn du mal bedenkst, dass die meisten Jagdpachten hier an deutsche Großindustrielle vergeben sind, die sich einen Dreck um die Natur scheren und nur einmal im Jahr mit ihren Kumpels anreisen, um herumzuballern, haben wir es mit dem Grafen doch ganz gut getroffen.«

»Stimmt schon.« Arie seufzte. Das war einfach ein leidiges Thema. »Aber du hast mich nicht angerufen, um mit mir über die Jagd zu sinnieren. Was gibt es?«

»Also erst einmal gute Nachrichten, die dich sicher interessieren: Die Polizei wird sehr wahrscheinlich Mario Gamper den Waffenpass entziehen. Diese Inspektorin hat mich abseits der Sache mit dem Mord ausführlich befragt, und ich habe denen alles erzählt, was ich mitbekommen habe. Sie wollen auch mit Ann-Teres sprechen. Das geht einen guten Weg, glaube ich.«

»Wenn das so ist, hat diese ganze Angelegenheit sogar etwas Positives.«

»Finde ich auch. Aber der Tote. Also die Stadlers. Beziehungsweise Tommie. Traust du dem zu, dass der den Mord begangen hat?«

»Was? Wie bitte? Nein. Wie kommst du darauf?«

Rupert beugte sich verschwörerisch näher, wartete dann, bis Amelie den Almdudler gebracht und den Teller abgeräumt hatte, bevor er weitersprach. »Die Mutter, Marion Stadler, die soll was mit dem toten Bahrenberg gehabt haben.«

»Was du nicht sagst.« Arie musste sich wirklich beherrschen, nicht spöttisch zu grinsen. So viel Interesse an Dorfklatsch hätte er Rupert gar nicht zugetraut. Und zugleich war ihm dieses Gerücht nicht gänzlich neu, schließlich hatte Tina einen solchen Verdacht bereits geäußert.

»Wenn wir mal annehmen, das stimmt«, fuhr sein Gegenüber fort. »Und Tommie hat davon über irgendwelche Ecken erfahren. Traust du ihm zu, dass er seine Mutter rächen will?«

»Rächen? Warum denn?« Arie schüttelte verwirrt den Kopf.

»Was, wenn er vielleicht glaubt, dass die Ehre seiner Mutter in Gefahr wäre oder der Graf sie hätte heiraten sollen? Oder er will die Schmach gutmachen, die sein Vater damit erlitten hat.«

»Was für eine Schmach? Jetzt ist aber mal gut. Felix

Bahrenberg ist Anfang der neunziger Jahre aus Moosach verschwunden. Ich weiß zwar nicht, seit wann die Stadlers verheiratet sind, aber das kann doch rechnerisch kaum hinkommen, meinst du nicht?« In Wahrheit passte es, sowohl Tina als auch Tommie waren Anfang der Neunziger geboren worden. Aber Arie war nicht gewillt, diese Theorie mit Rupert zu besprechen und dessen wilde Spekulationen zu befeuern.

Sein Gegenüber zögerte, schwieg nachdenklich.

»Okay, ja, vielleicht hast du recht«, gab Rupert schließlich zu. »Da ist wohl nach dem Gespräch mit dieser Salzhaller die Fantasie mit mir durchgegangen. Vergiss es.« Er trank sein Wasser aus und verzog verlegen den Mund.

»Schon gut. Das nimmt alle hier in Moosach mit. Es wird zu viel geredet. Ist doch normal«, sagte Arie. »So, kann ich das Heu gleich abholen?«

»Das lagert beim Sepp in der Scheune. Ich schick ihm eine Textnachricht, dann weiß er Bescheid.« Rupert hatte es auf einmal eilig, sprang auf und verschwand mit einem knappen Gruß. Ihm war seine Beschuldigung sichtlich peinlich.

Arie leerte den Almdudler, verabschiedete sich von Amelie und fuhr nach Hause. Unterwegs dachte er über die Idee des Jägers nach. Arie hatte das Ganze nachdrücklich abgewiegelt, dabei konnte es durchaus hinkommen. Das Schützenfest, auf dem Felix mit Tinas Mutter herumgeknutscht hatte, war zwar Mitte der Achtziger gewesen. Was aber, wenn das gar nicht das Ende der Beziehung der beiden gewesen war, sondern der Anfang? Konnten Tina oder Tommie in Wahrheit ein Kind von Felix Bahrenberg sein?

Wäre das der Fall, läge das Motiv auf der Hand: Nicht Rache, vielmehr Gier. Felix Bahrenberg mochte verstoßen worden sein, aber er lebte in Triest sicher nicht in einem Holzschuppen. Ein leibliches Kind würde erben, wenn es anerkannt war. War das eine Erklärung? Und falls ja: Wer von beiden? Wenn Arie ehrlich war, traute er es Tina eher zu als Tommie, der immer so freundlich und sanftmütig wirkte. Aber das konnte täuschen. Vielleicht hatten sie es auch gemeinsam geplant? Was, wenn sie es herausgefunden und Felix Bahrenberg in den heimatlichen Wald gelockt hatten, in dem sie sich gut auskennen? Dort hatten sie ihn womöglich bedroht, es war zum Streit und schließlich zu Schüssen gekommen.

Nur, wie passte die Waffe aus Graf Bahrenbergs Schrank da hinein? Tommie hatte beim letzten Mal so getan, als habe er keine Ahnung von Gewehren, aber das konnte natürlich Show gewesen sein. Über Tinas Ambitionen dahingehend wusste Arie gar nichts. Konnte sie schießen?

Und warum versteckten sie den Toten unter dem eigenen Holzstapel? Nun, beantwortete Arie seine eigene Frage, die Leiche wäre unentdeckt geblieben, bis sie das Holz abtransportiert hätten. Und auch dann hätten sie den Toten zwischen den Stämmen verstecken und irgendwohin bringen können – Arie verbot sich, sich das weiter auszumalen.

Sollte er Salzhaller von seinem Verdacht berichten? Es widerstrebte ihm, solange er keine handfesten Beweise hatte, außer Tinas dahingeworfenem Verdacht über das Verhältnis ihrer Mutter zu Felix Bahrenberg und Ruperts Mutmaßungen.

Die Polizei, entschied er, sollte sich erst einmal um Mario Gamper kümmern. Und vielleicht war Salzhaller der Tatperson schon viel näher auf der Spur, als er auch nur ahnte.

Ein Mittwoch im April

29.

Jetzt ist es schon zwei Wochen her, seit der verschollene Bruder wiederaufgetaucht ist. Und sie wissen nichts.« Geräuschvoll räumte Mitza die Spülmaschine ein.

Arie saß an seinem Stammplatz und beobachtete sie dabei. Er hatte sich gerade einen rüden Verweis eingefangen, weil er ihr helfen wollte, die Spuren des Abendessens zu tilgen, das sie gemeinsam mit Walter und Saskia eingenommen hatten.

»Immerhin haben sie dem Mario Gamper nach der Vernehmung die Waffen samt Pass einkassiert«, fügte sie hinzu.

»Ja, mit dem trifft es wahrlich nicht den Falschen. Ich glaub trotzdem nicht, dass der es war, oder einer von den anderen Jägern im Dorf.«

Saskia stürmte in die Küche, bekleidet mit Chucks und einer Jeansjacke; einen Rucksack auf dem Rücken, Mütze und Handschuhe in der Hand. »Mamutschka, ich bin dann weg, ja? Ich fahre morgen früh direkt zur Schule, hab erst ab der dritten Stunde Unterricht. Bis morgen Abend!« Sie gab ihrer Mutter einen Kuss auf die Wange.

Mitza musterte sie kritisch. »Ist die Jacke nicht viel zu dünn?«

»Nein.«

»Aber in der Vorhersage heißt es …«

»*Tot ziens*, Arie!« Saskia warf ihm eine Kusshand zu und rauschte aus der Küche.

»… es soll heute Nacht wieder frieren. Arie, ist das normal?«

»Ich habe keine Kinder. Zumindest keine, von denen ich wüsste.«

Mitza fuhr erschrocken herum. Heute war sie in dieser Fasanenglucke-Stimmung. »Meinst du das ernst? Du weißt genau, was ich davon halte, wenn ein Mann …«

»Jetzt langt's aber! Habe ich dir je Anlass gegeben, an mir zu zweifeln? Du meine Güte, ich habe Biologie studiert! Das Prinzip ist immer gleich!«

Sie zog ein Gesicht, als hätte er ihr eine Ohrfeige verpasst. Behutsam stellte sie den Teller, den sie in der Hand hielt, auf der Anrichte ab. »Was ist los mit dir?«

»Nichts ist los. Du hast vorhin herumgeschimpft, weil ich die Töpfe spülen wollte. Normalerweise wäre es doch umgekehrt, dass ein Kerl keinen Finger rührt, oder nicht? Und jetzt unterstellst du mir, dass ich mit irgendwelche Frauen … ach, vergiss es.«

Zerknirscht setzte Mitza sich neben ihn. »Tut mir leid. Eigentlich ist es wegen Saskia. Das ist gerade kompliziert. Ich glaube schon länger, dass sie gar nicht immer nur bei einer Freundin übernachtet, verstehst du?«

»Sie wird in zwei Monaten volljährig. Sie ist nicht dumm. Du hast sie gut erzogen. Alles andere hast du nicht unter Kontrolle. Nicht mehr.« Reumütig griff Arie nach ihrer Hand und drückte sie.

»Hast ja recht, Wikinger.« Sie umklammerte seine Finger, als wolle sie sich festhalten.

»Weiß ich.«

Wortlos stand sie auf und räumte die letzten Teller in die Spülmaschine.

Er seufzte. Der wütende Sturm in seinen Gedanken hatte sich noch immer nicht gelegt. Er musste sich zusammenreißen, dass er es nicht ausgerechnet an Mitza ausließ. Er wäre heute Abend besser zu Hause geblieben.

Mitza verschwand und kehrte mit dem Grappa sowie zwei Gläsern zurück. »Weißt du was, Arie? Die Töpfe bleiben stehen, die kann ich auch morgen früh noch abwaschen.«

Er brummte nur.

Mitza füllte die Gläser großzügig und schob ihm eines zu. Er hob es, trank jedoch nicht.

»Was ist denn los? Jetzt friss es nicht in dich hinein. Ist es wegen dieser Inspektorin?«

Er trank doch einen kräftigen Schluck, bevor er sich überwand. »Ich bin es einfach satt, zu Unrecht beschuldigt zu werden. Vorgestern war diese Salzhaller wieder hier. Ich war zufällig beim Grafen im Büro, weil ich meine Post abgeholt habe. Sie hat kein Wort zur mir gesagt, aber sie hat mich mit diesem üblen Blick angesehen, als wollte sie mich am liebsten gleich vorsorglich erschießen. Ich bin mir sicher, dass sie immer noch glaubt, dass ich Felix Bahrenberg auf dem Gewissen habe. Und jetzt sucht sie krampfhaft nach Beweisen, die sie nicht finden wird.«

»Ich habe es mitbekommen. Es tut mir leid, ich wusste nicht, dass dir das so zu schaffen macht. Was ich vorhin gesagt habe, war nicht so gemeint. Du bist ein verantwortungsvoller Mensch, und gerade das schätze ich so an dir.«

»Du könntest jetzt aufhören, dich zu entschuldigen.« Er ließ sich gegen die Rückenlehne der Bank fallen und drehte das Glas in seinen Händen.

Mitza schwieg ausnahmsweise.

»In einer Sache hat die Salzhaller recht«, grübelte er laut. »Wer kann an den Waffenschrank? Meinen Schlüssel trage ich immer bei mir, und des Nachts käme niemand ins Jagerhüttl, ohne dass Hermine anschlägt.«

»Du meinst Vitali.«

»Nein, ich meine Hermine. Sie ist diejenige mit Revierverhalten. Vitali geifert herum, wenn er glaubt, dass er mich beschützen muss oder er völlig unsicher ist. Hermine dagegen verteidigt ihr Zuhause. Sie würde es bemerken, wenn ich ungebetene Gäste hätte.«

»Dein Schlüssel ist unerreichbar. Und der des Grafen?«

»Deswegen war die Inspektorin hier. Um das herauszu-finden. Ich hatte dem Grafen damals vorgeschlagen, ihn in den Tresor zu legen, aber er hat ihn – wie ich – am Schlüssel-bund. Er hat Salzhaller versichert, dass er ihn stets bei sich trägt.«

Mitza schlug mit der flachen Hand auf den Tisch. »Aber das stimmt doch gar nicht! Die Schlüssel des Grafen liegen ständig irgendwo herum! Die halbe Zeit sucht er sie. Aber das ist ja auch egal, weil eigentlich immer jemand im Haus ist, der ihn einlassen kann. Und sollten Lissy oder ich wirk-lich einmal nicht da sein, kann er sich immer noch Walters Schlüssel holen. So oft geht er ja auch gar nicht mehr aus, und dann ist meistens Walter bei ihm. Oder du, wenn ihr im Wald unterwegs seid. Eigentlich ist er kaum je allein unter-wegs.«

Das wusste Arie alles. Bis zu seiner Hüftoperation war Graf Bahrenberg mehrmals in der Woche allein spazieren gegangen, aber diese Gewohnheit hatte er nicht wieder auf-genommen.

Wer ins Haus kam und sich ein wenig umschaute, konnte die Schlüssel finden, und kam damit an ein Gewehr aus dem Waffenschrank.

Er beugte sich vor und stellte das Glas ab. »Dann ist da dieses Gefühl, das ich an dem Abend hatte, als ich mir die Gewehre angesehen habe. Irgendetwas war anders. Es war nur eine Kleinigkeit, und es muss ja nicht einmal etwas da-mit zu tun haben. Ich wüsste nur gern, was es war.«

»Die Gewehre stehen aufrecht in Halterungen, habe ich das richtig in Erinnerung?«

»Ja. Senkrecht mit den Läufen nach oben. Links die Muse-umsstücke, dann die neueren vom Grafen, daneben die alten von Paul Kohlrab, ganz rechts meine. Immer gleich, rechts die Büchsen, links die Flinten. Das hat alles gestimmt.«

»War keine vertauscht? Zwei Büchsen miteinander?«

»Glaube nicht.« Arie stützte sich auf die Ellbogen und verbarg das Gesicht in den Händen. »Nein.«

»Hat vielleicht ein Gewehr schief gestanden? Lag etwas darunter, sodass ein Lauf höher ragte? Ein Lappen? Oder was auch immer ihr da in diesem Schrank aufbewahrt?«

»Schief? Was meinst du mit schief?«

»Ja, schau: Wenn du dir das Büro des Grafen anguckst, liegt meistens Papier auf dem Schreibtisch. Kevin ist Linkshänder. Wenn er etwas dorthin legt, ist es immer etwas nach rechts geneigt. Wenn dagegen Lissy etwas ablegt, nach links. Der Graf selbst legt jedes Blatt gerade, wie es sich für einen alten Bürokraten der Habsburger Schule gehört. So hat er das mal selbst gesagt, das kommt nicht von mir.«

Arie schüttelte ungläubig den Kopf.

»Der Graf und ich haben uns einmal einen Spaß daraus gemacht, es zu prüfen. Es stimmt, frag ihn, wenn du mir nicht glaubst.«

»Wie richtest du die Papiere aus?«

»Gerade natürlich. Ich lege Wert darauf, dass es ordentlich aussieht, das solltest du wissen.«

»Die Unterlagen, die ich hinlege?« Was selten vorkam. »Oder Walter?«

»Du müsstest Rechtshänder sein, wie Lissy.«

»Stimmt.«

»Walters Rechnungen haben meistens Fingerabdrücke von der Gartenerde. Unverwechselbar.« Mitza lächelte nachsichtig.

Arie hob seine Hände und drehte sie in der Luft, synchronisierte die Bewegung, betrachtete die Handkanten. »Das könnte es sein, weißt du das? Du hast recht. Ein Gewehr stand etwas mehr zur Seite geneigt als die anderen. Als hätte es jemand hastig hineingestellt.«

Welches war es gewesen? Auf jeden Fall eines des Grafen. Die Tatwaffe?

Im Geiste zählte er die Reihe durch. Die Büchsen des Grafens waren sogar nach Kalibergröße eingestellt, das hatte er Mitza nicht gesagt, weil sie damit nichts hätte anfangen können.

Ja, es war das Schweizer Militärgewehr gewesen, schon älter, aber noch gelegentlich in Gebrauch. Behauptete zumindest der Graf. Seit Arie hier war, hatte er es nicht mehr benutzt, aber so lange war das nun auch wieder nicht. Und dann fiel ihm noch etwas ein, das anders gewesen war: der Ladestock. Ein antikes Ding, von dem niemand mehr wusste, zu welcher Waffe es gehörte, das er aber – der Vollständigkeit halber – ebenfalls in den Schrank gelegt hatte. Normalerweise lag der Ladestock unten auf dem Boden des Schrankes. Beim letzten Mal hatte er dagegen senkrecht hinter den Waffen gestanden. Er war sogar umgefallen, als die Polizei den Schrank ausgeräumt hatte.

Natürlich war das kein hieb- und stichfester Beweis, dass eine fremde Person, die zuvor den Schlüssel des Grafen im Hause aufgesammelt hatte, am Waffenschrank gewesen war; zumindest nicht für die Polizei.

Arie hingegen war sich sicher: Der Graf selbst hatte das Gewehr nicht aus dem Schrank genommen. Denn auch die Gewehre richtete er stets gerade aus, er war bei allem pedantisch. Und er hätte auch keinen Grund zur Eile gehabt, wäre er es gewesen, der es nach dem Mord zurückgestellt hätte. Und schon gar nicht hätte er diesen dämlichen Ladestock senkrecht aufgestellt.

Natürlich konnte er den Mord immer noch gemäß Salzhallers Theorie in Auftrag gegeben haben. Aber hätte er eine fremde Person an den Schrank gelassen? Wäre das nicht zu auffällig gewesen? Naheliegender wäre, er hätte das Gewehr herausgenommen, übergeben und nach der Tat zurückgeräumt. Aber so war es sicher nicht passiert.

Wahrscheinlicher war, dass eine Person, die wusste, dass

es nicht schwer war, an den Schlüssel heranzukommen, es getan hatte. Und hinterher die Waffe ordnungsgemäß gesäubert und von Fingerabdrücken befreit zurück in den Schrank gestellt hatte.

Arie wurde ganz flau im Magen. Er hatte nicht geahnt, dass der Graf so fahrlässig mit dem Schlüssel umging. Im Nachhinein wunderte es ihn allerdings nicht. Es war ja nicht einmal der Nummerncode aktiviert worden, der sich als zusätzliche Sicherung am Schrank befand. Die Ziffernfolge werde er sich ohnehin nicht merken, hatte Graf Bahrenberg fröhlich abgelehnt. Wenn sein Dienstherr es seinen Mitmenschen so einfach machte, an die Waffen heranzukommen, hätte Arie sich die Anschaffung des Waffenschrankes auch gleich sparen und die Waffen im Haus verteilt herumliegen lassen können.

»Mitza, dann hat Graf Bahrenberg die Inspektorin angelogen. Warum?«

»Weil es ihm peinlich ist, dass er so schlampig mit den Schlüsseln umgeht, gerade weil er immer großen Wert darauf legt, korrekt zu erscheinen. Er wusste auch genau, wie fahrlässig es ist, all seine Waffen offen im Haus herumliegen zu lassen.«

»Immerhin versteckt.«

»Ich bitte dich.« Mitza lachte spöttisch. »Ich wusste, wo das meiste Zeug war. Ich habe schließlich lange genug hier geputzt. Du wirst das alles dieser Inspektorin sagen?«

»Schon.«

»Arie …« Mitza zog die letzte Silbe seines Namens schmerzhaft in die Länge. Die Fasanenglucke kehrte zurück an den Tisch. »Sonst tu ich es.«

»Ich mach's. Wobei ich nicht glaube, dass es die Polizei weiterbringt. Der Schlüssel war zugänglich, und es war eine fremde Person am Schrank. Wie hilft ihnen das? Damit wissen sie, dass es eine Gelegenheit gab. Mehr nicht.«

Mitza hatte die Stirn in Falten gelegt.

Müde trank Arie seinen Grappa aus. Bei all dem, was sie gesagt hatte, war ihm noch ein Gedanke gekommen. Doch bevor er ihn greifen konnte, hatte sie schon weitergesprochen. Jetzt erinnerte er sich nicht. Zu blöd.

Er stand auf. »Ich muss an die frische Luft.«

»Kommst du zurück?«

»Soll ich?«

Etwas war anders als sonst. Der kurze Streit von vorhin hallte noch nach.

Mitza zwinkerte ihm zu. »Geh, und dreh deine Runde. Aber zieh dir was Warmes an, nicht, dass du dich erkältest.«

Er lachte erleichtert auf. Beim Hinausgehen schloss er sie kurz in die Arme und drückte sie an sich. Sie ließ ihn gehen.

So war sie. Manchmal mochte er das.

30.

In der Nacht schlug Hermine an. Arie lag im Bett, riss erschrocken die Augen auf. Er hatte geträumt. Es fiel ihm schwer, einzuordnen, wo er war und wieso er einen fremden Hund im Haus hatte. Letzte Traumbilder waberten durch den Raum und verflüchtigten sich. Der Wecker zeigte 3:25 Uhr an.

Immer noch bellte Hermine, das leise heisere Bellen der alten Dackeldame. Jaulend stimmte auch Vitali ein. Das brachte Arie endgültig ins Hier und Jetzt. Er schlug die Decke zurück. Es war kalt im Schlafzimmer. Barfuß tappte er zum Fenster, das zum Weg hinaus ging, über der Küche. Es hatte geschneit. Nicht mehr als ein Nieseln, ein zartweißes Netz über dem dunklen Waldboden.

Der Fuchs war zurückgekehrt. Er schnürte in aller Seelenruhe den Weg entlang, wie ein König in seinem Reich, ein großes Tier und ohne jeden Zweifel ein Rüde. Er trug etwas im Maul.

Hermine hörte nicht auf, Alarm zu schlagen. So kannte Arie sie gar nicht. Er ging hinunter, fand sie vor der Haustür. Sie kratzte am Holz, als wolle sie sich unter dem Türblatt hindurchgraben. Vitali schaute abwechselnd zu ihr und hinauf zu Arie. Er hechelte gestresst.

Arie öffnete die Tür, und die Eiseskälte strömte ihm entgegen. Unwillkürlich kam ihm in den Sinn, dass Saskia mit der Jeansjacke wirklich etwas zu optimistisch gewesen war. Aber gerade Teenager mussten manche Dinge auf die harte Tour lernen.

Hermine raste hinaus, ein dunkler Schatten, der sofort

nach links zum Gartentor schoss. Vitali folgte ihr bellend, entweder von ihr angesteckt oder weil er verstanden hatte, wer da im Revier seines Herrchens herumstrolchte.

In seinem kurzen Schlafanzug bibbernd vor Kälte wagte Arie sich kurz hinaus.

Der Fuchs raste als dunkler Schatten weg vom Weg und direkt zwischen die Bäume. Pudriger Schnee fiel von den Büschen und sank hinter dem Tier zu Boden.

Endlich schien die Dackeldame zufrieden zu sein. Mit einem letzten triumphierenden Knurren wandte sie sich ab und kehrte ins Haus zurück. Arie hatte sich längst ins Innere zurückgezogen und wartete hinter der angelehnten Tür, bis auch Vitali sich bequemte, ins Warme zurückzukommen.

Hermine tippelte zu ihrem Körbchen, pflügte mit der Nase durch die Decke und das Kissen und drehte sich mehrfach im Kreis, bevor sie sich mit einem lauten Schnaufen niederließ. Arie schaute nach dem Ofen und stellte die Temperatur ein wenig höher. Er hatte ihn nach dem Desaster am Tag seiner Verhaftung, als er den Raum vollkommen überheizt hatte, neu eingestellt, und nun schien er gar nicht mehr recht anzugehen. Vielleicht sollte er doch einen Profi danach schauen lassen.

Jetzt war er endgültig wach. Er knipste die Stehlampe neben dem Sofa an, setzte sich und zog die Wolldecke über sich, die normalerweise für Mitza bereitlag. Er betrachtete das halb eingeräumte Bücherregal, daneben die Klappkisten mit seinen Büchern, die er bisher in Stapeln in dem winzigen Büro neben dem Schlafzimmer gelagert hatte. Es waren Bücher, die er sich angeschafft hatte, seit er hier wohnte. Seine alten Schätze befanden sich noch bei seiner Mutter zu Hause auf dem Dachboden. Hier lagen überwiegend fantastische Bücher und Abenteuerromane, dazu ein paar wenige historische Werke. Keine Krimis, nicht einmal die, in denen Schrebergärtner oder Yogalehrerinnen ermittelten. Der Tod und er waren nicht die besten Freunde, das galt auf für die literarische Welt. Natürlich wurde auch in anderen Büchern gestorben, vor allem bei seinem Lieblingsautor Bernard Cornwall, aber es war nicht das zentrale Thema.

Die einzige Ausnahme bildeten drei Schuber einer Jubiläumsausgabe von fünfzehn Romanen Agatha Christies aus den frühen Neunzigern. Das waren die einzigen Bücher, die er von Paul Kohlrab behalten und nicht weggeworfen hatte. Die Schuber sahen einfach zu schön aus, und die Bücher schienen sogar ungelesen zu sein. Arie vermutete, dass der Graf oder Lissy dem alten Waldhüter diese Bücher einst zu Weihnachten geschenkt hatten.

Mit dem Gedanken an Graf Bahrenberg fiel ihm sofort wieder dessen toter Bruder ein. Der Tote, den Arie in seinem Wald entdeckt hatte. Er dachte daran, dass der Graf gelogen hatte. Und er versuchte sich daran zu erinnern, was ihn an Mitzas Worten im letzten Gespräch hatte aufhorchen lassen.

Jetzt kannte er den Grund für sein seltsames Gefühl, als er an jenem Tag den Waffenschrank kontrolliert hatte. Er hatte gehofft, seine Gedanken würden endlich zu Ruhe kommen. Stattdessen kreiste ihm ein neues Rätsel im Kopf herum, nicht ständig, aber immer mal wieder. So wie jetzt.

Er stellte sich die falschen Fragen.

Was hatte Tina gesagt? Oft wären es bei einem Mord die alten Motive: Gier, Rache, Eifersucht. Vertuschung schloss er aus, der Tote sollte schließlich gefunden werden, so die bisher nicht widerlegte Theorie der Polizei.

Gier? Graf Bahrenberg war durchaus vermögend, sein Vater hatte klug gewirtschaftet, konservativ investiert und sein Geld sehr langsam, aber beständig vermehrt. Sein Sohn Alexander, der jetzige Graf, hatte als Alleinerbe nicht nur seinen Vater, sondern auch dessen Schwester, die unverheiratete Sibille Bahrenberg und noch einen irgendeinen

Cousin soundsovielten Grades beerbt, der kinderlos verstorben war. In Österreich gab es keine Erbschaftssteuer, und so kam zu dem vorhandenen Vermögen eine nicht unbeträchtliche Summe obendrauf. Das alles hatte der Graf auf der gemeinsamen Rückfahrt aus Innsbruck auf die Fragen hin geantwortet, die Arie ihm nie gestellt hatte.

Wie passte Felix Bahrenberg da hinein? Wer erbte dessen Vermögen, immerhin ein Grundstück mit Sommerhaus bei Triest? Fiel das zurück an die ursprüngliche Familie, die ihn verstoßen hatte? Gab das ein Motiv her, ihn zu erschießen?

Rache? In Aries Leben gab es einige Leute, die ihm geschadet hatten, dennoch war ihm dieses Gefühl fremd. Für andere könnte sie ein starker emotionaler Antrieb sein. Aber wäre es dann nicht eher umgekehrt, hätte Graf Bahrenberg nicht das Opfer sein müssen, und der verstoßene Bruder der Mörder?

Was war mit diesen Frauengeschichten? Diese lagen dreißig Jahre oder länger zurück. Würde eine Frau, die sich rächen wollte, so lange warten? Und ihn dann hierher, in die alte Heimat locken, um ihn zu richten?

Das war überhaupt so eine Sache. Warum war Felix Bahrenberg in der Nähe seines Elternhauses erschossen worden? Das musste doch einen Grund haben?

War es doch der Graf gewesen? Hatte Walter für ihn geschossen? Aber Walter konnte eine Flinte nicht von einem Küchenmesser unterscheiden. Er hätte niemals von diesem Hochsitz aus über die Entfernung getroffen.

Arie schon. Und Rupert auch. Was das anging, konnte er Salzhaller schon verstehen. Er würde sich und den Kollegen auch verdächtigen, wenn er es nicht besser wüsste.

Eifersucht? Eine verschmähte Liebe, eine gekränkte Frau, ein gehörnter Ehemann? Alles war denkbar. Immer wieder blieben die gleichen Frage offen, warum hier und warum jetzt, nach all den Jahren? Falls es einen aktuellen Vorfall

gäbe, Felix Bahrenberg vor nicht allzu langer Zeit hergekommen und alte Liebschaften neu entzündet hatte, musste
doch irgendjemand in Moosach etwas davon wissen? Sein
Verdacht gegen Tina oder Tommie Stadler, über den er am
Vortag so hartnäckig gegrübelt hatte, kam ihm jedenfalls
jetzt, in der Stille der Nacht, lächerlich vor. Da konnte jede
andere Person aus Moosach im Alter bis Mitte dreißig ein
mögliches Kind von Felix Bahrenberg sein.

Sollte er herumfragen? Einfach, damit diese ganze leidige
Sache schneller aus der Welt geschafft war? Jetzt saß er sogar mitten in der Nacht in seinem Wohnzimmer und grübelte darüber.

Schön war das nicht.

Er hätte jetzt gern einen Espresso getrunken. Aber die
Maschine war aus und müsste über eine Viertelstunde vor-
heizen, bis sie einsatzfähig war. Bis dahin war er hoffentlich
doch wieder müde genug, um sich noch ein paar Stunden
ins Bett zu legen.

Ob er Mitza anrufen könnte? Wie früh stand sie auf?

Sie hatten sich am vorangegangenen Abend ganz friedlich
getrennt, waren sich einig gewesen, beide im eigenen Bett
schlafen zu wollen. Arie hatte den Verdacht, dass sie Sedef
angerufen und sich über Saskia beklagt hatte, sobald er fort
war. Das war ihm recht. Für die Sorgen der Mutter eines
Teenagers hatte er kein Ohr. Zum Glück erwartete Mitza
das auch nicht von ihm, sonst wäre es vermutlich längst
zum Bruch zwischen ihnen gekommen.

Hermine fing an zu fiepen. Ihre Pfoten zuckten, hinter
den geschlossenen Lidern rollte sie mit den Augen. REM-
Schlaf, schoss Arie das alte Wissen aus seinen Biologie-
büchern durch den Kopf.

Er beugte sich vor und beobachtete sie.

»Wir wissen, dass ihr träumt, das ist gar keine Frage. Das
können wir mit EEGs messen und mit Diagrammen sichtbar

machen. Aber wovon träumt eine so lebenserfahrene Dackeldame wie du? Siehst du Bilder? Hörst du Geräusche? Wie riecht dein Traum, Hermine?«

Sie zuckte noch mehrmals mit den Pfoten, dann lag sie wieder still und schnarchte leise vor sich hin.

Arie ging zurück ins Bett.

Ein Donnerstag im April

31.

Im Laufe des Vormittags hatte es zu regnen begonnen, der nächtliche Schnee war nicht mehr als ein letzter Atemhauch des Winters gewesen und nun vergangen. Arie nutzte den Tag, um die restlichen Bücher einzusortieren, bis er zufrieden war, und dann das Haus zu putzen. Nachdem Hermine den Staubsauger mehrfach attackiert hatte, gab er ihn auf und griff zum Besen. Der Staubsauber war aber auch ein Monster, ein uralter Miele, vermutlich noch aus dem vorangegangenen Jahrtausend und mit Energieeffizienzklasse Y. Hermine hatte schon recht, in die Düse zu beißen und es Arie so unmöglich zu machen, das Ding zu benutzen. Er sollte ein neues, kompakteres Gerät kaufen.

»Was denkst du, Hermine? Wie lösen wir dieses Rätsel um den Toten, damit wir endlich wieder unseren Frieden haben?«

Hermine saß neben der Tür und beobachtete aufmerksam, wie er einige Wollmäuse unter dem Sofa hervorholte.

»Ich glaube dir nicht, dass du keine Meinung hast. Aber ich hab schon verstanden, du willst dich nicht in diese menschlichen Angelegenheiten einmischen. Gute Entscheidung.«

Arie ging in die Knie, was seinen Gelenken ein grausiges Knacken entlockte, und fegte den Dreck auf die Kehrschaufel. Dabei kam ihm ein Gedanke.

Er hielt inne. »Putzen. Es hatte was mit dem Putzen zu tun.« Er wandte sich der Dackeldame zu, die ihn hoch konzentriert beobachtete. »Hermine, Mitza meinte gestern, dass sie immer schon gewusst hätte, wo der Graf die ganzen

Waffen im Haus versteckt hatte, weil sie dort geputzt hätte. Wie hat sie denn das gemeint?«

Höflich neigte Hermine den Kopf und schwieg weiterhin.

»Sie war schon vor ihrer Festanstellung als Hauswirtschafterin regelmäßig mit der Putzfirma im Gutshaus, so viel weiß ich. Aber ich dachte immer, sie hätte da die Aufsicht gehabt.« Er blickte sich in der Stube um. »Die kommen jeden Donnerstag zu viert und wirbeln den kompletten Tag dort herum. Das ist ja was anderes als unser Bau hier mit seinen vielleicht achtzig, neunzig Quadratmetern. So groß ist allein der Gartensalon von Gut Bahrenberg.«

Hermine gähnte und legte sich hin. Vitali kam in die Stube getappt und schaute interessiert von ihr zu Arie.

»Ich muss sie das fragen. Wenn ich es recht bedenke, sind doch die Teams von *Potzblitz* die einzigen, die regelmäßig im Haus sind. Außer Kevin natürlich, aber dass der dem Grafen die Schlüssel klaut, kann ich mir einfach nicht vorstellen. Die Aushilfen von der Gärtnerei sind nie im Haus. Doktor Hauschild bringt hin und wieder Auszubildende mit, aber der war ja schon ewig nicht mehr da. Es bleibt wirklich nur die Putzfirma, oder? Was meint ihr beide?«

Vitali schüttelte sich und ging zurück in den kleinen Flur, wo er am liebsten auf der Fußmatte lag. Hermine blinzelte und schloss mit einem Schnaufen die Augen.

Lachend erhob Arie sich. »Ich langweile euch, kapiert. Ja, Menschen halt. Unnötig kompliziert.« Ganz gleich, was die beiden denken mochten, er wollte gleich Mitza fragen. Heute war Donnerstag. Er würde die Putzkolonne sogar selbst antreffen, dann konnte er auch mit Sedef über seinen Verdacht sprechen.

Er wischte noch feucht durch, wovon Hermine sich nicht stören ließ, sodass er um sie herum putzte und daran dachte, dass sein früherer Hundetrainer Schnappatmung bekommen hätte, wenn er das sähe. Hunde hätten sich immer unterzuordnen und dementsprechend aus dem Weg zu gehen, so sein Credo. Dagegen fand Arie, dass eine derart lebenserfahrene Hündin ein Recht darauf hatte, liegen zu bleiben. Dann waren eben diese paar Quadratzentimeter nicht gewischt, was machte das schon?

Draußen regnete es beständig, eiskalte kleine Tropfen. Arie stopfte seine Schmutzwäsche in zwei Wäschesäcke, um sie zum Gutshaus mitzunehmen. Er zog seine dicke Regenjacke an sowie – trotz des kurzen Weges – Wanderstiefel, da der Untergrund sich ordentlich mit Wasser vollgesaugt haben würde.

Gerade, als er die Tür öffnen wollte, durchbrach ein durchdringendes Schrillen die Stille. Schon wieder das Festnetztelefon. Das wurde allmählich zur Plage. Arie legte die Wäschesäcke auf dem Sofa ab und warf einen kurzen Blick auf sein Mobiltelefon, ob er wieder Anrufe verpasst hatte. Das war nicht der Fall, also musste es der Graf höchstpersönlich sein.

»Daamen, Waldhüter von Gut Bahrenberg am Apparat«, sagte er artig.

»Haben Sie jetzt Zeit? Ich brauche Sie.«

Es war die Salzhaller. Diesen harschen Tonfall würde er inzwischen unter Tausenden Stimmen erkennen.

»Wer ist denn da? Um was geht es? Ich bin beschäftigt.«

»Salzhaller hier. Ist mir egal, was Sie gerade machen. Diesen Weg da, hinter dieser Lichtung, zum Eggele hinauf, kennen Sie den?«

»Die Lichtung, auf der Felix Bahrenberg erschossen wurde?«

»Genau. Der Weg, der hinter der Lichtung weiter bergauf führt, kennen Sie den?«

»Gehört zu meinem Revier.«

»Gut, Kommen Sie dahin! Sie müssen ungefähr achthundert Meter bergauf, dann sehen Sie mich. Wie lange brauchen Sie?«

»Bin ich wieder verdächtig?«

»Was? Nein, keineswegs.«

»Dann komme ich nicht.«

»Was?«

»Ich komme nicht. Ich habe Ihnen bereits gesagt, dass ich von Ihnen keine Befehle entgegennehme, Chefinspektorin Salzhaller.« Er biss die Zähne zusammen. Die Male, die er seit seinem Umzug nach Moosach schlecht gelaunt oder einfach nur mies drauf gewesen war, konnte er an einer Hand abzählen. Aber seit er dieser Frau begegnet war, änderte sich das. Sie war ein ständiges Ärgernis.

Arie hörte, wie Salzhaller einige Befehle in verschiedene Richtungen rief. Er dachte daran, aufzulegen. Woher hatte sie überhaupt diese Nummer? Stand die noch in einem Telefonbuch?

»Hören Sie, Herr Daamen. Ich brauche wirklich dringend Ihre Expertise. Bis wann können Sie kommen?«

Ihre Worte enthielten weder eine Bitte noch einen Konjunktiv, doch Arie glaubte herauszuhören, dass die Inspektorin erschöpft war. Er bekam wieder Mitleid, weil sie diesen Job machte, den er für nichts auf der Welt tun würde. Immerhin hatte sie sich inzwischen seinen Namen gemerkt, das war ein Fortschritt.

»Geben Sie mir eine Stunde.«

»Danke.« Es knackte, das Gespräch war beendet.

Sie erinnerte sich also doch noch an eine Höflichkeitsfloskel.

32.

Eine Viertelstunde später betrat Arie das Gutshaus, zog am Eingang die Stiefel aus und nahm seine Hausschuhe aus einem Wandschrank. Vor dem Haus parkte der Transporter von *Potzblitz,* von irgendwoher waren Stimmen zu hören.

Er widmete sich erst den profanen Dingen und stellte die Waschmaschine in dem kleinen Abstellraum neben der Vorratskammer an. Gerade, als er das Waschpulver wieder ordentlich verstaute, betrat Mitza die Küche.

»Arie! Hast du mich erschreckt. Was für ein Wetter, was?«

»Ach ja. Ich habe nicht ganz so viel Zeit. Die Inspektorin wartet im Wald auf mich.«

»Was will die denn schon wieder?«

»Hat sie nicht verraten. Aber sie benötigt *dringend* meine Expertise.«

»So ist das also. Wenn sie dir Honig ums Maul schmiert, kannst du nicht widerstehen.«

»*Dat kan.*« Arie fand allmählich zu seiner guten Laune zurück. Mitza hatte recht, er durfte sich einfach nicht von Salzhallers Gegrantel mitreißen lassen.

Mitza linste über seine Schulter hinweg, ob er die Waschmaschine so hinterlassen hatte, wie er sollte. Sie schien zufrieden.

»Hast du noch Zeit auf einen Kaffee?«, fragte er.

»Sagtest du nicht, du müsstest dringend in den Wald?«

»Einen Kaffee schaffe ich sicherlich noch. Ich habe ein, zwei Fragen.«

»Deine Entscheidung, Wikinger.«

Kurz darauf saßen sie auf ihren Stammplätzen am Tisch.

»Was willst du wissen?«, fragte Mitza über den Rand ihres Kaffeebechers hinweg.

»Du hast gestern eine Bemerkung gemacht, über die ich länger nachgedacht habe. Dass du nämlich gewusst hättest, wo der Graf die ganzen Waffen versteckt hatte, weil du hier geputzt hast.«

»Ja, und? Stimmt auch. Vielleicht sind mir ein oder zwei Pistolen entgangen, aber die meisten Verstecke kannte ich.«

»Mich hat das gewundert, weil ich eigentlich dachte, dass du nicht selbst putzt. Also ja, ich habe dich schon die Halle fegen sehen, und du räumst auf. Aber bist du nicht eher für die persönlichen Belange des Grafen zuständig? Kochen, Wäsche und diese Dinge?«

»Schon. Aber das war ja nicht immer so.« Sie stellte den Kaffeebecher ab und betrachtete ihre Finger. »Ich hatte eigentlich einen verdammt guten Job im Housekeeping in einem Hotel in Innsbruck, in dem ich auch gelernt habe. Aber als Saskia kam, ließen sich die Arbeitszeiten nicht mehr mit dem Kind vereinbaren. Also habe ich vor knapp siebzehn Jahren bei *Potzblitz* angefangen, da konnte ich in Teilzeit arbeiten. Ich war dort Teamleiterin, mit zwei festen Teams, die ich betreut habe. Vor allem war ich die Ansprechpartnerin für die Kundschaft, *one face to the customer*, du kennst das.«

»Nein, keine Ahnung.«

»Ich war diejenige, die grundsätzlich den Kopf hingehalten und zwischen den Angestellten und der Kundschaft vermittelt hat, vor allem, wenn es Ärger gab. Ich kann Deutsch und Polnisch, damit kannst du dir einiges aus anderen slawischen Sprachen herleiten, Bulgarisch, Rumänisch, Tschechisch. Die meisten Angestellten von *Potzblitz* kommen von daher. Das hat oft genug geholfen. Willst du noch einen Kaffee?«

Die Geschichte schien länger zu werden. »Warum nicht? Gern!«

Arie fand sein Verhalten nur ein kleines bisschen rücksichtslos, weil es in der Küche mit Mitza so warm und gemütlich war. Wenn die Inspektorin nicht mehr warten wollte, konnte sie ja nach Hause gehen. Ihm würde der Weg rauf aufs Eggele nicht schaden, Vitali stand ohnehin heute noch ein ausführlicher Spaziergang zu.

Mitza stellte ihm den dampfenden Kaffeebecher vor die Nase und hob ihren. »Wohl bekomm's.«

»Danke dir.«

»So, also, wo war ich? Genau, die Anfänge bei *Potzblitz*. Im Großen und Ganzen ist das ein gutes Unternehmen und der Chef einer, mit dem du reden kannst, auch wenn Sedef oder ich immer wieder schimpfen.«

Arie nickte. Das Geschimpfe war Psychohygiene, das gehörte dazu.

»Der Job hier beim Grafen war einer der ersten, die ich zugeteilt bekommen habe. Damals kamen wir noch zweimal pro Woche, meistens zu dritt. Und wenn ich sage meistens, dann heißt das, dass oft genug eine nicht kam oder mehr Arbeit angefallen ist, als wir erwartet haben. Also habe ich mitangepackt. Ich schau doch nicht einfach beim Arbeiten zu, wenn eine Hand mehr gebraucht wird.«

Arie lächelte freundlich. »Wie ich dich kenne, ist das heute noch so?«

Mitza wirkte schuldbewusst. »Selten. Dafür kommen sie ja inzwischen zu viert. In der Regel sind es zwei Frauen, die rundum saubermachen und ein Mann, der die Fenster putzt, bohnert oder auch mal einen Abfluss reinigt, also einiges an Hausmeistertätigkeiten macht. Und als Teamleiterin Sedef. Sie packt auch meistens mit an, sie kann gar nicht anders.«

Hin und wieder, das wusste Arie, saß sie auch bei Mitza zum Schwatzen in der Küche. Er gönnte es den beiden von

Herzen, denn es gab sicherlich auch ganz andere Kundschaft als den Grafen.

Er beugte sich vor und schob seinen Becher zur Seite. Es wurde allmählich doch Zeit, dass er aufbrach. »Dann eine letzte Frage: Kannst du dir vorstellen, dass eine Person aus dem Team den Schlüssel des Grafen ausgeliehen und sich ein Gewehr beschafft haben könnte?«

Mitza schürzte empört die Lippen. »Genau deswegen will ich doch, dass sie uns nur Leute schicken, die schön länger im Unternehmen sind und sich als zuverlässig erwiesen haben. Der Graf zahlt mehr als andere, da kann er das auch erwarten, findest du nicht?«

Das war keine Antwort.

»Du meintest letzte Woche, dass da eine Neue gewesen ist?«

»Nein, sie war eben nicht mehr dabei! Eine kleine dunkelhaarige Italienerin, die leidlich Deutsch sprach. Sechs, höchstens acht Mal ist sie hier gewesen und danach auf Nimmerwiedersehen verschwunden. Sedef war das furchtbar peinlich, das kannst du dir denken.«

»Also noch mal: Hältst du es für möglich, dass jemand von *Potzblitz* ein Gewehr klaut?«

Mitza wich seinem Blick aus.

»Außer Sedef natürlich.«

»Das würde sie niemals tun!«

»Will ich auch nicht behaupten.«

»Was würde ich nicht tun?« Sedef erschien in der Tür, heute mit einem dunkelgrünen Hijab, einem schwarzen Pullover und Jeans. »Servus, Arie. Auch wieder hier?«

»Ich kann Mitzas Gesellschaft einfach so schlecht widerstehen.«

Sie schoss ihm einen warnenden Blick zu. Die Beziehung zu Arie war eine der wenigen Dinge, die sie vor ihrer Freundin geheim hielt, weil sie Sorge hatte, dass andernfalls Saskia davon erfuhr. Nicht, dass Arie das bisher irgendwem erzählt hätte. Er wüsste nicht einmal, wie er das zwischen ihnen genau benennen würde. Schließlich waren sie kein Paar.

Rasch hob er den leeren Becher. »Und dem Kaffee, versteht sich, dem kann ich schon gar nicht widerstehen.«

»Arie betätigt sich als Detektiv«, sagte Mitza.

»Ich habe nur gefragt, ob sie sich vorstellen könnte, dass sich eine Person aus dem Team die Schlüssel vom Grafen greift und ein Gewehr unten aus dem Waffenschrank ausleiht.«

»Aber natürlich. Ich würde es einigen zutrauen. Den allermeisten nicht, aber hin und wieder liegt eben ein faules Ei im Nest.« Im Gegensatz zu Mitza nahm Sedef Aries Frage nicht persönlich.

»Und dann war da eine Italienerin«, fuhr er fort, »die nur ein paarmal gekommen und ausgerechnet nach der Entdeckung einer Leiche in meinem Wald nicht mehr aufgetaucht ist.«

»Magdalena Custode.« Sedef ließ sich auf die Sitzbank gleiten und legte die Stirn in Falten. »Das war wirklich merkwürdig, weißt du? Als wir am Donnerstag vor zwei Wochen hergekommen sind, waren ja alle in heller Aufregung. Aber Magdalena war mehr als das, sie war völlig aufgelöst, als läge die Leiche da genau vor ihren Augen in der Halle. Na ja, und zwei Tage später hat sie fristlos gekündigt, ihre Papiere beim Chef geholt und war auf und davon.«

Grimmig nickte Mitza.

Sedef zuckte mit den Schultern. »Ich habe sie immer gut im Blick gehabt, weil ich ihr jede Menge erklären musste. Wenn ihr mich fragt, hat die nämlich bis zur Anstellung bei *Potzblitz* nicht oft geputzt. Aber der Chef meint ja, dass er heutzutage kaum noch Personal bekommt und froh über jede Bewerbung ist.« Sie wandte sich Arie zu und wurde ganz ernst. »Soll ich ehrlich sein? Ich dachte, ich hätte sie einmal fast beim Klauen erwischt, weil sie da länger als nötig oben im Flur vor Graf Bahrenbergs Schlafzimmer herumgelungert ist.«

»Der Himmel sei mir gnädig, Sedef!«, fuhr Mitza auf. »Warum hast du denn nichts gesagt?«

»Weil ich dir niemanden nur wegen eines Verdachts ausliefern werde, darum nicht! Es war ja nichts passiert.« Sie blickte sie beide nacheinander zerknirscht an. »Damals jedenfalls nicht.«

»Schon gut, wirklich, Sedef«, sagt Arie freundlich. »Du kannst doch nicht immer hinter all deinen Leuten stehen und ihnen über die Schulter schauen. Wenn diese Magdalena eine Gelegenheit gesucht hat, wird sie auch eine gefunden haben. Nur wie könnte sie das Gewehr aus dem Haus geschmuggelt haben?«

Jetzt wurde Sedef doch unsicher. Sie lächelte scheu.

Arie nickte ihr aufmunternd zu, die Wahrheit musste jetzt ans Licht. »Wenn du möchtest, gebe ich das an die Polizei weiter, ohne meine Quelle zu nennen.«

Mitza sah nicht glücklich aus. Sie verschränkte die Arme, bemühte sich, keine Neugier zu zeigen.

»Wir haben alle unsere eigenen Sachen, das wisst ihr. Also einen Wagen, in dem wir die Reinigungsmittel haben, aber auch Besen, Schrubber, Putzlappen.«

»Ich hab's!«, unterbrach Mitza sie. »Die Hauben! Jeder Wagen wird in eine Schutzhülle eingepackt. Nicht nur, weil es ordentlicher aussieht, sondern auch, damit im Auto nichts herausfällt und herumkullert. Und so ein Gewehrlauf zwischen ein paar Besenstielen würde doch gar nicht auffallen!«

»So ein Gewehrkolben sieht aber nicht gerade nach einem Holzstock aus.«

»Mensch, Arie, du weißt genau, wie ich das meine. Der Lauf der Waffe sticht nirgendwo heraus oder so.« Mitza funkelte ihn wütend an. »Du nimmst mich mal wieder nicht ernst.«

»Das stimmt.« Sedef nickte.

Arie war nicht ganz sicher, worauf Mitzas Freundin sich mit ihrer Zustimmung bezog. »Ich hab's schon verstanden. Ein Gewehr lässt sich gut zwischen langstieligen Dingen unter einer Haube verstecken. Ich erzähle das gleich Salzhaller. Soll die entscheiden, was sie daraus macht. Sedef, kannst du mir einen Gefallen tun und die Personaldaten von dieser Magdalena heraussuchen?«

»Ganz sicher nicht. Das verstößt gegen den Datenschutz. Ich warne den Chef vor und geb dir gleich eine von unseren Karten. Soll sich die Polizei bei ihm melden.«

»Wenn ich Mitza letztens richtig verstanden habe, wärst du auch eine hervorragende Habsburger Bürokratin geworden, Sedef.«

»Das nehme ich jetzt mal als Kompliment, du Flachlandtiroler.«

»Mit besten Empfehlungen!« Arie grinste sie beide an und erhob sich.

Sedef zwinkerte ihm zu, Mitza hingegen rollte mit den Augen und grollte ihm eine Verwünschung hinterher, die er geflissentlich überhörte.

33.

Eine gute Stunde später bekam Arie beim Anblick der Inspektorin und ihres Kollegen doch ein schlechtes Gewissen. Wenigstens ein bisschen. Salzhaller und Mayr warteten auf ihn, trotz eines großen Regenschirms beide tropfnass und mit vor Kälte roten Nasen und Händen. Mayr schien immerhin vorher gewusst zu haben, wohin es ging, denn dieses Mal waren seine Hose, ein wetterfester Anorak und die Armeestiefel waldtauglich.

»Grüß Gott, die Dame, der Herr. Was kann ich für Sie tun?«

Salzhaller wischte sich feuchte Haarsträhnen aus der Stirn und übergab Mayr den Schirm. »Folgen Sie mir.« Sie wandte sich um und stapfte den Weg bergan. »Bitte«, hörte Arie sie noch murmeln.

Dieses Mal wäre er der Aufforderung auch so nachgekommen. Das war für niemanden ein Vergnügen, hier zu sein. Oder doch, vielleicht für Vitali. Dem machte Regen nichts aus, aufmerksam stakste er über den weichen Boden neben Arie her.

Salzhaller verließ den Pfad und ging zwischen Lärchenstämmen hindurch einen Weg entlang, den nur sie sehen konnte. Arie verstand jedenfalls nicht, warum sie sich in die Wildnis schlug. Hinter ihm bahnte Mayr sich mit der typischen Trampeligkeit eines Stadtmenschen seinen Weg durch das Unterholz. Das konnte seine Chefin besser, das musste Arie ihr mal lassen.

Sie gelangten zu seiner Überraschung auf eine Lichtung, kleiner als die, auf der der Mord geschehen war. Der Platz mochte ungefähr hundert Meter lang sein und gut zwanzig Meter breit. An der langen Seite ging es steil über eine Abbruchkante nach unten. Nebelschwaden zogen über das struppige Wintergras, hier und da erhoben sich graue Felsen im Grün.

Vitali hob die Nase in den Wind, witterte nervös. Arie war froh, dass er ihn dieses Mal an der Leine hatte. Angespannt drückte sich der Vizsla gegen seinen Unterschenkel.

»Hier hat sich jemand ein lauschiges Plätzchen ausgesucht. Kommen Sie, Herr Daamen.«

»Wie haben Sie das denn gefunden?«

»Der Mayr war es mit seinem Spielzeug. Er hat auf Drohnenbildern ein paar Kleinigkeiten entdeckt, die er sich nicht erklären konnte. Also sind wir nachschauen gekommen.«

Salzhaller ging vor, wandte sich nach rechts, wieder Richtung Waldrand, wo die Baumstämme dicht wie Säulen standen.

»Moderne Kunst?«, fragte Arie beim Anblick der neongelben Kringel und Kreise. Jemand hatte dutzendfach die Bäume und auch teilweise den Boden mit neongelber Farbe angesprüht. Auf dem Gras vermischte sie sich bereits mit dem Regen und war verlaufen.

»Kreidefarbe«, keifte Mayr von hinten. »Umweltfreundlich und biologisch abbaubar, keine Sorge.«

Sicherheitshalber band Arie Vitalis Leine an einen tief hängenden Ast, bevor er sich diesem merkwürdigen Platz näherte. »Was ist denn hier passiert?«

Neben ihm blieb Salzhaller stehen und verschränkte die Arme. Regen tropfte von ihren Jackenärmeln. »Ich bin offen für Ideen.«

Vorsichtig pirschte Arie sich näher. Ungefähr zehn Meter vor den Bäumen wäre er fast auf einen Tierkadaver getreten. Erschrocken hielt er inne.

»Haben Sie mit Ihrem Chemiebaukasten experimentiert, Herr Mayr?«

Hastig kam der näher gelaufen. »Nicht anfassen!«

Das hatte Arie nicht vorgehabt.

»Ihre Witze können Sie sich jetzt wirklich fürs Wirtshaus sparen!«, fauchte Salzhaller.

Arie ging vor dem skelettierten Kadaver in die Hocke. »Ich meinte die Frage ernst. Da sind doch Knochen verätzt. War das schon so, oder haben Sie hier eine Analyse durchgeführt und irgendwelche Mittel verwendet?« Das vor ihm war vermutlich einmal ein Wildkaninchen gewesen. Was hatte das mit den ganzen neongelben Kringeln zu tun? Er bemerkte weitere tote Tiere im Gras und schaute in den Himmel. Das also hatte Mayr auf den Bildern entdeckt. Ein einzelner Kadaver mochte nicht auffallen, aber mehrere auf einer Lichtung waren durchaus ungewöhnlich.

»Ich habe nichts gemacht, außer versucht, mit meinem Team Spuren zu sichern. Meine Kollegen sind mit den Proben auf dem Weg ins Labor. Und da würde ich auch gern bald hin«, murrte Mayr. »Fassen Sie das auf keinen Fall mit bloßen Händen an! Keines der Tiere!«

»Zehn Minuten schaffen Sie noch«, befand Salzhaller mitleidlos.

Arie erhob sich. »Sind hier noch mehr? Wie viele denn?«

»Gehen Sie gern bis an die Bäume.« Salzhaller machte eine einladende Geste.

Arie folgte der Aufforderung.

Nach nur wenigen Schritten wusste er, dass er gerade wieder dem Tod begegnete. Penetranter Fäulnisgeruch stach ihm in die Nase. Behutsam näherte er sich dem Waldrand, bis sich ihm das gesamte Ausmaß darbot. Arie wurde schlecht. Hier hatte ein Massaker stattgefunden. Unter den Baumstämmen befand sich ein ganzer Haufen Tierkadaver, achtlos übereinandergeworfen. Einen größeren Vogel, das Gebiss eines Marders, mehr konnte er auf Anhieb nicht erkennen. Das war bestimmt ein gutes Dutzend, wenn nicht noch mehr. Zum Glück war es noch zu kalt für Fliegen und anderes Geschmeiß.

Aus der Nähe erkannte er dann auch, was Mayr und seine Kollegen mit der Sprühfarbe markiert hatten: Die Baumstämme waren übersät mit Einschusslöchern.

Er wandte sich ab, spürte ein Kribbeln im Nacken. »Das sieht aus, als hätte hier jemand Zielübungen gemacht. Und ich würde eine Wette abschließen: Das gleiche Kaliber wie bei Felix Bahrenberg?«

Salzhaller und Mayr nickten unisono.

»Das ist widerwärtig. Aber um das herauszufinden, brauchen Sie mich nicht. Was soll ich hier?«

»Ich hatte gehofft, Sie könnten mir verraten, *wann* das passiert ist. Das Verwesungsstadium der Tiere. Der Kollege meint, das wäre nicht sein Fachgebiet.«

Mayr deutete über die Schulter. »Bis auf den Kadaver dieses Kaninchens. Sie haben recht, die Knochen sind verätzt. Ich habe die Vermutung, dass da jemand versucht hat, das tote Tier in Flusssäure aufzulösen. So wie sie in *Breaking Bad* eine Leiche beseitigt haben. Kennen Sie die Serie?«

»Ja.«

»Hat aber nicht so gut geklappt. Fleisch und Muskeln sind inzwischen auf natürlichem Weg verwest, oder da wurde noch mit Natronlauge nachgeholfen. Aber um die Knochen komplett aufzulösen, war die Konzentration vermutlich nicht hoch genug. So gut die Serie auch gemacht ist, ist sie eben doch nur Fiktion.«

»Flusssäure, sagten Sie? Und Natronlauge?«

»Sieht für mich so aus, ja. Eine Lauge für die Weichteile, eine Säure für die Knochen. Sie brauchen schon beides.«

»Dekontaminieren Sie mir auch den Waldboden?«

»Fürs Aufräumen ist die Polizei nicht zuständig«, entgegnete Salzhaller, bevor Mayr antworten konnte. »Was jetzt?«

»Ein Spezialteam ist unterwegs, die werden den Haufen Viecher mitnehmen und sicherheitshalber eine Schicht Erde abtragen. Das sollte genügen«, erklärte Mayr ungerührt. »Sehen Sie sich das Gras um das Kaninchen an, da ist nichts. Das Zeug wurde hier nicht literweise verschüttet.«

Arie entschied sich im Stillen, Salzhaller zu verzeihen. Ihr fehlte einfach das naturwissenschaftliche Verständnis. Konzentrierte Natronlauge war schlimm genug, aber Flusssäure, das war ein Teufelszeug.

Und eines, wie er irgendwo einmal gelesen hatte, das für die Reinigung von Gebäudefassaden verwendet wurde. Ob der Inhaber von *Potzblitz* das wohl in seinem Arsenal chemischer Waffen im Kampf gegen den Schmutz hatte?

Widerwillig wandte er sich dem Haufen Tod zu, hielt die Luft an, beugte sich ein wenig näher. »Dürfte ich einen Stock benutzen? Oder haben Sie Handschuhe?«

Unter den Bäumen wäre er wenigstens vor dem Regen geschützt.

»Mayr!«

»Beides. Moment.«

»Und geben Sie mir den Schirm, das ist doch deppert.«

Mayr trat heran und reichte ihm ein paar dickere Latexhandschuhe.

Arie zog sie über und packte beherzt in den Stapel, zog ein Tier von oben weg und legte es daneben. Seine Forscherinstinkte erwachten, drängten Ekel und Wut zurück. Dass der Chemiker ihm interessiert über die Schulter schaute, tat sein Übriges. Gemeinsam betrachteten sie das, was ziemlich sicher mal ein weiteres Wildkaninchen gewesen war.

»Sehen Sie das?«, fragte Arie. »Hier ist es schon komplett skelettiert, da hängt noch Fell.«

Mayr brummte zustimmend.

Arie betrachtete den Schädel des Tieres. »Nagetiere waren noch nicht dran. Vielleicht, weil es nicht auf dem Boden lag.« Er dachte an die kleine Sonja. Dass Eichhörnchen manchmal Tierleichen fledderten, um sich an den Knochen die Zähne zu wetzen, hatte er ihr nicht verraten. Sie sollte sich ihr Bild des putzigen Nagers noch ein paar Jahre bewahren.

»Was schätzen Sie?«, wollte Mayr wissen. »Das liegt schon einige Tage hier, oder?«

»Das ist mindestens vierzehn Tage alt. Eher drei bis vier Wochen.«

»Geht's genauer?«, rief Salzhaller aus gebührendem Abstand zu ihnen herüber. »Bitte.«

Arie wandte sich ihr zu. »Schwierig, weil die alle übereinandergelegen haben, verstehen Sie? Die Bakterien und Pilze kommen hinein, aber ich vermute, dass die Verwesung in der Mitte weniger weit vorangeschritten ist.« Sein Blick streifte wieder den Haufen. Es reizte ihn, mit dem Stock hineinzustechen, aber das Risiko, von einer Wolke Fäulnisgasen eingehüllt zu werden, bestand auch nach all der Zeit.

Mayr nickte nachdenklich. »Wir werden diesen Haufen jetzt nicht auseinandernehmen.«

»Nein, das werden wir nicht.« Er richtete sich auf und zog die Handschuhe aus. »Es war kalt, gerade nachts. Das verlangsamt den Prozess. Mindestens drei Wochen, darauf lege ich mich fest. Genauer wird's nicht.«

Mayr hielt ihm eine Plastiktüte entgegen, in der er die Handschuhe entsorgen konnte.

Salzhaller war enttäuscht. Sie stand da wie eine Soldatin nach einer verlorenen Schlacht und schien nicht zu bemerken, dass sie mit dem Regenschirm auf den Boden pochte. Mayr zog fröstelnd die Schultern hoch. In der Ferne war

Vitali aufgesprungen und tänzelte auf der Stelle. Bald darauf tauchten vier Gestalten mit Regenumhängen auf. Sie trugen zu zweit jeweils eine Metallkiste und Schaufeln.

»Endlich. Mayr, erklären Sie denen, was die tun sollen. Ich warte im Auto.«

»Sicher.«

Salzhaller stapfte ohne einen Abschiedsgruß davon. Auf Höhe der Kollegen oder Kolleginnen, das war nicht zu erkennen, grüßte sie knapp und ging dann weiter.

»Sie hätte mir wenigstens den Schirm dalassen können«, schimpfte Mayr.

Arie lächelte ihn herzlich an. »Ich danke Ihnen sehr, dass Sie das hier alles beseitigen. Kann ich Ihnen noch helfen?«

Überrascht schüttelte der Angesprochene den Kopf. »Aber danke. Machen Sie's gut.«

Arie folgte der Inspektorin. Im Vorbeigehen sah er, dass Mayr recht gehabt hatte. Wo die Chemikalien um den Kaninchenkadaver herum getropft waren, war das Gras gelb oder grau und abgestorben, doch es waren nur wenige Stellen betroffen.

Er band Vitali los und lief Salzhaller hinterher. Noch bevor sie wieder auf den Saumpfad trafen, hatte er sie eingeholt. »Inspektorin Salzhaller, warten Sie, bitte.«

Missmutig blickte sie ihm entgegen. »Was denn noch? Meine Zeit ist knapp. Ich habe schon zu lange hier auf Sie gewartet.«

Dem Vorwurf fehlte einfach der Schwung. Jetzt hoffte Arie doch, dass seine Gedanken sie weiterbrachten. Irgendwann musste diese leidige Geschichte ein Ende haben, darin waren sie sich doch vermutlich einig?

»Ich habe vielleicht ein paar Informationen, die für Sie interessant sein könnten.«

»Nicht zufällig auch den Namen einer verdächtigen Person?« Sie klang wirklich einen Moment lang hoffnungsvoll, bevor sie das Bedauern von seiner Miene ablas und der Funke wieder verlosch.

Arie lächelte aufmunternd. »Einen Namen nenne ich Ihnen, aber was diese Frau mit der Sache zu tun hat, müssen Sie herausfinden.«

»Jetzt reden Sie schon, bevor wir beide uns hier in der nassen Kälte noch den Tod holen.«

Der Tod wäre sicher der letzte, dem Arie in nächster Zeit wieder begegnen wollte.

»Es geht um den Zugang zum Waffenschrank im Gutshaus, und wer das Gewehr auf welchem Weg entwendet haben könnte.«

Jetzt hatte er Salzhallers gesamte Aufmerksamkeit.

Ein Freitag im April

34

Der folgende Freitag hatte das Potenzial, ganz normal zu verlaufen. Arie war mit Vitali den gesamten Vormittag im Wald unterwegs gewesen und hatte »Eicheln gesammelt«, wie er das gern ausdrückte. Diese Umschreibung hatte damals kurz vor dem Abitur ein lustloser Berufsberater gewählt, als er gehört hatte, dass Arie Biologie studieren wollte. Keine Perspektive, keine Chancen auf einen Job, hatte es geheißen, damals, als jene Behörde noch *Arbeitsamt* hieß und jeglichen Klischees gerecht wurde. Ob das heute noch so war, wusste Arie nicht, und er war froh darum. Weder er noch sein bester Freund Jochen hatten auf diesen Berufsberater gehört, was ein Glück gewesen war. Für Arie, weil er »Eicheln sammeln« damit verband, einen Großteil seiner beruflichen Zeit im Freien zu verbringen, was ihm zusagte, und für Jochen, da der sich anderweitig informiert und dem Berufsberater weit voraus gewesen war. Er hatte sich bereits im Hauptstudium auf Biotechnologie spezialisiert, promoviert und war nun ein Pionier in der genetischen Forschung. Seine Kollegin in der Personalabteilung jammerte ihm regelmäßig was von Fachkräftemangel vor und dass früher besser weniger Jugendliche auf lustlose Berufsberater gehört hätten.

Arie hatte an diesem Freitag auch die kleine Lichtung inspiziert, auf der die Polizei die Tierkadaver gefunden hatte. Zu seiner Zufriedenheit hatte Mayr eine ordentliche Scholle abtragen lassen und ihm damit bewiesen, dass er die Kontamination des Bodens nicht unterschätzte. Der Kerl mochte nicht gerade weit oben auf seiner Kandidatenliste für neue Freundschaften stehen, aber auf Chemie verstand er sich.

Für den Nachmittag hatte Arie sich vorgenommen, ein paar Ausmalbilder – Krähen, Eichhörnchen, Füchse – und Rätselkarten für die beiden Kindergartengruppen vorzubereiten, die ihn nächste Woche besuchen würden. Jetzt saß er bei einer Tasse Nachmittagskaffee in der Gutshausküche und sann darüber nach, wie er Mitza von einer Siebträgermaschine statt des Vollautomaten überzeugen konnte. Eine Herausforderung bei einer Frau, die ihm einmal gestanden hatte, auch immer noch gern Filterkaffee zu trinken.

Kevin klopfte an den Türrahmen der Küchentür und winkte Arie zu. »Ja, er ist hier, den erreichen Sie im Jagerhüttl nicht«, sprach er in ein Telefon am Ohr.

Arie schloss die Augen. Der Graf befand sich in der Bibliothek im Gespräch, Mitza war mit Saskia nach Innsbruck zu einem Einkaufsbummel aufgebrochen. Neuerdings gab es eine dritte Person, die seine Festnetznummer benutzte und möglicherweise gerade versuchte, ihn zu erreichen.

»Arie?«, hörte er Kevins Stimme. »Hier ist die Polizei, Chefinspektorin Salzhaller. Sie hat noch ein paar Fragen zu dem, was du ihr gestern erzählt hast, und möchte wissen, wann du Zeit hättest?«

»Nie. Die soll sich zum Teufel scheren.«

»Ich reiche den Hörer am besten weiter«, flötete Kevin ins Telefon. »Dann können Sie selbst etwas mit ihm ausmachen. Ja, danke, Ihnen auch! Pfiat eana!«

Arie streckte die Hand aus, ohne die Augen zu öffnen. Kevin drückte ihm den Telefonhörer in die Handfläche.

»Grüß Gott, Herr Daamen. Ich hoffe, ich störe nicht?«

Arie blinzelte verwirrt. Wenn es nicht diese unverkennbar harsche Stimme wäre, die ihm entgegenschallte, würde er glauben, Kevin habe sich einen Scherz erlaubt.

»Ehrliche Antwort?«

»Lieber nicht. Ich mache es auch kurz, keine Sorge. Ich würde Ihnen und Frau Jablonski gern noch ein paar Fragen stellen. Es geht um Ihren Verdacht bezüglich der Mitarbeiterin der Putzfirma. Können Sie mir sagen, wo überall um das Gutshaus herum sich Überwachungskameras befinden? Und falls es welche gibt, würden Sie uns – möglichst unbürokratisch – Zugang zu den Aufzeichnungen der letzten Wochen vor dem Mord gewähren?«

»Keine Ahnung. Dazu kann ich weder etwas sagen, noch könnte ich das entscheiden.«

Wo war Kevin denn hin? Wusste der so was nicht?

»Frau Jablonski weiß aber sicher darüber Bescheid. Der müsste ich auch noch weitere Fragen stellen, was die Abläufe anbelangt und die Zusammenarbeit mit *Potzblitz*. Darüber wissen Sie vermutlich auch nichts, oder?«

»Nein.« Arie kam noch nicht ganz klar damit, dass diese Frau mit der weniger abgehackten Sprache und ausführlichen Erklärungen Salzhaller sein sollte. Sie schien so komplett anders gelaunt. Hatte sie einen Durchbruch erzielt?

»Was denn nun, Herr Daamen?«

Das klang schon eher nach ihr.

»Helfen Sie mir, bitte.«

Das nicht.

»Ich will das jetzt zu einem Abschluss bringen. Ich habe gute Chancen, dank Ihnen.«

Das erklärte es vielleicht.

Arie richtete sich auf und weckte damit Vitali, der friedlich unter dem Tisch geschlummert hatte. Die Ausmalbilder liefen nicht weg und waren schnell kopiert.

»Frau Jablonski ist in Innsbruck. Ich kann versuchen, sie zu erreichen.«

»Würden Sie dann gemeinsam herkommen? Wir können das auch am Telefon klären, aber ein persönliches Gespräch wäre mir lieber.«

»Also gut.« Vielleicht konnte er die Inspektorin überreden, sich in ein Café zu setzen. Solange es kein fensterloser Verhörraum wurde, schaffte er das vielleicht in Mitzas Beisein.

Er atmete durch. Nur Mut. »Geben Sie mir Ihre Nummer und ich melde mich, wenn ich weiß, wann wir bei Ihnen sein können.«

»Wundervoll, das ist mehr, als ich erwartet habe. Bis dann!«

Erst, als er das Gespräch beendet hatte, fiel ihm auf, dass der vorletzte Satz ein wenig beleidigend gemeint sein könnte.

Das war vielleicht auch besser so. Eine fröhliche Salzhaller war ihm nicht geheuer.

35.

Am späten Nachmittag traf Arie in Mitzas Begleitung bei der Polizeidirektion ein. Saskia war mühelos davon überzeugt worden, den Einkaufsbummel allein fortzusetzen. Einhundertfünfzig Euro und die Erlaubnis, sich davon kaufen zu dürfen, was sie wollte, solange es für die Schule tauglich war, hatten das Ihre getan.

Salzhaller erwartete sie bereits am Empfang und kam ihnen entgegen. »Wollen wir ein paar Schritte am Inn entlanggehen?«

»Warum nicht?«, meinte Arie scheinbar arglos, in Wahrheit erleichtert.

Sofern Mitza sich wunderte, ließ sie sich das nicht anmerken.

Es war windig, aber trocken und einigermaßen mild. Eine Weile gingen sie schweigend nebeneinander, Mitza nervös, Arie neugierig und Salzhaller angespannt.

Endlich ergriff die Inspektorin das Wort. »Ich habe eine Information für Sie, die Sie unbedingt für sich behalten müssen. Habe ich Ihr Wort?«

»Selbstverständlich«, erklärte Mitza im Brustton der Überzeugung.

»Sicher«, ergänzte Arie.

»Wir haben noch gestern Abend Herrn Pirchner von *Potzblitz* aufgesucht und ihn davon überzeugen können, uns die Daten von Magdalena Custode zu geben.« Sie holte tief Luft. »Ja, was soll ich sagen?«

Mitza schaute Arie an, der ratlos mit den Schultern zuckte.

»Ein Einsatzteam der italienischen *Polizia di Stato* hat sie gestern in Triest verhaftet und in Gewahrsam genommen. Sie steht bis jetzt unter Verdacht der Mittäterschaft. Und tatsächlich hat sie noch in dieser Nacht ihre Beteiligung zugegeben, den Mord selbst bestreitet sie. Daran, dass mindestens eine zweite Person beteiligt ist, haben wir allerdings auch keinen Zweifel.«

»Der oder die große Unbekannte«, meinte Arie.

»Was? Eine Mörderin bei uns im Haus?«, rief Mitza entsetzt.

»Eine an einem Mord Beteiligte, Mitza«, korrigierte Arie. Salzhaller blickte ihn belustigt an.

Die Hauswirtschafterin ließ sich nicht beirren. »Aber dann hat sie die Schlüssel vom Grafen genommen, ja? Und das Gewehr gestohlen.«

»Ausgeliehen. Sie hat es ja zurückgebracht.« Arie wandte sich an Salzhaller. »Hatte das einen tieferen Sinn? Sie hätte die Waffe genauso gut irgendwo im Wald vergraben oder liegen lassen können.«

»Das wissen wir nicht. Wir wissen insgesamt noch wenig. Aber ja, sie hat zugegeben, die Schlüssel an sich genommen und das Gewehr aus dem Haus geschafft zu haben. Sie behauptet jedoch, das im Auftrag dieser anderen Person getan zu haben. Wir lassen gerade ihre DNS-Spuren mit denen vergleichen, die wir auf dem Hochsitz gefunden haben, aber das wird dauern. Wir wissen spätestens seit der Untersuchung der Einschüsse auf der Lichtung gestern, dass zwei Personen beteiligt waren.« Sie zögerte. »Magdalena Custode ist etwas kleiner als ich. Sie hätte den toten Felix Bahrenberg unmöglich allein von der Lichtung bis unter das Holz schaffen können.«

Sie blieben stehen, über ihnen der Himmel, vor ihnen der schäumende Fluss, beide im Wettstreit um das schönere Grau. Arie achtete genau auf die Blicke der Inspektorin. Nicht, dass sie ihn wieder ins Spiel bringen wollte.

»Und wer könnte der dieser Komplize sein?«, fragte er schließlich.

»Darüber wissen wir offen gestanden nichts. Haben Sie eine Idee?«

Arie dachte über seine Liste nach. Mario Gamper? Tina oder Tommie Stadler? Am Ende doch Rupert Bittner? Es lag ihm fern, einen haltlosen Verdacht auszusprechen, und so schwieg er.

Salzhaller wandte sich an Mitza. »Während der Vernehmung gab die Verdächtige an, dass sie das Gewehr nicht, wie von Ihnen vermutet, im Putzwagen versteckt hatte. Es scheint ihr Freude zu bereiten, uns da herumraten zu lassen. Deswegen, Herr Daamen, habe ich Sie nach den Überwachungskameras gefragt. Haben Sie noch andere Ideen, wie die Waffe aus dem Haus und wieder zurück gelangt sein könnte?«

»Ja, eine hätte ich tatsächlich«, sagte Mitza zu Aries Überraschung.

Salzhaller nickte. »Nur zu, heraus damit.«

»Der Keller unterm Gutshaus ist ein alter Gewölbekeller, das haben Sie ja gesehen. Da gibt es zur Seite hin eine Falltür, die frühere Kohleschütte. Von innen ist die fest verriegelt, aber das ist ja kein Problem, wenn jemand hinaus will.« Mitza nestelte nervös am Ärmel ihrer Jacke. »Die Diebin könnte die Tür geöffnet und das Gewehr außerhalb des Hauses versteckt haben. An der Hausseite stehen alte, hohe Büsche, und dorthin verirrt sich kaum jemand. Dann verriegelt sie alles wieder und holt das Gewehr zu einem späteren Zeitpunkt ab. Zurück, also wieder hinein, ginge es auf dem gleichen Weg und wäre viel sicherer, als mit der Waffe zwischen den Besenstielen aus der Haustür zu spazieren.«

Arie warf ihr einen erstaunen Seitenblick zu. Von wem hatte er sich gestern erst eine despektierliche Bemerkung anhören müssen, er würde Detektiv spielen?

»Ich habe mir die Falltür angeschaut«, fuhr Mitza fort. »Es könnte sich in letzter Zeit jemand am Riegel zu schaffen gemacht haben. Eigentlich sieht alles aus wie immer, aber es liegt kein Staub drauf, verstehen Sie? Ich sehe so was.«

Salzhaller blickte nachdenklich über den grauen Fluss.

»Ich habe natürlich nichts angefasst«, schob Mitza nach.

Arie trat von einem Bein aufs andere. Zum Herumstehen war es zu kalt.

»Frau Jablonski, würden Sie das meinem Kollegen von der Spurensicherung zeigen? Ganz freiwillig, meine ich. Ich glaube nicht, dass es für einen neuen Durchsuchungsbeschluss langt, aber vielleicht ist das auch nicht nötig?« Sie lächelte.

Die Wölfin fletscht die Zähne, dachte Arie.

»Selbstverständlich«, versicherte Mitza.

»Eine Frage aber noch: Haben Sie rund ums Haus keine Überwachungskameras? Bei so einem großen abgelegenen Anwesen hätte ich einige installiert.«

»Nun, das ist …«, stotterte Mitza. »Es gibt schon rund ein Dutzend auf dem Gelände.« Verlegen blickte sie zu Boden.

Die Inspektorin schnalzte mit der Zunge. »Ich versteh schon. Die Technik ist in die Jahre gekommen, niemand kümmert sich, die Dinger funktionieren nicht mehr. Das Übliche.«

»So ungefähr.«

»Wenn Sie möchten, gebe ich Ihnen gleich die Karte von einem Kollegen, der zu Einbruchssicherung berät. Der kennt sich zwar eher mit Einfamilienhäusern aus, aber das bekommt er schon hin.«

»Auf Gut Bahrenberg lebt ja auch nur eine Familie«, meinte Arie.

Salzhaller ignorierte seine Bemerkung.

»Das ist ja alles ein schöner Schlamassel.« Mitza zog ihre Mütze tiefer ins Gesicht.

»Frau Jablonski, können Sie mir sagen, ob Sie in den Wochen, in denen die Verdächtige bei Ihnen im Haus war, etwas Auffälliges beobachtet haben?«

»Was sollte das sein?«

»Hat sie die Nähe des Grafen gesucht? War sie länger als nötig in seinen Privaträumen? Har sie gar mit ihm gesprochen?«

»Nein, nie. Ich achte darauf, dass Graf Bahrenberg möglichst wenig von unseren Arbeiten mitbekommt. Meistens ist er in seinem Büro oder in der Bibliothek.«

Mitza schien sich bei den Fragen nichts zu denken. Arie dagegen stellten sich die Nackenhaare auf.

Nachdenklich nickte die Inspektorin.

»Was wissen Sie denn darüber, wer sie ist?«, fragte er leise.

»Hatte ich das vorhin nicht erwähnt? Nun, Magdalena Custode ist die Tochter einer Angestellten von Felix Bahrenberg. Sie wurde auf dem Grund und Boden des verstoßenen Grafensohns verhaftet.«

Arie fragte nicht weiter. Angestellte, das glaubte er keine Sekunde. Aber er wollte nicht, dass Mitza ähnliche Schlüsse zog und sich nachträglich Sorgen machte, der Graf oder Lissy könnten in Gefahr gewesen sein.

»Gut, wenn das alles ist?«, fragte Salzhaller, die Augenbrauen wieder einmal bis zum Haaransatz hinaufgezogen, als sollten sie es nicht wagen, sich noch weiter in die Ermittlungen einzumischen und ihr zusätzliche Arbeit zu machen.

Arie versicherte ihr, keine weiteren Fragen zu haben.

»Nein, das war alles«, erwiderte Mitza.

»Gut. Dann kommen Sie mit in mein Büro, Sie geben mir Ihre Nummer, die ich an Mayr weitergebe, den kennen Sie ja schon. Und Sie bekommen dafür die Karte von unserem Sicherheitsberater.«

Ohne eine Erwiderung abzuwarten, stapfte sie voran und drehte sich dann nach einigen Schritten noch einmal um.

»Danke, Ihnen beiden.«
Arie war sicher, sich verhört zu haben.

36.

Es war bereits dunkel, als es an Aries Küchenfenster klopfte. Er öffnete es einen Spalt.

»Hey, die Tina da! Arie, hast du Lust aufs Wirtshaus? Heute wird garantiert nicht gespielt.«

»Komm rein, ich mache dir einen Kaffee.« Dieses Ausweichmanöver verschaffte ihm nur wenige Minuten, das wusste er.

Tina schrieb ihm schon die ganze Woche lang Textnachrichten mit der Frage, ob er mitkäme. Die meisten hatte er ignoriert, auf wenige ausweichend geantwortet. Damit kam er, wenn sie leibhaftig vor dem Haus stand, nicht mehr durch.

Kurz darauf wehte sie mit einem Schwall nächtlicher Kälte in die Stube und erinnerte Arie daran, dass er sich um den Ofen kümmern musste.

»Das ist ja unglaublich! Jessas, wie schön!«, rief Tina unvermittelt aus und stürzte sich auf das Bücherregal.

»Hat eine tolle Tischlerin hergestellt. Die kann ich empfehlen.«

»Du bist mein größter Fan, oder?«

»Könnte sein.« Er trat neben sie und streichelte mit dem Daumen über die rechte Backe des Regals. »Ganz ohne Schmarrn, das ist genau so geworden, wie ich es haben wollte. Du hast ein Kunstwerk geschaffen.« Und eine Erinnerung. Aber die teilte er ungern.

»Oh, Schmarrn, hör ich da richtig? Du fängst noch an, Österreichisch zu sprechen. Sag mal, liest du nur englische Bücher? Das könnte ich nicht. Und Science Fiction? Das hätte ich auch nicht erwartet.«

»Warum denn nicht? Douglas Adams, Philip K. Dick, das sind Klassiker. Ich lese sie im Original, wenn es sich ergibt. Ich habe als kleiner Junge auch viel niederländisches Fernsehen geschaut. Bis auf Kindersendungen wird da nur untertitelt und wenig synchronisiert, da habe ich es ganz nebenbei gelernt.«

»Du kannst mich wirklich immer wieder überraschen.«

Falls der vage Unterton irgendwie anders gemeint war, ignorierte Arie ihn tapfer.

Tina fuhr herum. »Jetzt habe ich fast die neueste Neuigkeit vergessen! Hast du schon gehört, dass sie die Mörderin verhaftet haben? Deshalb meinte ich, dass heute kaum jemand einen Kopf für Bingo-Karten hat.«

Arie bemühte sich nach Kräften, ahnungslos zu wirken. Also war Salzhallers Plan, die Verhaftung noch nicht öffentlich zu machen, krachend gescheitert. An ihm oder Mitza lag es sicher nicht.

»Und jetzt halt dich fest, Arie! Es ist tatsächlich eine von diesen alten Geschichten. Anneliese Kufstein, die die Bäckerei unten an der Kreuzung hat, weißt du, wen ich meine?«

»Natürlich.« Eine, die von Beginn an gesagt hatte, dass es rund um Felix Bahrenberg Frauengeschichten gegeben hatte.

»Der Name der Mörderin ist Magdalena Custode. Die Anneliese wusste sofort, wer das ist. Und jetzt ergibt das auch alles Sinn! Es war Rache. Kalte Rache an einem Mann, der kein Vater sein wollte!«

»Wie bitte?« Jetzt wurde es Arie doch etwas zu melodramatisch. Außerdem war sie laut Salzhaller bisher nur als Komplizin verhaftet, nicht als Mörderin. Er ging zur Anrichte in der Küche und begann, Kaffeebohnen zu mahlen.

»Eine Frau namens Sara Custode ist in den Neunzigern als Aushilfskellnerin nach Innsbruck gekommen und hat dort in einem Luxushotel angefangen zu arbeiten. Das muss die Mutter der Mörderin sein!«

»Der Mordverdächtigen, Tina. Noch sind das alles Gerüchte.«

»Egal. Die Mutter ist jedenfalls aus dem Süden Italiens. Und sie war da gerade mal siebzehn!«

»Das ist erlaubt?«, fragte Arie verwundert. Nicht, weil sie Italienerin war, schließlich gab es das Recht auf freie Wahl des Arbeitsplatzes innerhalb der EU-Mitgliedstaaten schon lange, sondern weil sie noch nicht volljährig gewesen war.

Tina ging gar nicht darauf ein. »Den Gerüchten zufolge soll Felix Bahrenberg Sara Custode bei einer glanzvollen Feierlichkeit kennengelernt haben. Und es kam, wie es kommen musste.«

»Muss es das wirklich?« Arie hatte nie begriffen, wieso. Er hielt den größten Teil der Menschheit wie sich selbst für fähig zur Selbstkontrolle, aber vielleicht unterlag er genau in diesem Punkt einem Irrtum.

Wieder ignorierte Tina seinen Einwurf. »Und jetzt wird es richtig pikant. Angeblich wollte Felix Sara sofort heiraten. Er hatte wohl kein Problem damit. Sein Vater, der alte Bahrenberg, dagegen umso mehr. Ausländerin, aus einfachsten Verhältnissen und auch schon in anderen Umständen, das war zu viel des Guten! Und so kam es zum Bruch!«

Arie nahm zwei Tassen aus dem Schrank und bereitete einen Espresso für sich, einen Verlängerten für Tina zu. »Und wieso ist die Moosacher Flüsterpost plötzlich so gut informiert, wo doch über dreißig Jahre niemand von irgendetwas gewusst haben will?«

Tina druckste ein wenig herum. »Die Anneliese hat wohl eine ganze Menge mitbekommen und nichts gesagt. Sie hat zu der Zeit, als es passiert sein soll, Confiserie an das Hotel ausgeliefert, in dem Sara gearbeitet hat. Sie kannte einige Angestellte dort recht gut. Unter denen ist nämlich ordentlich getratscht worden, aber das ist alles in Innsbruck geblieben und nicht bis nach Moosach gedrungen. Den Rest weiß ich von meiner Mutter. Ich habe sie vorhin direkt angerufen. Sie war zu der Zeit immer noch vertraut mit Felix. Er hat ihr natürlich lange nicht alles gesagt, aber die Lücken konnten wir uns jetzt gemeinsam zusammenreimen.«

Arie reichte ihr die Tasse und löffelte Zucker in seinen Espresso. »Die größte Lücke ist aber immer noch der Mord. Mal angenommen, sie ist wirklich Felix' Tochter. Warum sollte sie ihren Vater erschießen? Und das in dessen alter Heimat vor der Haustür seines Vaters, der längst tot und begraben liegt?«

Und was hatten die Stadlers damit zu tun? Marion Stadler war zu der Zeit noch vertraut gewesen mit Felix Bahrenberg? Wie sehr? War Tina eigentlich bewusst, was sie da gerade gesagt hatte? Und was das, Ruperts Idee folgend, für ihren oder Tommies möglichen Erzeuger bedeuten konnte?

»Ja, fällt dir denn nichts auf?« Sie schaute ihn herausfordernd an. »Guter Kaffee, übrigens.«

»Schwarz, wie meine Seele.« Er trank und wartete.

»Der Nachname: Sara Custode. Die haben nie geheiratet, der Felix und die Sara. Damit war doch das Kind unehelich!«

»Woher willst du das wissen? Es gab schon in den Neunzigern Frauen, die ihren Nachnamen behalten haben.«

Zugleich geisterte ihm eine Aussage der Inspektorin durch den Kopf. Es sei die Tochter einer Angestellten gewesen, die auf dem gräflichen Anwesen festgenommen worden war. War es das? Hatte der verstoßene Felix Bahrenberg der armen Sara erst schöne Augen gemacht und sie dann nur als eine Art gefällige Hausfrau geduldet? Welche Rolle nahm Magdalenas Mutter in dem ganzen Spiel ein? Von ihr war bei Salzhaller keine Rede gewesen. Und zweifelsohne gab es in der Beziehung des reichen Felix

Bahrenberg, der damals mit Mitte dreißig bereits voll im Leben stand, und der minderjährigen Sara aus einfachen Verhältnissen ein deutliches Machtgefälle. Wie anders als sein Vater hatte Felix Bahrenberg wirklich gedacht, wie modern oder antiquiert war seine Haltung zu Frauen, Ehe und Gleichberechtigung gewesen? Tina hatte da schon recht: Falls das alles so oder ähnlich zutraf, war Magdalena ganz sicher nicht nur eine Komplizin, die ein Gewehr besorgt hatte …

Zugleich schob er den Gedanken, Tina selbst könnte an dem Mord beteiligt sein, energisch von sich. Natürlich konnte er ihr nur vor den Kopf gucken, aber sie schien ihre Mutter nicht einmal in Verdacht zu haben, was die *vertrauliche* Beziehung zum verstoßenen Grafensohn anbelangte. Arie traute ihr nicht zu, ihm dieses Ausmaß an Arglosigkeit vorzutäuschen. Blieb Tommie, aber auch das konnte er sich einfach nicht vorstellen.

Salzhaller hatte eine erste Verdächtige. Sie würde auch die zweite oder sogar eine mögliche dritte beteiligte Person finden. Sie machte gute Arbeit.

Auch Tina war mit ihren Überlegungen zu einem Ergebnis gekommen. »Naa, ich glaub nicht, dass die ihren Namen freiwillig behalten hat.«

Sie stellte die leere Tasse auf der Anrichte ab und wandte sich wieder Arie zu. »Ich meine, der Felix mag verstoßen gewesen sein, aber sein Name *Bahrenberg*, ein altes Grafengeschlecht aus Tirol, muss doch da drüben in Triest noch was wert sein. Sie hätten heiraten können, und Sara hätte dann als seine Frau, Magdalena als seine Tochter ein neues Leben anfangen können, die näheren Umstände wären vielleicht niemals herausgekommen. Das ist nicht passiert. Daher bin ich sicher, dass Magdalena sich und ihre Mutter rächen wollte. Und zwar im alten bahrenbergschen Revier. Sie hat ihn hergelockt und dann kaltblütig abgeknallt.« Tina deutete mit beiden Armen an, mit einem Gewehr anzulegen und abzudrücken.

Obwohl sie dabei nur ein leises »Puch« von sich gab, zuckte Arie unwillkürlich zusammen.

»Das ist kein Spaß, Tina«, erklärte er mit rauer Stimme.

Vor zwei Wochen und zwei Tagen hatte sich ihm eine graue Hand inmitten eines Holzstapels entgegengereckt. Und jetzt hatte der Tote einen Namen, und es gab vielleicht eine Mörderin, die in ihrer verqueren Logik gedacht hatte, sie hätte einen Grund, ja, ein Recht darauf gehabt, ihn zu richten. Arie sollte froh sein, dass sich jetzt alles klärte. Stattdessen wurde er traurig.

»Tut mir leid, Arie. Du hast ja recht.«

»Weiß ich.«

»Ich verstehe trotz allem nicht, was diese Magdalena dazu getrieben hat. Sie muss das Gefühl gehabt haben, ein Opfer zu sein. Was denkst du?«

»Tina, noch mal, wir wissen nichts über diese Frau. Und es steht noch gar nicht fest, dass sie wirklich die Mörderin ist und nicht nur eine Komplizin. Du ziehst voreilige Schlüsse.«

»Reichlich unwahrscheinlich, wenn du mich fragst. Ob sie es nun allein getan hat oder nicht, sie hat ein Motiv, da bin ich mir sicher.«

»Ich nicht. Wir wissen nichts über das Leben mit ihren Eltern in Triest, deren Verhältnis zueinander, deren Bekanntenkreis, die Freundschaften, die Emotionen. Wie sehen nur das Ergebnis.«

»Sehr poetisch.« Tinas Lachen verscheuchte die drohende Melancholie. »Aber vielleicht finden wir ja noch etwas heraus. Wie ist es? Kommst du mit zur *Post*?«

»Vielleicht beim nächsten Mal. Aber danke, dass du vorbeigeschaut hast. Jetzt bin ich auf dem Laufenden.« Arie schaffte es, jeglichen Sarkasmus aus seinen Worten herauszuhalten. Andernfalls hätte Tina sich wohl kaum so unbeschwert und gut gelaunt verabschiedet.

Er blickte zu Hermine, die das Gespräch aus ihrem Körbchen aufmerksam verfolgt hatte. »Weißt du, Hermine, der Tod und ich, wir sind nicht gerade die besten Freunde. Deshalb sollte ich mich heute dem Leben widmen, meinst du nicht?«

Hermine schnaufte.

Aber nicht, indem er in einem Wirtshaus mit Menschen feierte, von denen er kaum einmal die Namen kannte. Nein, das Leben war da draußen, unter den Bäumen. Er würde sich warm anziehen und die Nacht im Wald verbringen. Allein mit sich, in stillem Frieden. Manchmal war ihm das genug.

Ein Wochenende im April

37.

Natürlich waren die Gerüchte, die Tina am Freitag überbracht hatte, längst nicht vollständig gewesen. Am Ende des Marktbesuchs am Samstagvormittag klingelten Arie die Ohren, und er wäre nicht traurig gewesen, den Rest des Wochenendes keiner Menschenseele mehr zu begegnen. Mitza war den Gesprächen wesentlich zugewandter, doch sogar sie hatte irgendwann genug und meinte auf dem Rückweg, es fehle nur noch, dass jemand behaupte, Felix Bahrenberg sei von Außerirdischen entführt und bei Experimenten zur Vaterschaft gezwungen worden.

Ganz so absurd waren die meisten Behauptungen zwar nicht, dennoch sträubten sich Arie bei so mancher Aussage die Haare.

Vergeblich hielt er dagegen, dass die Verhaftete nicht allein gehandelt haben und nur eine Komplizin sein könne. Selbst wenn Magdalena Custode möglicherweise eine Tochter des Opfers war, machte sie das noch lange nicht zur Mörderin. Diese Vorverurteilung weckte in ihm bittere Erinnerungen.

Doch für die Menschen in Moosach war die Sache eindeutig und der Fall gelöst. Plötzlich wussten es alle, und vor allem wussten es alle besser, was die Tochter des jüngeren Grafen Bahrenberg dazu getrieben hatte, ihren Vater zu erschießen.

Gier wurde ins Spiel gebracht, und dass die Mörderin alles hatte erben wollen. So wurde diskutiert, was sie für den Nachweis der Vaterschaft tun müsse und ob sie sich auch Gut Bahrenbergs hatte bemächtigen wollen. Immerhin dieser Verdacht war den meisten dann doch zu absurd.

Schließlich hätte Magdalena Custode für das Anwesen zur Serientäterin werden und die gesamte Familie auslöschen müssen.

Unehelich wäre sie gewesen, das sei ja mal sicher. Zwei alte Marktverkäuferinnen wagten es kaum, das Wort auszusprechen, bekreuzigten sich und kreuzten noch zusätzlich die Finger zum Zeichen gegen das Böse.

Andere wollten gewusst haben, dass Sara Custode das Kind hätte *wegmachen* lassen sollen, so habe es der alte Graf Bahrenberg verlangt. Dabei wurden Umschreibungen verwendet, dass Arie beinahe erwartete, gleich käme die Rede auf verbogene Stricknadeln und Engelmacherinnen. Er, dessen Vater aus einem mehr als liberalen Land stammte, fragte irgendwann nach, ob denn ein Schwangerschaftsabbruch in den neunziger Jahren in Österreich noch illegal gewesen sei. Das wurde ihm verneint, aber die Rhetorik der meisten blieb in der Ausdrucksweise des finstersten Mittelalters.

Ein Zusammentreffen mit Hannes und Amelie vom Wirtshaus war das Einzige, bei dem Arie einen Gedanken hatte, der der Polizei vielleicht weiterhelfen konnte. Er fragte Amelie nach dem italienischsprachigen Paar, das sie im Wirtshaus beim Briefeschreiben beobachtet hatte und von denen immerhin einer an den Grafen adressiert gewesen war. Könnte es sich um die Verdächtige und ihren Komplizen – besser gesagt, den tatsächlichen Mörder? – gehandelt haben? Und Amelie erinnerte Arie daran, dass sie ja sogar noch je einen Bogen und Umschlag von dem Papier habe. Zum Vergleich und nur für den Fall. Vermutlich war es nur ein dummer Zufall, aber das sollte Salzhaller entscheiden. Er bat Mitza um die Visitenkarte, die sie von der Inspektorin bekommen hatte, und gab diese an die Wirtsleute weiter. Sie versprachen, dazu eine Aussage zu machen, schaden könne es ja nicht.

»Eine angebliche Familienzusammenführung?«, fragte er später im Auto an Mitza gewandt, die am Steuer saß.

Sie brummte skeptisch. »In all den Jahren hat der Graf seinen Bruder nicht einmal erwähnt. Ich würde behaupten, dass er kein allzu großes Verlangen danach hatte, Felix wiederzusehen.«

»Was aber nichts darüber aussagt, ob der kleine Bruder ebenso wenig Interesse hatte. Oder ob ihn die Möglichkeit, in den Schoß der Familie zurückzukehren, so sehr gereizt hat, dass er zu einem vermeintlichen Treffen mit seinem Bruder angereist und stattdessen seiner Mörderin begegnet ist.«

Mitza lachte laut auf.

»Was habe ich denn jetzt gesagt?«

»Arie, du hast dich vorhin noch beschwert, dass sie alle so geschwollen dahergeschwatzt haben. Aber diese Formulierung? Tut mir leid, das klang gerade gar nicht nach dir. Ich glaub, das ganze Gerede hat auf dich abgefärbt.«

»*Dat kan.*«

»Ein gutes Schlusswort. Passt.«

Ein Montag im April

38.

Arie traute seinen Augen kaum, als er um kurz vor elf Uhr am Gutshaus eintraf, weil ihn Graf Bahrenberg zu einer Besprechung einbestellt hatte. Auf der Freitreppe vor dem Eingang wartete Inspektorin Salzhaller in einem schwarzen Hosenanzug und einer weißen Bluse. Sie ging unruhig auf und ab, als wäre sie die Gräfin auf diesem Anwesen, die hohen Besuch erwartete.

Und dann kam da doch nur der unrasierte blonde Förster in einem alten Armeeparka mit Camouflage-Muster, schmutziger Outdoorhose und Wanderstiefeln, auf denen Schlamm trocknete.

»Servus. Lange nicht gesehen«, grüßte er vom Fuß der Treppe zu ihr hinauf. Ihre Bluse hatte sogar Umschlagmanschetten, und im Ausschnitt blitzte eine goldene Kette mit Anhänger auf.

Sie zuckte zusammen, schien ihn nicht bemerkt zu haben, obwohl er sich unübersehbar genähert hatte. »Endlich. Kommen Sie rein, ich habe nicht allzu viel Zeit.«

»Ins Büro des Grafen?«

»Richtig.«

»Gehen Sie vor, ich wechsle gerade noch die Schuhe.«

Die Inspektorin nickte und verschwand ins Haus.

Kurz darauf betrat Arie das Büro – nicht den mit zweckmäßigen hellen Möbeln eingerichteten Raum, der Kevins Reich war, sondern das mit dunklen Kirschbaummöbeln und dicken Teppichen ausgestattete Arbeitszimmer des Grafen, in dessen Zentrum sich ein wuchtiger, dreihundert Jahre alter Schreibtisch befand. Dahinter stand die Inspektorin und blickte ihm ungeduldig entgegen. Drei Stühle waren davor aufgebaut. Kevin und Graf Bahrenberg warteten vor einem deckenhohen Bücherregal.

»Was wird das?«, raunte Arie Kevin ins Ohr, während sie sich setzten. »Testamentseröffnung?«

»Wüsste ich auch zu gern. Sie hat sich heute morgen unverhofft angekündigt. Gut, dass du da bist, sie meinte, es betrifft dich und den Grafen ganz besonders.«

»Richtig zusammengefasst, Herr Burgner«, befand Salzhaller.

Sie hatten sich gar nicht bemüht, besonders leise zu sprechen, dennoch fühlte Arie sich kurz wie früher in der Schule, wenn er beim Schummeln erwischt worden war. Ihm glühten sogar ein wenig die Ohren. Sie setzten sich.

Salzhaller nahm den Platz hinter dem Schreibtisch ein. »Meine Herren, ich mache es kurz. Es wird heute um vierzehn Uhr eine offizielle Pressekonferenz geben. Landespolizeidirektor Obermoos … er lässt Sie übrigens fein grüßen, Herr Bahrenberg. Er wäre gern persönlich gekommen, aber die gute Vorbereitung ist dringlich.«

»Danke sehr. Richten Sie ihm ebenfalls meine Grüße aus.« Er pochte einmal mit dem Stock auf den Holzboden.

»Also, der Landespolizeidirektor geht davon aus, dass im Anschluss die Presse wie eine Heuschreckenplage über Gut Bahrenberg herfallen wird. Also insbesondere über Sie, Herr Bahrenberg, und Sie, Herr Daamen. Ich bin hier, um Ihnen vorab die Inhalte mitzuteilen, damit Sie sich vorbereiten können. Was Sie denen dann sagen, ober ob Sie überhaupt mit der Presse reden, das ist mir gleich.«

Gut gelaunt wandte sich der Graf an Kevin. »Ich habe so etwas erwartet, die Spatzen pfeifen es in Moosach bereits von den Dächern. Und deshalb sind Sie hier: Haben Sie Lust auf eine Erweiterung Ihres Jobprofils als mein Pressesprecher?«

»Tja. Äh.« Kevin zupfte an seinem Krawattenknoten herum.

Arie wandte sich an die Inspektorin. »Und wieso ich?«

»Weil Sie die Leiche gefunden haben, natürlich. So Presseheinis wollen das immer aus erster Quelle. Offen gestanden wundert es mich, dass noch niemand bei Ihnen aufgekreuzt ist. Aber vielleicht haben die Sie bisher nur verpasst. Sie sind ja bisweilen recht schwer zu erreichen.«

Arie war nicht scharf darauf, dass sich daran etwas änderte. Ob er sich für ein paar Tage auf die Schutzhütte zurückziehen könnte? Die hatte immer noch geschlossen.

»Gut.« Graf Bahrenberg wedelte auffordernd mit der Hand. »Unser aller Zeit ist knapp. Was haben Sie uns zu erzählen?«

»Eine ganze Menge, wie es ausschaut. Zunächst einmal gibt es inzwischen keinen Zweifel mehr daran, dass es sich bei der Verdächtigen Magdalena Custode um eine Tochter von Felix Bahrenberg handelt. Im Haus in Triest wurden Unterlagen sichergestellt, aus denen hervorgeht, dass es einen positiven Vaterschaftstest gibt. Da Custode im Haus wohnte, war es für sie sicher nicht schwer, an ein paar Haare oder ähnliches heranzukommen. Wir haben zusätzlich weitere Tests in Auftrag gegeben, die Ergebnisse stehen noch aus. Ich bin mir aber sicher: Die Tatverdächtige ist Ihre Nichte, Herr Bahrenberg.«

Er nickte, das Gesicht starr wie eine Maske.

»Weiterhin hat uns Herr Pirchner, der Inhaber von *Potzblitz*, noch mal geholfen. Sie hatten vollkommen recht, Herr Daamen, die Chemikalien sind aus seinem Giftschrank gestohlen worden. Zum Glück scheint sich die Diebin, nämlich mutmaßlich Magdalena Custode, nicht sehr genau ausgekannt zu haben, denn vor allem bei der Flusssäure war es bereits eine stark verdünnte Konzentration, die für Fassadenreinigungen verwendet wird.« Sie stockte kurz.

»Die Idee dazu hat unserer Verdächtigen vermutlich ihr Komplize eingeflüstert. Wir wissen inzwischen aus den Vernehmungen, dass es sich um einen Mann handeln muss, vielleicht sogar um ihren Liebhaber. Es scheint, dass dieser bisher Unbekannte vor ein oder zwei Jahren hier in der Gegend gewesen ist und von Gut Bahrenberg erfahren hat. Er stolperte über den Namen und erzählte seiner Freundin davon. Sie behauptet, bis dahin nichts von einem österreichischen Zweig der Familie gewusst zu haben. Es hieß wohl immer, die Familie residiere bereits seit Jahrhunderten in Triest.«

»Nun, gelogen ist das eigentlich nicht.« Der Graf wählte seine Worte sorgfältig. »Das Haus dort ist so alt wie dieses und war von Beginn an der Sommersitz der Bahrenbergs. Meine Vorfahren haben jedes Jahr Monate dort verbracht.«

Arie beobachtete seinen Dienstherrn, der aufrecht und konzentriert dasaß, die Hände um den Greifen des Gehstocks gelegt, und vollendet aristokratische Haltung bewahrte.

»Gut. Das Folgende ist noch Spekulation und nicht Teil des offiziellen Protokolls.« Salzhaller hob die Augenbrauen.

Kevin schien über ihren finsteren Blick erschrocken, Arie gewöhnte sich allmählich daran.

»Es sieht ganz so aus, als wäre Sara Custode für Felix Bahrenberg nicht mehr als eine … sagen wir mal, praktische Arbeitskraft gewesen. Ihre Tochter Magdalena behauptet, ihr Vater habe der Mutter wenig Zuneigung entgegengebracht. Diese wiederum, mit kaum achtzehn schwanger und bereits von diesem Mann abhängig, hat es nicht geschafft, sich von seinem Einfluss zu lösen.«

»Was ist denn überhaupt mit ihr?«, platzte Arie heraus. »Welche Rolle spielt sie heute in der ganzen Geschichte?«

»Keine mehr.« Salzhaller, plötzlich ungewöhnlich betroffen, schüttelte den Kopf. »Sie kam vor acht Jahren bei einem Badeunfall ums Leben. Wenn ich das richtig verstanden habe, gibt es um Triest herum an der Adria-küste ein paar gefährliche Steilstücke. Von dort soll sie ins Meer gestürzt und zu Tode gekommen sein. Und bevor Sie weiterfragen, Herr Daamen: Damals war sich die italieni-sche Polizei sicher, dass es sich um ein tragisches Unglück handelt. Nach einzelnen Aussagen Magdalena Custodes gibt es daran inzwischen Zweifel. Der Fall wird diese Wo-che noch neu aufgerollt. Und diese letzte Information ist in Absprache mit meinem Kollegen in Triest wiederum offi-ziell.«

»Und das Mädchen?«, fragte der Graf schockiert. Er schien die letzten Worte gar nicht vernommen zu haben. »Wie hat Felix seine Tochter behandelt? Wenn die Mutter für ihn nicht mehr war als eine … Putzfrau?«

Vermutlich dazu noch eine, die ihm das Bett warmhielt, dachte Arie angewidert. Und für das alles hatte er sie nicht etwa entlohnt, weder mit Geld noch mit seinem Namen, der ihr, wie Tina ganz richtig bemerkt hatte, wenigstens einen Status und gesellschaftliches Ansehen verschafft hätte. Er hatte Sara Custode kleingehalten und ihr nichts gegeben. Die arme Frau.

Arie ahnte bereits, dass die Antwort in Bezug auf die Tochter nicht viel besser ausfallen würde.

Salzhallers nächste Worte bestätigten seine Befürchtung. »Anfangs war er dem kleinen Mädchen wohl noch sehr zugetan. Aber je älter sie wurde, desto mehr verlor er das Interesse. Was sich dann in der Familie zugetragen hat, als Magdalena alt genug war, um zu begreifen, in was für einer Art Abhängigkeit sie und ihre Mutter sich befanden, dar-über kann ich nur spekulieren.«

»Es muss ausgereicht haben, um sie zur Mörderin zu machen«, fasste Arie zusammen, was sie vermutlich nicht aussprechen wollte. »Oder war es ihr Freund? Hat der sie auf diese Idee gebracht, den Vater für das, was er ihr und ihrer Mutter angetan hat, zu richten? Wer von beiden hat geschossen?«

Salzhaller richtete sich auf und wurde geschäftig. »Das herauszufinden wird Sache der Staatsanwaltschaft sein. Custode hat das Gewehr, Flusssäure und Natronlauge beschafft. Sie und eine zweite Person waren auf dem Hochsitz, beide haben die Leiche angefasst, vermutlich getragen. Die Spuren werden zum Teil noch ausgewertet, aber da sind wir mit den bisherigen Beweisen bereits auf der sicheren Seite.«

»Weiter, bitte«, sagte der Graf. Er bewahrte die Fassung, doch um die Nase herum war er eine Spur blasser geworden.

Kevin hingegen hatte beschlossen, einfach zuzuhören. Eine kluge Entscheidung, fand Arie. So schwieg auch er.

»Wir wissen, dass die beiden ausführliche Schießübungen gemacht haben. Das wunderte mich übrigens, Herr Daamen. Ist denn niemandem etwas aufgefallen? Keine Wandergruppen, die sich über stundenlange Schießereien im Wald beschwert haben?«

»Um diese Jahreszeit ist da außer mir kaum jemand unterwegs. Das war ja im März, da müsste noch reichlich Schnee gelegen haben.«

»Wie auch immer. Es scheint, dass der ursprüngliche Plan war, die Leiche mit den Chemikalien aufzulösen. Das haben sie an den Tierkadavern ausprobiert, funktionierte aber nicht wie erwünscht. Deshalb haben sie die Leiche wohl anderswo entsorgen wollen. Wo und wie, entzieht sich meiner Fantasie. Sie haben nämlich unterwegs Streit bekommen, und der Mann ist abgehauen. Custode hat den Toten dann in der Not beim Holzhaufen verscharrt. Sagen Sie, kann ich vielleicht ein Glas Wasser haben?«

»Selbstverständlich. Kevin? Könnten Sie Ihr Jobprofil für einen Moment auf das des Kellners erweitern?«

»Sofort, Herr Graf.«

Arie staunte. So viel Humor hätte er seinem Dienstherrn gar nicht zugetraut.

Salzhaller räusperte sich und sprach nach einem Blick auf die Uhr bereits weiter. »Lassen wir die Leiche für einen Augenblick unter dem Holzstapel und kehren noch einmal zurück zu dem Zeitpunkt, an dem unser liebenswürdiges Pärchen den Mord geplant hat. Herr Bahrenberg, haben Sie vielleicht vor drei oder vier Wochen einen merkwürdigen Brief bekommen, in dem Sie zu einem Treffen im Wald eingeladen worden sind?«

»Treffen … Einladung in den Wald? … Ich bekomme hin und wieder … nicht ständig … aber was hat das denn mit meinem Bruder zu tun?«

Kevin kam mit zwei Flaschen Mineralwasser und vier Gläsern zurück, füllte und verteilte sie. Seine Bewegungen waren fahrig. Arie konnte es ihm nicht verdenken, am Ende fasste alle auf dem Gut die ganze Sache an.

»Sie haben einen äußerst aufmerksamen Waldhüter, Herr Bahrenberg. Ihm ist es zu verdanken, dass wir ein weiteres Puzzleteil in den perfiden Mordplan einfügen konnten. Amelie Braun, Kellnerin und Wirtin in spe, hat nämlich eines Abends ein italienischsprachiges Pärchen im Wirtshaus *Zur Post* dabei beobachtet, wie die beiden einen Brief adressiert haben.«

»Naa, verdanken tun Sie das der Amelie«, stellte Arie richtig. »Ich habe sie lediglich davon überzeugt, eine Aussage bei Ihnen zu machen.« Sein Anteil an dieser Sache war groß genug, da musste die Inspektorin das nicht noch aufbauschen.

Sie ignorierte den Einwurf. »Nach allem, was wir bisher wissen, fragen wir uns, ob Sie ebenfalls eine Einladung zu einem Abend auf die Lichtung bekommen sollten. Oder bekommen haben?«

»War die Frau etwa Magdalena Custode?«, fragte Arie dazwischen, bevor der Graf antworten konnte.

»Sieht ganz so aus.« Salzhaller nickte. »Die Wirtsleute haben sie auf einem Foto wiedererkannt. Von ihrem Begleiter gibt es ein Phantombild, das wir im Rahmen der Pressekonferenz veröffentlichen. Ich zeige es Ihnen gleich, gehe jedoch nicht davon aus, dass Sie wissen, wer dieser Herr ist. Vermutlich ist er damals als Paketbote oder Lieferant zufällig hier vorbeigekommen. Magdalena Custode schweigt zu all dem stoisch, aber irgendwer wird ihn erkennen, das ist nur eine Frage der Zeit. Also, Herr Bahrenberg, haben Sie Post von unserem Pärchen erhalten?«

Hilflos schaute der Graf seinen Verwalter an. »Kevin, erinnern Sie sich an so einen Brief?«

»Na ja, hin und wieder bekommen wir solche angeblich private Korrespondenz. Ich erinnere mich an einen dicken gefütterten Umschlag mit dem handgeschriebenen Vermerk: *Graf Alexander Augustus Bahrenberg – persönlich –* keine Marke, kein Stempel, er muss also hier eingeworfen oder abgegeben worden sein. Ich habe ihn nur überflogen, es war irgendeine romantische Prosa, ziemlich lang. Den Brief habe ich wie alles andere in die Unterschriftenmappe gelegt. Das ist ein paar Wochen her.«

Bei der Beschreibung hatte Salzhaller sich steil aufgerichtet, wie ein Murmeltier, das Gefahr aus der Luft in Form eines Adlers befürchtet.

Sogar Arie reckte neugierig den Hals. »Abgegeben oder einfach an einem Donnerstag während der Reinigungsarbeiten auf den Schreibtisch gelegt.« Die Erinnerung an Mitzas Erklärungen, wer die Dokumente beim Ablegen wie ausrichtete, schoss ihm in den Kopf. Wie hätte Magdalena Custode den Brief dort abgelegt?

Salzhaller Augenbrauen verschwanden wieder unter ihren Ponyfransen.

Arie lächelte sie freundlich an und sagte nichts weiter. Sie war klug genug, ihre eigenen Schlüsse zu ziehen.

»Kevin«, sagte der Graf. »Dann holen Sie doch bitte die blaue Unterschriftenmappe aus Ihrem Büro. Dieser Brief müsste noch darin liegen.«

»Ihr Verwalter öffnet Briefe, auf denen *persönlich* steht?«, fragte die Inspektorin verblüfft.

»Selbstverständlich tut er das. Sie wollen gar nicht wissen, was mir alles geschickt wird, das ich unbedingt nur ganz persönlich lesen soll.«

»Wenn ich's recht bedenke, will ich das wirklich nicht.«

»Um die Geschäftspost kümmert Kevin sich ohnehin und die angeblich private Korrespondenz ist es in Wahrheit meistens nicht. Herr Burgner genießt mein absolutes Vertrauen. Wie im Übrigen alle meine Angestellten.«

Kevin kehrte mit der gewünschten Mappe zurück und blätterte auf Anweisung des Grafen bis ganz nach hinten.

»Ja, das ist der Brief, den ich meinte«, sagte Kevin.

»Lassen Sie sehen.« Salzhaller sprang auf.

Auf einer der letzten Seiten war ein Briefbogen samt Umschlag eingelegt.

»Nicht anfassen!«

Kevin schaute auf. »Aber ich habe ihn damals angefasst. Meine Spuren finden Sie darauf, hundertprozentig.«

»Was steht denn jetzt drin?«

Zu viert beugten sie sich über die Mappe. Ein schwülstiger Text über die Schönheit des Grafen, seine Intelligenz und Männlichkeit stand dort in ordentlicher Handschrift geschrieben. Er endete mit der Aufforderung: *Schönster, gib mir eine Chance. Ich verzehre mich nach dir! So möchte ich dich beim nächsten Vollmond auf der Lichtung mit dem Hochsitz treffen. Um acht Uhr, wenn es dunkel ist. Gib mir eine Chance, Liebster. Du wirst es nicht bereuen.*

Salzhaller schnaubte amüsiert.

»Das ist doch KI-generiert«, meinte Kevin. »Das ist so drüber, das kann sich kein normaler Mensch ausdenken.«

Arie stimmte ihm zu. Zumal Magdalena laut Mitza nicht sehr gut Deutsch sprach. Sie wäre niemals zu solch geschwollenen Sätzen imstande gewesen. Und ihr Freund vermutlich auch nicht, sofern er sich an Amelies Erzählung über das italienischsprachige Paar erinnerte.

Der Graf blickte sie der Reihe nach an. »Und verstehen Sie jetzt, warum ich das nicht ernst genommen und vergessen habe? Das ist doch lächerlich! Würden Sie dahin gehen und möglicherweise einer ... liebestollen Dame begegnen wollen? Die meisten Briefe dieser Art sind übrigens Heiratsangebote.«

»Ihr Bruder hat, was immer ihm geschrieben wurde, ernst genommen. Er ist hingegangen«, sagte Salzhaller nachdenklich.

»Was soll ich Ihnen dazu sagen? Ich habe ihn vor über dreißig Jahren das letzte Mal gesprochen. Was weiß denn ich, auf was er reingefallen ist?« Zum ersten Mal erhob Graf Bahrenberg die Stimme.

Weil ihm vermutlich, genau wie Arie in diesem Moment, bewusst wurde, dass er jetzt auch tot sein könnte, wenn er der Aufforderung in jener Nacht gefolgt wäre.

Niemand sagte etwas. Die Inspektorin zuckte mit den Fingern und schaute abermals auf ihre Armbanduhr. Da fiel Arie überhaupt erst auf, dass sie eine trug, und zwar keine smarte Fitnesswatch, sondern eine analoge, die einfach nur die Zeit anzeigte und sonst nichts. Ein ungewohnter Anblick und obendrein eine nutzlose Beobachtung.

»Warum?« Der Graf holte ihn aus seinen Gedanken. »Ich habe ihr doch nichts getan. Ich kannte sie nicht. Ich wusste nicht einmal, dass sie existierte, weder sie noch ihre Mutter. Ich kann nichts für das, was mein Bruder in all den Jahren falsch gemacht hat. Ich habe nichts getan.«

Vielleicht war genau das der Fehler gewesen, dachte Arie, sprach es jedoch aus Rücksicht nicht laut aus. Sein Dienstherr haderte gerade sichtlich mit dem, was geschehen war, damals wie heute.

»Nichtstun ist in diesem Fall nicht strafbar, Herr Bahrenberg.« Falls Salzhaller über ein ähnliches Gespür verfügte, verdrängte sie es gekonnt. »Magdalena Custode hat das anders gesehen. Vielleicht sollten Sie bei nächster Gelegenheit gründlicher darüber nachdenken, ob Sie wirklich nichts tun wollen.«

Dem Grafen entglitten die Gesichtszüge. Er ließ sich rücklings auf seinen Stuhl sinken.

»An Ihnen ist wirklich eine Motivationstrainerin verloren gegangen«, stellte Arie fest.

»Ich bin für die strafbaren Handlungen zuständig, nicht für die, die nur moralisch verwerflich sind.« Salzhaller schien längst mit ihren Gedanken woanders. Sie tippte auf die Unterschriftenmappe. »Darf ich den Brief mitnehmen? Hätten Sie einen Plastikbeutel oder wenigstens eine Klarsichthülle, Herr Burgner?«

»Sie sind uns noch den Rest der Geschichte schuldig.« Arie verschränkte die Arme. »Was ist passiert, nachdem die beiden sich gestritten und der Unbekannte Magdalena mit der Leiche allein im Wald gelassen hat?«

»Ach ja.« Die Inspektorin warf einen Seitenblick auf den Grafen, der vornübergebeugt auf seinen Stock gestützt dasaß und auf seine Schuhspitzen starrte.

»Dass Sie, Herr Bahrenberg, nicht gekommen sind, war vermutlich das erste große Problem, der Streit zwischen den beiden das zweite. Soweit ich das verstanden habe, wollte Magdalena Custode danach tatsächlich, dass die Leiche gefunden wurde. Das war ihr spontan ersonnener Plan B in jener Nacht. Sie hat das Gewehr zurückgebracht und wollte dafür sorgen, dass Alexander Bahrenberg der Mord an Felix

Bahrenberg zur Last gelegt wird. Ob ihr das gelungen wäre? Naa ja, ich denke nicht. Sie scheint nach der Entdeckung der Leiche arg den Kopf verloren zu haben, denn mit ihrer fristlosen Kündigung hat sie Sie, Herr Daamen, erst auf sich aufmerksam gemacht. Und weil es hier sehr aufmerksame Menschen gibt, wäre sie nicht unentdeckt davongekommen.«

Sie nickte Arie zu, als wären sie Verbündete. Danach verabschiedete sie sich. Kevin nahm die Unterschriftenmappe mit und begleitete sie hinaus.

»Lassen Sie mich bitte einen Augenblick allein, Arie.«

»Kann ich etwas für Sie tun?«

»Nein.« Der Graf seufzte tief auf. »Sie hat ja recht. Eine garstige Frau, aber sie hat recht. Ich hätte auf meine Tante Sibille hören und mich um Felix kümmern sollen. Schon vor Jahren. Dann hätte ich von dieser unglücklichen Frau und ihrer Tochter erfahren. Ich habe es nicht gewusst. Aber es hätte nicht so weit kommen müssen.«

Ausnahmsweise wusste Arie nichts zu sagen. Die Gesamtheit der Erkenntnisse in der letzten Stunde war zu viel des Guten.

»Gehen Sie, Arie. Bitte.«

Arie ging. Doch er blieb in der Nähe, bis Mitza ins Haus zurückkehrte, um ihr einzuschärfen, ein Auge auf den Grafen zu haben. Warum, sagte er ihr nicht. Sie würde früh genug davon erfahren und bis dahin sicherlich tun, worum er sie gebeten hatte.

Er kannte seinen Dienstherrn nicht gut genug, um vorherzusehen, welche Konsequenzen der alte Mann aus diesen Enthüllungen zog. Eigentlich glaubte Arie nicht, dass er zu melodramatischen Kurzschlussreaktionen neigte. Dennoch fand er den Gedanken erleichternd, dass die Waffen, die in der Vergangenheit auch dazu gedient haben mochten, manch zweifelhafte Ehre eines Bahrenberg zu bewahren, noch in der Asservatenkammer der Polizei lagerten.

39

A rie! Kann ich mit dir reden?«
Erschrocken zuckte er zusammen und blickte verdutzt auf Saskia, die wie aus dem Nichts am Eingang in der Halle vor ihm aufgetaucht war, auf dem Rücken noch ihren Schulrucksack, eine Mütze und ein Blatt Papier in den Händen. Er war völlig in Gedanken und froh gewesen, endlich nach Hause zu kommen, nachdem Mitza und auch Kevin ihm versichert hatten, sich um Graf Bahrenberg zu kümmern, falls ihm Salzhallers Enthüllungen doch mehr zu schaffen machten, als sie alle ahnten.

»Saskia, was gibt es? Ist die Schule schon aus?«

Mit einer fahrigen Geste hielt sie ihm das Blatt Papier vors Gesicht. »Meinen die das ernst? Die Polizei? Das ist … kann … nicht … unmöglich!« Ihre Stimme brach, sie schien den Tränen nahe zu sein.

Behutsam nahm Arie ihr das Blatt aus der Hand und betrachtete die schwarz-weiße Zeichnung eines dunkelhaarigen Mannes um die dreißig. Auf dem Bild trug er einen schmalen Schnauzbart. Die Augenbrauen waren etwas buschiger, die Nase ein wenig größer geraten als in der Realität. Dennoch erkannte er sofort, wen er vor sich hatte. Amelie und Hannes hatten eine treffende Beschreibung geliefert.

Er hob das Blatt. »Ist das das Phantombild, das die Inspektorin veröffentlichen lassen möchte?«

»Ja!« Saskia schob die Unterlippe hervor.

»Kennst du den Mann?«

»Ja, natürlich!« Ihre Wangen glühten, und sie senkte den Blick zu Boden.

Arie wurde ganz anders. Da steckte doch hoffentlich nicht mehr hinter diesen Worten?

»Wobei er gerade mal meinen Namen behalten hat, wenn ich Glück habe«, fügte sie zu seiner Erleichterung hinzu. »Er hat mich ja nie beachtet. Aber du erkennst ihn auch, oder nicht? Er hat doch nichts … ich wollte nur …! Das kann nicht sein! Das darf einfach nicht sein!«

Er nickte verständig. Bei diesen Worten erinnerte er sich, wie er sich letzten Sommer mehrmals darüber gewundert hatte, weil Saskia sich im Garten des Gutshauses herumtrieb. Sie war ihm bis heute nicht sonderlich an der Arbeit im Grünen interessiert erschienen. Und das war sie auch ganz offensichtlich nicht. Vielmehr hatte sie aus der Ferne einen von Walters Gehilfen angeschmachtet.

»Weißt du, wo er ist?« Arie tippte auf das Bild.

»Da sind vorhin drei Aushilfen von der Gärtnerei gekommen. Sie wollen am Seerosenteich kaputte Stauden ersetzen.«

»Und er war dabei?«

Saskia nickte mit elender Miene.

»Gut. Darf ich das behalten?« Er wedelte mit dem Blatt. »Ich werde die Inspektorin anrufen. Du machst nichts, geh zu deiner Mutter, ja?«

»Meinst du wirklich, er hat diesen Toten erschossen?«

Arie verkniff sich dieses Mal die Richtigstellung. Saskia ging es schlecht genug. »Das herauszufinden ist Sache der Polizei«, erklärte er sanft. »Aber wenn er das auf dem Bild hier ist, wird er einiges erklären müssen. Jetzt geh.« Mit dem Telefon schon in der Hand wartete er, bis Saskia mit hängenden Schultern Richtung Wohnung getrottet war. Dann wählte er Salzhallers Nummer.

»Was?«, meldete sie sich. Im Hintergrund waren Fahrgeräusche zu hören.

»Wenn Sie etwas Glück haben, kann ich Ihnen einen möglichen Komplizen von Magdalena Custode anbieten. Frau Jablonskis Tochter hat auf dem Phantombild einen der Gärtnergehilfen erkannt.«

»Wie bitte? Wer ist es? Glauben Sie ... Könnte es sein?«

Arie holte tief Luft und zögerte kurz. Er blickte abermals auf das Bild. Eigentlich hatte er keinen Zweifel. »Ja, ich denke schon. Es ist Roman Sladic. Er arbeitet bei der Gärtnerei Oberkirchner und hilft hier die zweite Saison unserem Gärtner.«

»Er arbeitet auf Gut Bahrenberg? Immer noch? Heißt das, er ist bei Ihnen?«

»Am Seerosenteich, richtig. Im Gegensatz zu seiner Freundin hat er die Nerven behalten und nach der Entdeckung der Leiche weitergemacht wie bisher.« Und den Garten des Jagerhüttls gerodet, wurde Arie schmerzhaft bewusst. Seinen Garten. Wenn er es recht betrachtete und die Vermutung stimmte, hatte er dem jungen Mann doch seine eigene Verhaftung an jenem Tag zu verdanken. Was für eine bittere Ironie.

»Wir kommen!« Ihre Stimmte wurde etwas leiser. »Lottermoser, drehen Sie um, sofort!« Dann sprach sie wieder ins Telefon. »Herr Daamen, ich weiß, das ist viel verlangt, aber könnten Sie den Verdächtigen im Auge behalten? Nur für den Fall, dass wir nicht rechtzeitig kommen.«

»Mir wird schon was einfallen. Ich werde mit dem Gärtner über Eichhörnchen fachsimpeln.«

»Schon recht. Bis gleich!«

Ein Freitag im Mai

40.

An einem Freitagnachmittag zwei Wochen darauf hatte Inspektorin Salzhaller Arie abermals nach Innsbruck bestellt. Ganz respektvoll, beinahe freundlich, hatte sie ihn um einen Termin gebeten. Wie beim Treffen zuvor mit ihm und Mitza hatte sie vorgeschlagen, am Ufer des Inn entlangzuspazieren, während sie ihm noch ein paar letzte Fragen stellen wollte, wie sie einleitend erklärte. Arie ahnte durchaus, worum es ihr ging, und es hatte nichts mit dem Mord an Felix Bahrenberg zu tun. Er wollte es von ihrem Verhalten abhängig machen, ob sie es verdiente, mehr zu erfahren, als sie von Amts wegen über ihn wissen musste.

Der Inn schäumte grau und wild durch sein Bett, als wolle er beweisen, dass er doch noch etwas von der Kraft des wildes Gebirgsflusses besaß, den die Menschen versuchten zu zähmen. Die Fassaden der bonbonfarbenen Häuser hoben sich umso intensiver davon ab.

Salzhaller hatte ihren Anorak bis oben hin geschlossen und den Kragen aufgestellt. Beide Hände hatte sie in den Hosentaschen vergraben, die Schultern hochgezogen. Sie erinnerte Arie an ein Murmeltier, das noch misstrauisch war, ob der Frühling nun wirklich in sein Revier ziehen würde.

Dabei war es gar nicht so kalt. Er hatte eher den Eindruck, dass in den kommenden Stunden ein föhniger Wind ins Tal drücken würde, aber er lebte noch nicht lange genug hier, um das Wetter und die Wolkenformationen verlässlich deuten zu können.

Salzhaller blieb stehen und blickte über den Fluss hinweg

in den blauen Himmel. Die mächtigen Gipfel waren noch schneebedeckt. »Es gibt Föhn. Merken Sie das?«

»Ja.«

Sie wandte sich ihm zu und blinzelte zu ihm hinauf, ohne Lächeln. Das war Arie auch lieber so. Ihr Lächeln war ihm bisher eher unheimlich erschienen.

»Wie geht es Herrn Bahrenberg?«

»Gut. Er macht sich immer noch große Vorwürfe, aber er scheint kein Mann zu sein, der mit dem hadert, was nicht mehr zu ändern ist. Und seine Nichte?«, fragte er seinerseits. »Magdalena Custode? Stimmt es, dass sie des Mordes angeklagt wird und ihr Freund nur der Beihilfe?«

»Stimmt. Und wenn Sie mich fragen, ist das auch die Wahrheit. Roman Sladic ist aus Triest, ein Italiener mit kroatischen Wurzeln. Er und Magdalena kennen sich von Kindesbeinen an. Im vorletzten Sommer hat er als Saisonarbeiter bei der Gärtnerei angefangen, die auf Gut Bahrenberg tätig ist. Er hat ihr davon erzählt, und sie hat begonnen, nach ihrer Familie zu recherchieren. Vielleicht wollte sie ihren Vater beerben, darauf deutet der Vaterschaftstest hin. Vor allem aber ging es ihr darum, sich an Felix Bahrenberg für die miese Behandlung ihrer Mutter und sich zu rächen. Sladic hat sie nach Kräften unterstützt, in den Vernehmungen kein Wort mehr als nötig gesprochen und niemals gegen sie ausgesagt. Aber letzten Endes scheint er der Handlanger gewesen zu sein, der einfach alles für die Frau getan hat, die er liebt.«

Was für eine traurige Ironie. So hatte Magdalena am Ende einen Mann getroffen, der das genaue Gegenteil zu ihrem Arschloch von Vater gewesen war und für sie sogar eine Mordanklage auf sich genommen hätte. Wie hätte es sein können, wenn er ihr die Liebe gezeigt hätte, statt sich von ihrem Hass mitreißen zu lassen?

»Herr Daamen, ich muss mich entschuldigen.« Salzhaller

wechselte energisch das Thema. »Die Sache mit Ihrem Gerichtsprozess war falsch. Ich hätte mich besser vorbereiten müssen, dann hätte ich bemerkt, dass meine Vorwürfe gar keine Substanz hatten. Wie kann ich das wiedergutmachen?«

»Passt schon.« Er ging nicht davon aus, dass sie sich nach diesem Treffen noch häufig über den Weg laufen würden. Damit war die Sache für ihn erledigt.

»Darf ich … Bitte, Sie müssen nicht antworten, ich bin nur neugierig.« Sie gab einen Laut von sich, bei dem Arie sich fragte, ob es ein Auflachen sein sollte. »Ist vielleicht meine Berufskrankheit. Darf ich Sie fragen, wie es dazu kam, dass Sie freigesprochen wurden?«

»Natürlich dürfen Sie.«

»Ich habe die Akte gelesen, aber so richtig verstanden habe ich es nicht.«

»*Dat kan.*«

»Wie bitte?«

»Ist gut möglich.«

»Ja, und?«

»Was und?«

»Wie kam es dazu?«

»Ich dachte, Sie wollten nur fragen. Möchten Sie auch eine Antwort?«

Da war er wieder, ihr waffenpasstauglicher Blick, den sie mit diesem übertriebenen Hochziehen der Augenbrauen verstärkte.

Arie lächelte sie freundlich an.

Plötzlich lachte sie, und jetzt klang es wirklich wie ein Lachen. »Sie machen das mit Absicht, oder?«

»Manchmal, ich geb's zu.«

Sie zog die Hände aus den Taschen, und einen Augenblick lang glaubte Arie, sie wolle sie ihm reichen, quasi als Friedensgeste. Aber sie tat nichts dergleichen, sondern wandte sich wieder dem Fluss zu.

Behutsam machte Arie zwei kleine Schritte. Sie verstand. Nebeneinander schlenderten sie am Flussufer entlang in Richtung Markthalle.

»Das ist keine schöne Geschichte«, sagte er. »Ich wollte meinen Wald retten. Nachdem die Besitzerin ihn an RWE verkauft hat, habe ich ihn mit rund zwei Dutzend anderen besetzt, um die Leute mit den schweren Gerätschaften daran zu hindern, die Bäume zu fällen.«

»Ohne Erfolg, nehme ich an?«

»Ja. Es war ein alter Wald, teilweise natürlich gewachsen, mit einem bis zu dreihundert Jahre alten Baumbestand. Eigentlich auch ein sehr kleines Stück, ganz am Rand des Tagebaus. Unser Protest hat es nie bis über die Lokalnachrichten hinaus geschafft.«

»Deshalb also diese Meldeadresse bei Ihrer Freundin in Roermond?«

»Genau.« Manou war eine Freundin, nicht seine Freundin.

»Wie lange haben Sie denn dort im Wald gelebt?«

»Ungefähr zwei Jahre.«

»Aber diesen ... Zusammenstoß mit dem Polizisten sollen Sie doch bei diesen Protesten um das Dorf Lützerath gehabt haben.«

»Das war die große Lüge an der Sache.«

Jetzt wurde Salzhaller richtig neugierig. »Spannen Sie mich bitte nicht auf die Folter.«

»Es gab, grob zusammengefasst, immer schon zwei Lager: die einen, die jede Form von Gewalt ablehnten, und die anderen, die damit gar kein Problem hatten. Natürlich auch ganz viele dazwischen, aber das spielt für meine Sache keine Rolle. Bei uns im Wald war es vor allem die gewaltlose Fraktion. Darunter waren Freunde von mir. Die haben das nur für mich gemacht, die waren teilweise unpolitisch. Ich ja auch.« So unpolitisch, wie sie hatten sein können. Betroffen waren sie alle auf die ein oder andere Weise gewesen.

Arie kickte einen Kiesel vor sich her.

Salzhaller schwieg ausnahmsweise geduldig.

»Es gab zwei Typen, die erst ziemlich am Ende zu uns gestoßen sind. Die wollten Krieg spielen. Sie haben versucht, meine Leute aufzuwiegeln. Ich habe versucht, das zu verhindern. Als die Behörden unser Camp geräumt haben, haben wir friedlich aufgegeben. Den Typen hat das nicht gepasst. Und einige Tage später haben sie mich angezeigt, ich hätte während einer Randale einen Polizisten lebensgefährlich verletzt. Vermutlich aus Rache.«

»Rache«, wiederholte Salzhaller nachdenklich. »Wieder einmal.«

»Begegnet Ihnen dieses Motiv oft?«

»Häufiger, als mir lieb ist. Mich interessiert das Motiv nur, um das Verbrechen aufzuklären, aber darüber hinaus ist es mir gleichgültig. Ich habe aufgehört, mich zu fragen, warum Menschen Kapitalverbrechen begehen.« Sie stockte. »Weil ich es zu selten begreife. Ich verstehe Wut, Liebe, Trauer, Hass. Aber ich verstehe nicht, wie ein Mensch so stark empfinden kann, dass er bereit ist zu töten. So wie Magdalena Custode. Oder andersherum gar nichts empfindet, sondern einfach einen Job erledigt, wie zum Beispiel ein Auftragskiller der Mafia. Und jeder einzelne Mord ist sowieso einer zu viel.«

Arie nickte. Da hatten sie endlich einmal etwas gemeinsam.

»In meinem Fall gab es noch Bilder einer Bodycam des Polizisten«, fuhr er fort. »Das war gruselig. Der Angreifer hätte wirklich ich sein können. Körpergröße und Statur passten, er trug die gleichen Doc Martens, die ich auch besitze. Er war maskiert, seine Augenfarbe nicht zu erkennen. Dem Polizisten gelang es später, ihm diese Sturmhaube abzuziehen. Dieser Typ hatte sogar dieselbe Haarfarbe wie ich! Leider war sein Gesicht nie deutlich genug auf dem Video zu erkennen. Ich fand, er bewegte sich anders als ich, aber davon wollten sie nichts hören.«

»Was hat Sie am Ende entlastet?«

»Die Aussage des Polizisten selbst. Er ist rechtzeitig aus dem Koma erwacht. Er hat das Gesicht des Täters gesehen, und er war sich sicher. Danach sind die beiden Arschlöcher eingeknickt und haben zugegeben, dass sie gelogen hatten.«

»Wurde der wahre Täter gefasst?«

»Leider nicht. Vermutlich war es ein Gewalttourist. Einer dieser Typen, die nur anreisen, um möglichst viel Schaden anzurichten, und direkt danach wieder verschwinden. Der war längst über alle Berge.«

»Und die beiden Denunzianten? Haben Sie die angezeigt?«

»Nein.«

»Warum nicht?«

»Merkwürdig, dass alle das fragen.«

»Es hätte Ihnen Gerechtigkeit gebracht.«

»Hätte es?«

Sie schwieg verdutzt.

Er lächelte freundlich. »Ich bin nicht rachsüchtig.«

»Sie sind schon ein wenig seltsam.« Sie sagte das weder anklagend noch abfällig, eher verwundert.

Arie hatte damit abgeschlossen. Denn ihm war es nie um sich selbst gegangen, sondern um den Wald, den er verloren hatte. Und den hätte ihm eine Anzeige nicht zurückgebracht.

»Ist Ihre Neugier befriedigt, Chefinspektorin?«

»Ja. Machen Sie es gut, Herr Daamen.«

Schlagartig hatte er das dringende Bedürfnis, in sein Jagerhüttl zurückzukehren. In den Wald, den er jetzt pflegen und behüten musste, so gut er es vermochte. Sich Hermine zu schnappen und ihr gemeinsam mit Vitali einen kleinen Aus-

flug zu gönnen, sie vielleicht bis auf aufs Eggele hinaufzu-
tragen, damit sie sich ein wenig den warmen Föhn um die
Nase wehen lassen konnte.

Das waren die Dinge, die jetzt zählten.

Die Vergangenheit war vergangen. Die Vergangenheit war
tot.

41.

Im Laufe des Tages war die Temperatur um zwölf Grad angestiegen, der Abend ging beinahe schon für einen ersten lauen Sommerabend durch. Mitza hatte zwar noch ein Strickjacke über die Bluse gestreift, Arie dagegen saß im T-Shirt am großen Tisch im Wintergarten des Gutshauses – was ihm allerdings die gleiche Missbilligung wie Saskia eingetragen hatte, die ein bauchfreies Top anhatte.

»Hast du kein Hemd, wenn du mit dem Grafen am Tisch sitzt?«, hatte Mitza ihm entrüstet zugeraunt.

Hatte er nicht. Er bügelte so ungern. Und eher käme er nackt, als Mitza darum zu bitten – weil sie es tun würde. Und immerhin war es ein blaues unifarbenes T-Shirt und kein altes vom Pukkelpop-Festival 91. So eines besaß er auch noch.

Graf Bahrenberg hatte zum Essen eingeladen, um die erfolgreiche Aufklärung des Mordes an seinem Bruder zu feiern. Im kleinsten Kreis und mit seinen Angestellten. Schließlich war es maßgeblich Arie und auch Mitza zu verdanken, dass die Täterin hatte verhaftet werden können.

Mitza hatte für neun Personen eingedeckt, als handele sich um einen Staatsempfang, das gute Silberbesteck, Kerzen in hohen Leuchtern, Gläser aus geschliffenem Kristall, Teller mit goldenen Rändern. Immerhin hatte sie Arie versprochen, sich mit an den Tisch zu setzen, sobald sie mit Saskias Hilfe aufgetischt hatte. Alles andere hätte er nicht ertragen. Sie war die Hauswirtschafterin, aber nicht ihrer aller Dienstbotin. Wenn es eine Kellnerin brauchte, die die Schüsseln aus der Küche holte, weil dazu niemand sonst imstande wäre, sollte Graf Bahrenberg eine Hilfskraft von einem Catering-Service kommen lassen.

»Guten Abend, Doktor Andratschke, schön, Sie endlich einmal wiederzusehen.«

»Die Freude ist ganz meinerseits, Graf Bahrenberg.«

Neben Lissy stand eine in etwa gleichaltrige Frau mit schwarzen Locken und wachem Blick, den sie erst auf den Grafen richtete und dann durch den Raum schweifen ließ.

Lissy winkte Arie zu. »Komm zu uns.«

»Guten Abend.«

»Arie, das ist meine Freundin Sandra. Sandra, Arie Daamen ist unser Waldhüter.«

Sie schüttelten einander höflich die Hände. Arie unterdrückte einen Anflug von Eifersucht. Er konnte bei Lissy nicht landen, und der, ohne jeden Zweifel gut aussehende, Grund stand vor ihm. Aber das hieß nicht, dass er das nicht bedauern durfte.

Kevin, in einem gestreiften Anzug, aber immerhin mit einem Shirt und ohne Krawatte traf ebenfalls mit seiner Freundin Jennifer Fischer ein. Sie war mit Ende zwanzig nach Saskia die Jüngste am Tisch und wirkte mit ihrer zierlichen Figur und dem modisch weißblond gefärbten Kurzhaarschnitt sogar noch jünger. Sie brachte vor Nervosität kaum ein Wort hervor. Zuletzt stapfte Walter herein, der Mitzas gezischte Empörung ignorierte, weil er zwar ein Hemd, aber ein kariertes und ungebügeltes zu einer Jeans trug, die, wenn Arie sich nicht täuschte, sogar Flecken von feuchter Erde im Sitzbereich aufwies. Da war er, Arie, mit den Chinos und seinem T-Shirt eben doch angemessener gekleidet.

Nachdem alle Platz genommen hatten, gab es eine Suppe mit Kaspressknödeln und anschließend einen mit Hackfleisch, Lauch und Graukäse gefüllten Strudel.

»Mitza«, flüsterte Arie ihr zu. »Das ist aber kein Hackfleisch, oder?«

»Du hast es gemerkt?« Sie errötete und beugte sich noch weiter zu ihm. »Das war auf Lissys Wunsch hin. Ihre Freundin ist Vegetarierin. Und zwei Varianten zu machen, wurde mir zu viel. Tut mir leid.«

»Das war die letzte Entschuldigung, die ich dir durchgehen lasse, wirklich«, raunte er. »Nein, ich habe es nicht gemerkt. Aber deine Tochter isst davon, also kann ja kein Fleisch drin sein. Und das wird auch dem Grafen auffallen, wetten wir?«

»Meinst du, er ist sauer? Ich sage es ihm auf jeden Fall hinterher, vorhin ergab sich keine Gelegenheit.«

Arie tätschelte ihr unter dem Tisch beruhigend den Oberschenkel und schüttelte sacht den Kopf. Mitza hatte gar nichts zu befürchten. Graf Bahrenberg würde kein Wort darüber verlieren.

»Köstlich, Mitza. Sie haben sich wieder einmal selbst übertroffen«, sagte er in dem Moment.

Arie war sicher, dass er es auch so meinte. Und dass er Saskia verschwörerisch zuzwinkerte, bemerkte Mitza zum Glück nicht. Ihre Tochter bedachte den Grafen mit der Teenagern eigenen Ignoranz.

Beim Nachtisch gab es dann doch überraschte Kommentare. Mitza war erst erschrocken, weil sie Kritik befürchtete, doch die Resonanz war überwältigend.

Arie grinste zufrieden.

»Was ist das?«, wagte Kevin endlich zu fragen.

»Internationale Crossover-Küche«, erklärte Arie an Mitzas statt. »Ein Mix aus einer niederländischen mit einer Tiroler Spezialität, zubereitet von einer Polin.«

Nachdrücklich hob Lissy die Kuchengabel. »Genau! Das sind doch Tiroler Kiachl. Aber was ist das da obendrauf? Milchreis?«

»Korrekt«, sagte Arie. »Es ist ein altes Rezept meiner Oma. Die Füllung der Limburgischen Reistorte, Rijstevlaai.

Mitza hat mir erklärt, wie Kiachl gemacht werden, und da habe ich sie dazu überredet, das auszuprobieren. Der Boden der Reistorte ist nämlich ziemlich ähnlich.«

Es wie von Arie vorgeschlagen direkt mit einer richtigen Rijstevlaai zu probieren, hatte Mitza wegen der zusätzlichen fremden Gäste dann doch nicht gewagt. Bei aller Offenheit lege der Graf Wert auf ein Mindestmaß an Tradition – behauptete sie. Vielmehr rechnete sie wegen dieser Blasphemie mit Steinigung oder Schlimmerem. Arie sah das anders, aber Mitza war die Köchin.

»Wundervoll«, sagte Lissys Freundin Sandra. »Wenn das kein Beweis ist, dass die Vermischung von Kulturen etwas Gutes ist, dann weiß ich es auch nicht.«

»Was habe ich dir gesagt, Mitza? Mut, einfach mal Mut haben«, flüsterte Arie ihr zufrieden zu.

Sie sagte nichts. Aber ihr glückliches Lächeln sprach Bände.

42.

Weit nach Mitternacht ging Arie nach Hause. Die Nacht war warm und trocken, der Frühling hatte nun endgültig die Oberhand gewonnen. Alles lag friedlich, endlich wieder so, wie es sein sollte.

Einem Impuls folgend lief er am Jagerhüttl vorbei – der Anblick des kahl geschlagenen Gartens verursachte ihm immer noch Magenschmerzen – und ging einige Hunderte Meter tiefer in den Wald. Der Weg endete an der Hütte, in der die Studierenden der Biologie bald wieder ihre Exkursionen starten würden. Ob unter ihnen auch jemand gesagt bekommen hatte, der Studiengang sei brotlos und mehr als »im Wald Eicheln zu sammeln« wäre da als Beruf nicht möglich? Sogar das Katalogisieren hatte der Berufsberater unterschlagen, und auch das hatte Arie während seines Studiums immer gern gemacht.

Ein Hirschsteig führte hinter der Hütte tiefer in den Wald bis an das Ufer der Moosach. Von dort ließe sich am Wasser entlangwandern, bis der Pfad auf den Hauptwanderweg mit der Brücke traf.

Arie ging nur bis in die Nähe des Ufers. Hier war die Moosach kaum mehr als ein Bächlein, das in geringer Entfernung aus dem Hang sprudelte.

Er blieb stehen, lehnte sich gegen einen Baumstamm und verharrte.

Lange musste er nicht warten.

Er hatte es geahnt. Die Fuchslosungen, die er in den letzten Tagen überall entdeckt hatte, sprachen für sich. Der Bau mit den Jungen musste irgendwo in der Nähe sein.

Vier Welpen tollten umher, tapsig, höchstens fünf Wochen alt, das Fell noch von tarnendem fahlen Braun. Die Fähe wirkte müde. Sie kam ans Ufer getrottet, trank und ließ sich zu Boden plumpsen. So erschöpft sie zu sein schien, blieb sie aufmerksam, hatte die Ohren aufgestellt und witterte immer wieder in alle Richtungen. Sie war um einiges kleiner als der Rüde, ihr Bauch noch kahl, das Gesäuge dick und geschwollen. Die Familie hatte den Bau noch nicht oft verlassen.

Arie wagte kaum zu atmen. Er hatte gehofft, dass er einen Blick auf eines der Tiere erhaschen würde, aber damit hatte er nicht gerechnet. Das Muttertier war angespannt. Früher oder später würde sie ihn bemerken und ihre Jungen zurück in Sicherheit bringen. Der Rüde war vermutlich auf Beutezug, um sie mit Nahrung zu versorgen.

Irgendwo im Wald knackte etwas. Vermutlich ein Ast, der zu Boden fiel, mehr nicht. Es reichte, um die Fähe aufspringen zu lassen und knurrend ihre Welpen fortzuscheuchen. Nur Sekunden später war das Schauspiel vorbei.

Gemächlich ging Arie zurück zum Jagerhüttl.

Hey, hieß es sinngemäß in der letzten Zeile von Peter Gabriels *Solsbury Hill.*

Du kannst mein Zeug behalten. Sie haben mich nach Hause gebracht.

Jetzt war alles wieder so, wie es sein sollte. Ein kleines bisschen freute Arie sich darauf, der nächsten Schulklasse seinen Wald zu zeigen. Und vielleicht würde er sich doch einmal danach erkundigen, was es mit diesem Waldbaden auf sich hatte. Wer konnte schon sagen, was die Zukunft noch bringen würde?